Wenn der achtjährige Lausbub Gaylord morgens um sieben im Landhaus seines Großvaters von Zimmer zu Zimmer trabt und seinen verwünschten Tee anbietet, versetzt er die ganze Familie in Aufruhr. Mit dem Ruf «Ich bin ein Ritter und du bist mein Schlachtroß» reißt er als ersten Opa aus dem sonntagmorgendlichen Schlummer. Großmutter Marigold hat es da besser, denn ihr Höhrrohr liegt auf dem Nachttisch neben den Zähnen. Tante Rose sieht sich unsanft in ihrer Lieblingslektüre «Psychopathologie des Familienlebens» gestört. Die hübsche Tante Becky hat wieder einmal von Männern geträumt, was Gaylord schrecklich langweilig findet. Mummi liegt zu seinem Erstaunen allein im Bett, denn Paps ist auf den Hängeboden verbannt, ein für Gaylord mysteriöser Vorgang, den er alsbald den übrigen Familienmitgliedern bekanntgibt. Dies sind aber nur die Eröffnungsschüsse auf unser Zwerchfell, das ebenso wie die oft arg betroffene Familie den vielen unschuldsvollen Attentaten Gaylords kaum standhält. «Das einzige, was sein kindliches Gemüt zerstören könnte, wäre ein Shermanpanzer», meint Opa. Der kleine, helläugige Spitzbube hat seine Ohren und Augen überall da, wo sie nicht hingehören. Er kann kein Wässerchen trüben, und doch gehen die Wogen hoch, besonders wenn er zum Beispiel seine jüngferliche Tante Rose mit der Mitteilung tröstet, daß ihr Bobs, den sie ungeduldig seit Stunden erwartet, längst gekommen ist und nur mit Tante Becky in einer Scheune Schutz vor dem Gewitter gesucht hat. Aber nicht nur die Erwachsenen haben ihre Geheimnisse, sondern auch Gaylord trägt eines mit sich herum, das ihn mit «fleckenlosen» Masern im Bett hält: jenes glitzernde Wunderding, die verschwundene Glaskugel, die ihn fast das Leben kostet. – Mit Gaylord ist Eric Malpass eine der originellsten Jungenfiguren der modernen Literatur gelungen, ernsthaft und liebenswert zugleich wie Mark Twains Huckleberry Finn und Salingers Holden Caulfield.

«Der Roman ist spannend, und der Humor, der Gaylords Abenteuer durchleuchtet, kommt aus dem Herzen, nicht aus der Retorte. Ein Buch, so englisch wie Ingwerbier, aber im universellen Reich der Kindheit beheimatet. Ein Buch, das auch den ärgsten Griesgram zum Lachen bringen, graue Stunden erhellen und einen sonnigen Tag noch heiterer machen kann!» («Welt am Sonntag»)

Eric Malpass, geboren am 14. November 1910 in Derby, war lange Jahre Bankangestellter in Mittelengland. 1947 wurde er Mitarbeiter der BBC und namhafter Zeitungen, so des «Observer», dessen Kurzgeschichten-Wettbewerb er 1954 gewann. «Beefy ist an allem schuld» (rororo Nr. 1984) wurde 1960 in Italien mit der Goldenen Palme für das beste humoristische Buch des Jahres ausgezeichnet. Zu einem phantastischen Erfolg, vor allem in der Bundesrepublik, wurden seine Romane über den Schlingel Gaylord und das Familienleben der Pentecosts: «Morgens um sieben ist die Welt noch in Ordnung», «Wenn süß das Mondlicht auf den Hügeln schläft», «Lieber Frühling, komm doch bald» (Dreiberband rororo Nr. 12596), «Schöne Zeit der jungen Liebe» (rororo Nr. 5037), «Und doch singt die Amsel» (rororo Nr. 5684) und «Wenn der Tiger schlafen geht» (Rowohlt 1989) sowie die Erzählung «Fortinbras ist entwischt» (rororo Nr. 4075). Weiten Anklang fanden auch die lebendig-humorvolle und, wie mehrere Gaylord-Romane, verfilmte Familiengeschichte «Als Mutter streikte» (rororo Nr. 4034), ferner «Und der Wind bringt den Regen» (rororo Nr. 5286), «Liebe blüht zu allen Zeiten» (rororo Nr. 5451), die historischen Romane «Lampenschein und Sternenlicht» (rororo Nr. 12216), «Thomas Cranmer oder Die Kraft der Schwäche» (Rowohlt 1986) sowie die Shakespeare-Romantrilogie «Licht am Himmel einen hellen Stern» (rororo Nr. 4875), «Unglücklich sind nicht wir allein» (rororo Nr. 5068) und «Hör ich im Glockenschlag der Stunden Gang» (rororo Nr. 5194). Eric Malpass, der verheiratet ist und einen Sohn hat, lebt als freier Schriftsteller in Long Eaton, Nottingham.

Eric Malpass

Morgens um sieben ist die Welt noch in Ordnung

Roman

Rowohlt

Die Originalausgabe erschien bei William Heinemann Ltd., London,
unter dem Titel «Morning's at Seven»
Aus dem Englischen übertragen von Brigitte Roeseler
Umschlagentwurf Eva Kausche-Kongsbak

308.–311. Tausend Juli 1989

Veröffentlicht im Rowohlt Taschenbuch Verlag GmbH,
Reinbek bei Hamburg, Mai 1974
Copyright © 1967 by Rowohlt Verlag GmbH,
Reinbek bei Hamburg
«Morning's at Seven» © Eric Malpass, 1965
Alle deutschen Rechte vorbehalten
Satz Aldus (Linotron 505 C)
Gesamtherstellung Clausen & Bosse, Leck
Printed in Germany
680-ISBN 3 499 11762 2

*Für Michael
und Janet Heather
und Rosemary*

Pippas Lied

Das Jahr ist im Lenz,
Der Tag neugeborn;
Morgens um sieben
Die Hügel betaut,
Die Lerche im Blau,
Die Schnecke am Strauch
Gott ist im Himmel
In Ordnung die Welt

Robert Browning

1

Morgendämmerung und ein Himmel wie kalter Haferbrei. In den Winkeln des Daches noch ein paar Flecken nassen Schnees.

In dem großen, weitläufigen Haus lag die Familie im sonntagmorgendlichen Winterschlaf, eingekuschelt gegen die Kälte und den kommenden Tag.

Aber Gaylord war gegen Kälte unempfindlich. Der junge Gaylord Pentecost war gegen die meisten Dinge unempfindlich. Gleich nach dem Aufwachen hopste er erst mal ein bißchen auf dem Bett herum. Als ihm das langweilig wurde, zog er die Schlafanzughose auf seine nicht vorhandene Taille herauf und machte sich auf eine Besuchstour durch das Haus.

Zuerst war Opa an der Reihe. In seinem Zimmer war es noch dunkel. Gaylord zog die Vorhänge auf.

Die Vorhänge hingen an Messingringen. Wenn andere sie zurückzogen, klapperten sie wie Kastagnetten. Wenn Gaylord sie zurückzog, klang es wie eine Maschinengewehrsalve.

Opa öffnete nicht einmal die Augen. «Verschwinde, zum Teufel noch einmal», sagte er.

Opa wirkte unter der Bettdecke wie ein massiver, kleiner runder Berg. Gaylord nahm einen Anlauf und landete mitten auf dem Berg. «Ich bin ein Ritter», schrie er. «Und du bist mein Schlachtroß.»

«Ich bin kein Schlachtroß», sagte Opa. «Ich bin ein alter Mann, der seine Ruhe haben will. Herrgott noch mal.»

Neugierig berührte Gaylord mit dem Finger eins der faltigen Augenlider. Er schob das Lid nach oben und betrachtete nachdenklich das gelbe, unheilverkündende Auge. Er ließ das Lid wieder herunterklappen. «Soll ich dir eine Tasse Tee machen?»

«Wenn du recht lange dazu brauchst, ja», sagte Opa. Gaylord kletterte von ihm herunter. «Geht wie der Blitz», antwortete er vergnügt.

«Bitte, laß dir Zeit», sagte Opa.

Gaylord spazierte weiter zu Großtante Marigold. «Willst du eine Tasse Tee haben?» schrie er von der Tür her.

Aber Großtante Marigold, deren Hörapparat neben der Brille

und den falschen Zähnen auf dem Nachttisch lag, verhielt sich mucksmäuschenstill und stellte wieder einmal fest, daß bei solchen Gelegenheiten ihre Taubheit kein Leiden war, sondern sich als Segen und himmlische Zuflucht entpuppte.

Gaylord begab sich zu Tante Rosie. Tante Rosies längliches, blasses Gesicht wirkte auf dem weißen Kissen nur wie ein gelblicher Fleck. Beim Anblick ihres Neffen wurde es keineswegs fröhlicher. «Was liest du denn da?» fragte Gaylord.

«Ein Buch.»

«Wie heißt es?»

«‹*Psychopathologie des Alltags*›», sagte Tante Rosie. «Bist du jetzt klüger?» fragte sie mürrisch.

Wie Kohlen in eine Schütte purzelten die Silben in Gaylords Gehirn und lagen dort in wildem Durcheinander. Er trat dicht an das Bett heran und spähte Tante Rosie über die Schulter.

«Sind Bilder drin?»

«Nein», sagte Tante Rosie.

«Wovon handelt es denn?»

«Von Psychopathologie», sagte Tante Rosie. «Im täglichen Leben», fügte sie belehrend hinzu.

Gaylord zog versuchsweise an ihrer Bettdecke. «Darf ich in dein Bett kommen?»

Mit Tante Rosie ging urplötzlich eine Veränderung vor sich. Wie eine in die Enge getriebene Katze krümmte sie sich zusammen. Ihre Lippen spannten sich über den Zähnen. Sie umklammerte ihr Buch wie ein Radfahrer die Lenkstange, wenn er ohne Bremse bergab rast. «Ausgerechnet in der einzigen Stunde am Tag, in der ich vor dieser verflixten, verrückten Familie Ruhe habe, mußt du hier reinkommen! Raus jetzt und laß mich weiterlesen. Geh zu Becky. Sie hat bestimmt gern jemand bei sich im Bett, selbst dich.» Vor Erregung zitternd, starrte sie in ihr Buch.

Gaylord betrachtete sie interessiert. Das hatte er schon oft bei ihr erlebt. Man unterhielt sich ganz normal mit Tante Rosie, und plötzlich tat sie, als wolle sie einen anspringen. Sehr interessant. Natürlich wußte er, woran das lag. Das hatte er von Opa gehört. Er kletterte auf das Fußende des Messingbetts. Es hatte wohl nicht viel Sinn, länger hierzubleiben. «Willst du eine Tasse Tee?» fragte er.

Tante Rosie gab keine Antwort. Gaylord nahm sich vor, Tante Becky zu besuchen.

Tante Becky war wie Erdbeeren mit Sahne, ganz Rüschen und Spitzen. Gaylord hatte Tante Becky gern. Er war so gut wie entschlossen, sie zu heiraten, wenn er erst einmal groß war. Jetzt zupfte er probeweise an ihrer Bettdecke. «Schlüpf rein», sagte Tante Becky.

Er schlüpfte hinein. Tante Becky war warm und weich und roch gut. Gaylord war weder warm noch weich. Es ist, als habe man einen großen Frosch im Bett, dachte Becky. «Wo warst du denn schon überall?» fragte sie.

«Bei Tante Rosie.»

«Und was hat sie getan?»

«Gelesen.»

Tante Becky schien amüsiert. «Was denn?»

Gaylord dachte an den Haufen Silben. «Psychologo . . . irgendwas mit Lokomotive», sagte er auf gut Glück.

«Großer Gott.»

«Und dann wurde sie ganz komisch.»

«Komisch?»

«Ganz verdreht. Ich glaube, sie wollte mich nicht bei sich haben.»

«Arme Rosie», murmelte Becky faul und zufrieden.

Jetzt fand Gaylord es an der Zeit, Opas Diagnose anzubringen. «Sind ihre verflixten Nerven», sagte er.

Tante Becky warf den Kopf zurück und lachte. Zwischen ihren weißen Zähnen konnte Gaylord die kleine rosa Zunge sehen. Er streckte einen Finger vor und berührte sie. «Was hast du denn gemacht?» fragte er.

«Geträumt.»

«Wovon?»

«Von Männern», erwiderte Becky und rekelte sich genußvoll. Ziemlich langweiliger Traum, fand Gaylord. «Willst du eine Tasse Tee?» fragte er.

«Das wäre himmlisch.»

Gaylord krabbelte aus dem Bett, zog wieder seinen Schlafanzug hoch und trabte zur Tür.

«Geht wie der Blitz», verkündete er. Dann ging er zu Mummi und Paps.

Zu seiner Verwunderung lag Mummi allein im Bett. «Mummi, wo ist denn Paps?» fragte er.

«Auf dem Dachboden», sagte Mummi.

11

Gaylord ging zum Toilettentisch und spielte mit den Sachen herum, die dort lagen. «Warum ist Paps auf dem Dachboden, Mummi?» fragte er.

«Weil er ein Schuft ist und wir wieder einmal verschiedener Meinung waren», sagte Mummi.

«Worüber denn?» fragte Gaylord.

«Über Geld», antwortete Mummi.

Gaylord kletterte auf den Dachboden. Paps lag dort eingewikkelt in einen Wust von Armeewolldecken auf einem Feldbett und sah aus wie eine ägyptische Mumie, deren Verpackung sich gelöst hat. Verzweiflungsvoll suchte er, sich schlafend zu stellen.

«Warum schläfst du denn auf dem Dachboden, Paps?» fragte Gaylord.

«Ich schlafe ja gar nicht», sagte Paps. «Ich *habe* geschlafen, aber man hat mich brutal geweckt.»

Sanfte Vorwürfe gehörten auch zu den Dingen, gegen die Gaylord unempfindlich war. «Es muß doch ziemlich kalt sein auf dem Dachboden», sagte er.

«Ist es auch», sagte Paps. «Saukalt.»

«Mummi schien es sehr gemütlich zu haben», sagte Gaylord. «Willst du eine Tasse Tee?»

«Bitte», sagte Paps und drehte sich zur Wand.

Voller Eifer begab sich Gaylord an sein karitatives Werk. Unten in der Küche drehte er erst einmal den Kaltwasserhahn weit auf. Dann preßte er den Finger unter die Hahnöffnung. Köstlich spritzte das Wasser durch die Küche und über Gaylord. Er betrachtete seinen triefenden Schlafanzug und strich im Geiste Mummi von der Teeliste. Allmählich entwickelte er einen sechsten Sinn dafür, worüber Mummi sich aufregen würde. Eigentlich hatte er für Mummi nicht sehr viel übrig. Sie waren zu oft verschiedener Meinung.

Er suchte ein Sammelsurium von Tassen und Untertassen zusammen, stellte sie auf ein Tablett und füllte die Tassen zur Hälfte mit einem Brei aus Zucker und Milch. Dann setzte er den großen Kessel auf den Gasherd.

Das Wasser brauchte lange. Gaylord begann sich zu langweilen. Mummi hatte ihm einmal von einem kleinen Jungen erzählt; der hatte, als das Wasser kochte, einen Löffel über die Kesseltülle gehalten und so die Dampflokomotive erfunden. Als das Wasser endlich kochte, probierte Gaylord das aus. Der Deckel flog durch die Gegend. Was das mit einer Dampflokomotive zu tun hatte, war Gaylord unklar, aber er beschloß, eines Tages etwas Eigenes zu erfinden; nur daß die Dampflokomotive bereits erfunden war und ihm im Moment nichts anderes einfiel, was er hätte erfinden können, machte das Ganze so kompliziert.

Er kippte ein Viertelpfund Tee in die Kanne. Als vorsichtiges Kind drehte er das Gas ab und ließ den Kessel erst ein bißchen abkühlen, ehe er den Tee aufgoß. Schließlich war alles fertig, und die Tassen konnten gefüllt werden. Oben auf dem Tee schwammen so viele Blätter, daß das Erzeugnis eigentlich eher wie Kräutersauce als wie Tee aussah; aber er fand, das mache nichts aus. Mit dem Tablett beladen, stapfte er die Treppe hinauf.

Die erste Tasse brachte er Opa, der einen Blick auf das höllische Gebräu warf und schauderte. «Ich laß ihn besser noch ein bißchen abkühlen», sagte er.

«Er *ist* kühl», sagte Gaylord.

Er ging zum Fenster und sah hinaus. Es war ein eisiger Novembertag: wie ein Kranker, der zwar atmet, aber nichts sieht und fühlt, sondern unbeweglich daliegt, würde der Tag dahindämmern, bis die winterliche Dunkelheit das Land wieder gnädig verhüllte. Dann würde er sterben; ungeliebt, unbetrauert, fast unbemerkt. «Paps hat nicht bei Mummi geschlafen», sagte Gaylord.

«Schön dumm von ihm», sagte Opa.

Gaylord trug die frohe Botschaft weiter zu Großtante Marigold. Trotz ihrer Taubheit besaß Großtante Marigold großes Geschick darin, alles, was sie interessierte, genau zu verstehen. Auch jetzt fuhr sie in die Höhe wie eine Tote in ihrem Sterbehemd am Auferstehungstag. «Gott steh uns bei», rief sie. «Warum denn nicht?»

«Sie waren verschiedener Meinung», erklärte Gaylord. Dann trollte er sich zu Tante Rosie, steckte den Kopf durch die Tür und fragte: «Wolltest du nun eigentlich Tee haben oder nicht?»

Tante Rosie zuckte krampfhaft zusammen, starrte auf ihr Buch und gab keine Antwort.

«Paps hat nicht bei Mummi geschlafen», sagte Gaylord.

Die Wirkung auf Tante Rosie war erstaunlich. Sie streckte die Arme aus und rief: «Ach, mein armes Lämmchen.»

Gaylord fragte sich, warum er plötzlich ein armes Lämmchen sein sollte. Dann aber fiel ihm ein, daß er noch eine Pflicht zu erledigen hatte, und brachte Tante Becky eine Tasse Tee.

«Hat Rose auch eine bekommen?» fragte sie.

«Sie wollte anscheinend keine», sagte Gaylord.

Tante Becky lächelte. Auch zu Paps trug Gaylord eine Tasse. Paps warf nur einen Blick darauf und drehte sich dann wieder zur Wand. «Ich hab Opa und allen andern erzählt, daß du hier oben bist», sagte Gaylord, während er nachdenklich an dem Glasauge einer ausgestopften Eule herumspielte.

«Du bist ein Goldkind», sagte Paps.

«Ist der Tee gut so?»

«Köstlich. Du hast doch nicht aus Versehen Schierling genommen?»

«Ich glaube nicht», sagte Gaylord und überlegte, in welcher Dose Mummi wohl den Schierling aufbewahren mochte. «Ich geh mich jetzt anziehen.»

«Gute Idee», sagte sein Vater dankerfüllt.

Wie die Winterschläfer beim ersten Lockruf des Frühlings regten sich jetzt die Mitglieder der Familie. Mit einem Seufzer legte Tante Rosie ein ledernes Lesezeichen in ihre Psychopathologie, zog sich einen Morgenrock über das schlichte Nachtgewand, sah in den Spiegel, erschauderte und trat auf den Korridor hinaus. Sie drückte eine Türklinke nieder. Besetzt. Leicht gereizt klopfte sie. «Bin gleich fertig», rief Gaylord fröhlich von drinnen.

Tante Becky zog über ihren spitzenverzierten Schlafanzug ein duftiges Negligé, lächelte ihrem Spiegelbild anerkennend zu und trat auf den Flur hinaus. Besetzt. Sie trommelte an die Tür. «Bin gleich fertig», rief Gaylord fröhlich von drinnen.

Die nächste war Mummi. «Gaylord, wenn du den ganzen Vormittag da drin hockst, mußt du in Zukunft draußen aufs Klo gehn.»

Gaylord seufzte. Das Klo draußen mochte er gar nicht. Es hatte ein großes tiefes Loch, und er wußte genau, daß er eines Tages da hineinfallen und in das Meer hinausgeschwemmt werden würde. «Bin gleich fertig», rief er.

Opa kratzte sich an der Brust und fuhr dann gähnend in seine langen gelblichen Unterhosen. Sonntag, dachte er. Und die ganze verdammte Familie um einen herum. Rosie und Becky, die sich wie zwei Katzen belauern. Dieser Narr Jocelyn, der mit einer so verdammt hübschen Frau wie May nicht schlafen will. Und Gay-

14

lord! Und die Novemberkälte, die überall in das große Haus eindringt.

Opa war untersetzt, breitschultrig und kräftig gebaut. Wie eine knorrige Eiche. Er lächelte selten und lachte nie, obwohl ihn oft ein heimliches verstecktes Lachen zu schütteln schien, das aber niemals ganz an die Oberfläche drang. Bis zu seinem sechzigsten Lebensjahr war er Notar gewesen. Dann war er in den Ruhestand getreten, hatte sich endlich den langerträumten Landsitz gekauft und versuchte nun, in seine letzten Jahre die Erfüllung eines ganzen Lebens hineinzupressen. Er war grantig, halsstarrig, voller Vorurteile und überaus sentimental. Als er sich jetzt rasierte, schimpfte und fluchte er vor sich hin, während die Klinge über sein graubestoppeltes Kinn fuhr. Er band seine Krawatte zu einem dicken Knoten, zog sein Jackett über und erschien unten am Frühstückstisch.

Alle saßen da und warteten. Er grunzte und entfaltete den ‹Observer›, wobei er die Literaturbeilage ostentativ auf den Boden warf. Er hatte es der Zeitung nie verziehen, daß sie sich «wie eine verdammte intellektuelle Amöbe» in zwei Teile spaltete. Er hielt diese Zeitung nur aus Verehrung für den verstorbenen J. L. Garvin; sonst hätte er längst den ‹Telegraph› abonniert.

Zufrieden stellte er fest, daß Jocelyn ein Schafsgesicht machte. May wirkte spröde und gefaßt. Becky glich, wie stets, einem Kätzchen, das an der Sahne geschleckt hat. Und Rose – Rose glich dem feuchten, verhangenen, freudlosen Novembertag.

Gaylord, dem plötzlich einfiel, daß er ein armes Lämmchen war, brach in Tränen aus. «Was hat der Bengel denn, zum Teufel», erkundigte sich Opa.

«Da hast du allen Grund zu fragen», sagte Tante Rosie düster.

«Verflucht noch mal, das tu ich ja.»

Tante Rosie warf Mummi und Paps einen bedeutungsvollen Blick zu. «Vielleicht können uns seine Eltern Auskunft geben», sagte sie.

Paps schüttete sich aus einem Glasröhrchen zwei Aspirintabletten auf die Handfläche, schluckte sie hinunter und sah ganz elend aus.

«Wenn ihr schon aufeinander keine Rücksicht nehmt, so denkt wenigstens an das Kind», sagte Rose.

«Mein Ei ist faul», sagte Gaylord, der keine Lust mehr hatte, ein armes Lämmchen zu sein und Eier verabscheute.

«Ihr habt ja keine Ahnung, welche Zerstörung ein Schock wie der von heute morgen in einem kindlichen Gemüt anrichten kann», erklärte Tante Rosie.

«Das einzige, was sein kindliches Gemüt zerstören könnte, wäre ein Sherman-Panzer», sagte Opa. «Und selbst dann ist es noch nicht raus, wer dabei auf der Strecke bliebe.»

«Mein Ei stinkt wie die Pest», sagte Gaylord.

«Gaylord!» Mummis Stimme klang scharf.

«Freud erklärt eindeutig . . .» begann Tante Rosie.

Opa hieb auf den Tisch und brüllte: «*Dieser* Kerl!»

«Was für ein Kerl?» fragte Tante Rosie.

«Freid», erwiderte Opa.

«In meinem Ei sitzt ein Küken», sagte Gaylord.

Großtante Marigold mischte sich ein. «Also Rose, du weißt doch genau, daß dein Vater verboten hat, den Namen Freid beim Frühstück zu erwähnen.»

Rose trommelte mit ihren Fäusten auf den Tisch. «Müßt ihr ihn denn immer Freid nennen», kreischte sie hysterisch.

«Jetzt geht das schon wieder los», sagte Opa. Er stand auf, schleuderte seine Serviette hin und verließ das Zimmer. Weinend eilte Großtante Marigold ihm nach. «Rose, was hast du nur wieder angestellt. Jetzt verkriecht er sich den ganzen Tag grollend hinter den ‹Observer›.»

Mummi sah Rose an. «Also», sagte sie angriffslustig. «Worauf willst du hinaus?»

Rose blickte besorgt zu Gaylord hinüber. Aber der war, ein Auge zukneifend, ganz damit beschäftigt, sein Ei zu inspizieren. Sie sagte: «Ich meine, daß du Jocelyn gezwungen hast, auf dem *Dachboden* zu schlafen.»

«Hat sie gar nicht», sagte Paps. «Mir wurde es zu bunt, und da bin ich gegangen.»

«Unsinn, ich hab dich rausgeschmissen und dir dein Nachtzeug nachgeworfen.»

Paps erhob sich. «Wenn jetzt schon mein Nachtzeug ins Gespräch kommt . . .» Er zuckte die Schultern und verließ ebenfalls das Zimmer.

«Ich kann seinen Schnabel sehen», verkündete Gaylord.

2

Rose war ein nettes Mädchen. Sie unterrichtete in der Stadt an der Schule beim Gaswerk. Der Lehrerberuf lag ihr nicht sonderlich. Obwohl sie einzelne ihrer Schüler ganz gern hatte, fand sie Kinder im allgemein schrecklich. Sie hielt sie für unaufrichtig, verdorben und grausam. Sie war schon dreißig, und die Säuerlichkeit eines drohenden Altjungferntums machte sich bereits bemerkbar. Heute war sie besonders gereizt, weil sie eine Eröffnung machen mußte, die sie in den Brennpunkt des allgemeinen Interesses rücken würde. Während des ganzen Frühstücks hatte sie versucht, den Mut für ihre Ankündigung aufzubringen. Aber, wie alles, was in dieser Familie geschah, hatte sich auch die Sache mit Gaylord zu einer Lawine entwickelt. Also mußte sie es jetzt beim Mittagessen loswerden. Länger konnte sie es nicht mehr aufschieben.

Sie schluckte krampfhaft, errötete und nahm einen ersten Anlauf: «Ich habe . . .»

«Ruhe, verdammt noch mal», fauchte Opa, weil er beim Bratenschneiden an einem kritischen Punkt angelangt war, der seine ganze Aufmerksamkeit erforderte.

Rose verstummte. O Gott, ist das die Sache wert? dachte sie.

Opa beendete das Hackwerk der Verstümmelung. Rose nahm einen neuen Anlauf und verkündete: «Ich habe jemanden zum Abendessen eingeladen.»

Jetzt ist es heraus, dachte sie. Nun gibt es kein Zurück mehr.

Zu ihrer Überraschung erfolgte keinerlei Reaktion. Becky fragte völlig desinteressiert: «Wer ist es denn? Kenne ich sie?» Für Becky waren Roses Freundinnen alle gleich: Sie trugen Tweedkostüme, waren überspannt und gerade noch eben als weibliche Wesen erkennbar; sie lachten viel, ohne wirklich Humor zu haben, und diskutierten höchst ernsthaft über Kunst und Literatur ohne eigene Vorstellungen und ohne Verständnis. Nicht, daß Becky einen Pfifferling für Kunst oder Literatur gegeben hätte. Aber sie merkte sofort, wenn sich jemand bloß wichtig tun wollte.

Jetzt mußte Rose Farbe bekennen. «Es ist ein Mr. Roberts. Er unterrichtet in den Oberklassen», erklärte sie.

«Rose!» Beckys Augen glitzerten vor Amüsement und Neugier. «Ein Mann!»

Großtante Marigolds Hörapparat funktionierte ausgezeichnet. Bei wichtigen Nachrichten allerdings verlangte sie eine besondere Bestätigung. «Was hat sie gesagt, John?» fragte sie.

«Daß sie einen Kerl zum Abendessen eingeladen hat», dröhnte Opa.

«Hört, hört.» Großtante Marigold strahlte und gluckste. «Rose auf Liebespfaden. In ihrem Alter.»

«So ist es ja gar nicht», sagte Rose hitzig.

«Ist er Tante Rosies Liebhaber?» fragte Gaylord, der in seinem Brei von Bratensauce und Kartoffelpüree herumrührte.

Roses bleiches Gesicht hatte die unangenehme Farbe von dunklem Purpur angenommen. «Bobs . . . Mr. Roberts . . . ist nur ein Freund von mir. Wir . . . wir interessieren uns beide für Psychologie. Mehr nicht.» Sie stotterte weiter: «Da gibt's . . . nichts Albernes.»

«Ich finde Sex keineswegs albern», sagte Becky im Brustton der Überzeugung.

«Also jedenfalls ist nichts zwischen uns», sagte Rose.

Gaylord sah aus dem Fenster. «Es wird immer nebliger», bemerkte er. «Ich geh jede Wette ein, daß Tante Rosies Liebhaber, wenn er kommt, hier übernachten muß. Dann schläft er bei . . .»

«Gaylord!» rief Mummi, die zwar nicht wußte, was er sagen wollte, aber das Schlimmste befürchtete.

«. . . bei Paps auf dem Dachboden», fuhr Gaylord fort, der sich nicht so leicht mattsetzen ließ.

«Ich schlafe nicht auf dem Dachboden», sagte Paps.

«Wirklich nicht, mein Lieber?» fragte Mummi zuckersüß.

Aber Rose sah ängstlich aus dem Fenster. Gaylord hatte ganz recht. Der Nebel kam herangezogen wie eine Besatzungsarmee, stieg aus den grauen Feldern und wallte über die Wiesen. Wenn Bobs nun tatsächlich nicht kam. Wie dumm stand sie dann da. Die Familie würde sich ein Fest daraus machen. Es war einfach ungerecht. Beckys junge Männer wurden nie aufgehalten. Die brausten in ihren Sportwagen daher, schnell und selbstsicher wie junge Adler, oder sie kamen auf schweren Motorrädern angedonnert. Aber Bobs, der in seinem alten Morris durch die Windschutzscheibe blinzelte . . . Bobs war leider ganz anders. Lieber

Gott, laß ihn kommen, betete sie. Wenn er nicht kam, würde sie vor Scham und Liebeskummer einfach sterben.

«Wird immer dichter», verkündete Gaylord strahlend. «Ich wette, Tante Rosies Liebhaber findet überhaupt nicht her.»

«Ach, halt den Mund», fuhr Tante Rosie ihn an.

Der Sonntagnachmittag war nichts für Gaylord. Alle machten ein Schläfchen. Er beschloß, sich zu verkrümeln.

Er schlüpfte in den Hinterhof hinaus und wurde sofort vom Nebel verschluckt.

Gaylord liebte den Nebel. Es wäre sicherlich ganz leicht, überlegte er, darin verlorenzugehen. Die ganze Familie würde ihn mit Sturmlampen suchen und schließlich seinen kleinen, steifen, kalten Körper finden, nur wenige hundert Meter vom Haus entfernt. Bei diesem Gedanken kamen ihm fast die Tränen.

Das Tageslicht verging bereits. Unter den Bäumen, die wie lauernde Riesen emporragten, bildeten sich Schatten, die aussahen wie dunkle Tümpel. Gaylord schlenderte den Heckenweg hinunter. Im Grunde wußte er genau, wie schwer es war, verlorenzugehen. Aber ein Versuch konnte nichts schaden.

Er kam zu seinem Lieblingsplatz, einem alten, von Bäumen überhangenen Steinbruch, auf dessen Grund ein Gewirr von Silberbirken, abgestorbenen Oleanderzweigen und Brombeerranken wucherte, an denen vereinzelt noch dürre Beeren hingen. Hier war der Nebel am dichtesten. Totenstille.

Gaylord stampfte durchs Dickicht. «Hallo, Gaylord», rief eine sanfte, freundliche Stimme.

Gaylord erschrak zu Tode, ließ sich aber nichts anmerken. Er blieb stehen.

«Was machst du denn hier?» fragte die Stimme.

Gaylord spähte umher. Durch den Nebel hindurch lächelte ihm ein bleiches Vollmondgesicht entgegen. «Ach, Willie. Ich wußte gleich, daß du es bist», sagte Gaylord ungeheuer erleichtert.

«Ziemlich neblig», sagte Willie. «Wollen wir spazierengehen?»

Das war aufregend. Zu der Möglichkeit, im Nebel verlorenzugehen, kam noch hinzu, daß Mummi ihm den Umgang mit Willie verboten hatte. Willie hatte nicht alle Tassen im Schrank. Gaylord kannte sonst keine Menschenseele, die nicht alle Tassen im Schrank hatte, und es war wieder einmal typisch Mummi, daß sie ihm gerade den Umgang mit einem so faszinierenden Wesen verbot.

Willie streckte seine große Pranke aus und nahm Gaylord bei der Hand. Sie zogen los.

«Ziemlich still, nicht?» sagte Willie.

Er hatte recht. Kein Vogelruf, kein einziger Laut. Einmal schimmerte durch die Dämmerung ein sanfter gelber Schein, aber sie ließen ihn hinter sich. Stille, Nebel, der von nassem, vergilbendem Gras gesäumte, feuchte Weg. Und sonst nichts auf der ganzen weiten Welt.

Sie gingen weiter. Der gesunde Menschenverstand, der bei Gaylord immer auf der Lauer lag, schob sich energisch in sein Bewußtsein. «Glaubst du, daß wir uns schon verlaufen haben, Willie?» fragte er und hielt inne.

«Ja», sagte Willie und umklammerte seine Hand noch fester.

Gaylord stemmte die Füße auf den Boden. «Ich geh jetzt zurück», erklärte er.

Willie zerrte an seiner Hand. «Du hast ja bloß Angst», sagte er.

«Nein, hab ich nicht» erwiderte Gaylord.

Schweigend kämpften sie auf dem verlassenen Weg. Aber Willie war achtzehn und sein Körper wesentlich stärker als sein armer, schwacher Verstand. Gaylord konnte sich nicht losreißen. «Muß dir was zeigen», lockte ihn Willie.

«Was denn?»

«Warte, bis du's gesehn hast», sagte Willie.

Vielleicht hatte Willie einen vergrabenen Schatz entdeckt. Mürrisch ging Gaylord ein Stückchen weiter. Aber plötzlich war der Nebel wie von Geräusch durchtränkt. Das Geräusch wurde lauter. Der Nebel vor ihnen begann zu leuchten und verdichtete sich zu zwei trüben gelben Augen. Quietschend hielt das Auto. «Gaylord», rief eine Stimme.

«Andermal», sagte Willie und verschwand im Nebel.

Gaylord ging auf den kleinen roten Sportwagen zu und spähte hinein. Enttäuscht stellte er fest, daß es sich um keine Suchaktion handelte. Es war nur einer von Tante Beckys jungen Männern. «Gaylord, willst du einsteigen und mir den Weg zeigen?» fragte er höflich.

«Wenn Sie möchten», sagte Gaylord großzügig und kletterte

hinein. Fünf Minuten später landete er unbemerkt wieder im Schoße der Familie.

Wenigstens glaubte er das. Mummi blickte ihn plötzlich scharf an und fragte: «Wo warst du?»

«Draußen», erklärte Gaylord lammfromm.

«Wo draußen?»

«Nur so draußen», sagte Gaylord. Mit teuflischer List wechselte er das Thema. «Ist Tante Rosies Liebhaber schon gekommen?»

Damit erreichte er genau, was er wollte. «Mr. Roberts kommt erst zum Abendessen», zischte Tante Rosie, und der Sportwagenmensch, glücklich und händchenhaltend mit Becky auf dem Sofa, spitzte die Ohren und fragte: «Nanu, Rosie? Bist du etwa ein stilles Wasser?»

«Ich wette, er kommt nicht», sagte Gaylord. «Ich mache jede Wette, daß er nicht kommt.»

«Na schön.» Tante Rosies Stimme klang eisern beherrscht. «Dann kommt er eben nicht.»

«Der Nebel wird dicker und dicker und dicker», sagte Gaylord. «Ich wette, daß er einen Unfall baut, wenn er es doch versucht.»

«Vielleicht liegt er bereits in der Lache von geronnenem Blut», sagte Tante Rosie aufgebracht.

Gaylord dachte nach. «Was ist geronnen?» fragte er.

«Dickes Blut. Dick und klebrig.»

«Geronnen», wiederholte Gaylord. «Geronnen, geronnen, geronnen.» Ein herrliches Wort. Es gefiel ihm. Er würde es sich für die Zukunft merken. Dann fiel ihm etwas anderes ein. «Ich wette, daß Tante Beckys junger Mann heute hier übernachten muß. Er schläft dann bei . . .»

Opa schleuderte den ‹Observer› auf den Fußboden. «Hörst du jetzt endlich auf, zu entscheiden, wer in diesem Haus bei wem schläft?»

Gaylord war beleidigt. «Ich hab doch nur gesagt . . .»

«Hör auf damit.»

Nun wandte sich Gaylord an Tante Beckys jungen Mann. «Paps hat heute nacht auf dem Dachboden geschlafen», sagte er beiläufig. «Er war mit Mummi verschiedener Meinung.»

Dunkelheit und Nebel umschlichen und umschlossen das Haus immer dichter. Drinnen jedoch tanzte das Kaminfeuer, und die

21

Familie fand sich zum Sonntagabend zusammen. Becky und ihr junger Mann hielten Händchen und kicherten ab und zu. Rose, den aufgeschlagenen Freud auf den Knien, tat, als lese sie, sobald sie sich von einem Familienmitglied beobachtet glaubte, starrte sonst aber nur vor sich hin. Opa arbeitete sich noch immer durch die Mammutseiten des ‹Observer› hindurch. Mummi nähte an einem Treppenläufer. Großtante Marigold, Paps und Gaylord vertrieben sich die Zeit mit Nachdenken.

Großtante Marigolds betagtes Gedächtnis war wie eine unberechenbare Zeitmaschine; es führte sie aus der Gegenwart in längst vergangene Tage, von vergessenen, unseligen Begebenheiten zum morgigen Mittagessen. Leider brachte sie allmählich immer öfter durcheinander, was gerade dran war. Manchmal saß noch Victoria auf dem Thron, manchmal war es Elizabeth. Manchmal pflegte sie Umgang mit alten Jugendfreunden, und sie erschienen ihr wirklicher als die Menschen ihrer jetzigen Umgebung. Manchmal war Gaylord wirklich Gaylord, manchmal jedoch war er Paps vor dreißig Jahren, als die Welt noch jung und voller Süße schien und der Sommer noch länger zu verweilen pflegte und nicht, wie heutzutage, nur eine unfreundliche Übergangszeit zwischen Frühling und Herbst war.

Paps saß, mit der Feder in der Hand, meditierend vor jungfräulich weißem Papier. Wie die meisten Humoristen war er melancholisch und grüblerisch veranlagt. Wie die meisten Humoristen hätte er lieber den ‹Hamlet› geschrieben, wäre ihm der Barde nicht zuvorgekommen – eine Tatsache, die ihn immer wieder mit Groll gegen den Dichterfürsten der englischen Literatur erfüllte. In seinem Unterbewußtsein schwelten Konflikte und tragische Ironie. Aber er hatte immer witzig zu sein. Mehr war ihm nicht gegeben. «Lache, Bajazzo, lache», murmelte er grimmig und begann zu schreiben.

Gaylords kleine Vorstellungswelt schmurgelte glücklich vor sich hin. Zunächst einmal war da Willies verborgener Schatz, Anlaß zu endlosen Spekulationen. Was Mummi auch immer dazu sagen mochte, er wollte bei nächstbester Gelegenheit Willie aufstöbern. Und dann war da der höchst erregende Gedanke an Tante Rosies Liebhaber. Und dann die Frage, warum Tante Becky und dieser junge Mann es so schön fanden, Händchen zu halten. Und schließlich der bevorstehende Kampf gegen das Zubettgehen. Jeden Augenblick konnte Mummi, so wie er sie kannte, plötzlich sagen: Gaylord «Zu Bett», und dann mußte er zur Gegenoffensive gerüstet sein. Er ging ans Fenster, zog den Vorhang beiseite und preßte seine Nase gegen das kalte Glas. «Es wird immer schlimmer und schlimmer» stellte er fest.

«Zu Bett, Gaylord», sagte Mummi.

Beleidigt drehte er sich um. «Es ist nicht mal sechs Uhr», rief er ungläubig und erstaunt.

«Aber in einer Minute», sagte Mummi.

«Die Uhr geht vor», sagte Gaylord.

«Also los, räum deine Sachen weg.»

Das war so eine Eigenart von Mummi. Völlig ungerührt setzte sie sich über logische Argumente hinweg. «Opa hat gesagt, sie geht vor», maulte Gaylord.

«Ja, vor einer Woche», sagte Opa.

Blitzschnell dachte Gaylord nach. «Also, wenn sie vor einer Woche schon vorging, dann geht sie jetzt noch mehr vor.»

«Ich hab sie längst gestellt», sagte Opa.

Keinerlei Unterstützung. Gaylord wechselte die Taktik. «Jetzt kommt Tante Rosies Liebhaber bestimmt nicht mehr», sagte er.

«Zu Bett», wiederholte Mummi.

Gaylord verkündete das Resultat seiner Überlegungen. «Entweder hat er keine Lust zu kommen oder er hat einen Unfall gehabt.»

«Oder beides», murmelte Paps vom Schreibtisch her.

Gaylord strahlte. Diesen Topf konnte er vielleicht am Kochen halten. «Ja, wenn er einen Unfall gehabt hat, kann er gar nicht kommen, weil er im Krankenhaus liegt, ganz vollgeronnen.»

«Oder tot», sagte Paps.

«Ich zähle jetzt bis zehn», erklärte Mummi. «Eins, zwei . . .»

«Kann ich nicht noch aufbleiben und Tante Rosies Liebhaber sehen?»

«Drei. Vier. Du hast doch gerade eben gesagt, er kommt nicht mehr.»

«Aber Mummi, er *könnte* doch kommen . . .»

«Herzlichen Dank», sagte Rosie verbittert.

«Fünf. Sechs. Gleich ist es soweit, Gaylord.»

Verzweifelt strengte Gaylord sein Gehirn an. Sein Blick fiel auf Tante Becky und ihren jungen Mann. «Warum halten du und Paps nicht auch Händchen?» fragte er.

«Zehn», zählte Mummi. «Zu Bett.»

Gaylord wußte genau, wann er verloren hatte. «Gute Nacht zusammen», sagte er forsch und gab den Kampf auf. Tante Rosie bekam einen nicht sehr enthusiastischen Kuß, Tante Becky einen genüßlichen, Mummi und Paps einen flüchtigen und Opa einen leidenschaftlichen, allerdings weniger aus Zuneigung, sondern weil Gaylord das Kratzen von Opas Bartstoppeln so gern mochte.

Als die Tür sich hinter ihm geschlossen hatte, seufzte alles erleichtert auf; während das Feuer im Kamin gemütlich brannte, senkte sich nun der Abend auf sie nieder.

Ich gebe ihm noch Zeit bis halb sieben, dachte Tante Rosie. Wenn er dann noch nicht erschienen ist, verschwende ich keinen einzigen Gedanken mehr an ihn.

Um halb sieben dachte sie: Er könnte doch noch kommen. Vielleicht ist er im Nebel nur falsch abgebogen und verspätet sich deshalb. Um sieben warf sie Becky einen Blick zu und dachte: Warum hat sie immer einen jungen Mann an der Hand? *Die* werden nie aufgehalten. Aber wenn ich zum erstenmal einen Mann zum Abendessen einlade, muß ihn natürlich der Nebel aufhalten. Und dabei bin ich schon dreißig, und es wird höchste Zeit.

Um acht hatte sie nur noch den einen Wunsch, daß der Abend rasch zu Ende gehe. Sonst genoß sie das Wochenende als eine Unterbrechung des Schulbetriebes. Aber heute sehnte sie sich nach ihrer Schule, wo sie den lieben Bobs wiedersehen würde.

Zeit zum Abendessen. Alle gingen hinüber. Zu ihrer großen Erleichterung erwähnte keiner den leergebliebenen Stuhl. Endlich durfte sie in ihr Zimmer hinaufgehen. Sie sah aus dem Fenster. Der Nebel hing vor den Scheiben wie eine schmutziggraue Felddecke. Die Welt draußen war leer und leblos. Der ganze Tag war leer gewesen, leer wie die Vergangenheit und leer wie die Zukunft. Wenn Bobs sie liebte, wirklich liebte, dann wäre er gekommen, auch tausend Meilen hätten ihn nicht geschreckt. Jetzt aber wußte sie die Wahrheit.

3

Nachdem der Nebel seine schmutzige Arbeit verrichtet hatte, faltete er wie die Araber seine Zelte zusammen und stahl sich über Nacht davon. Der Montagmorgen war hell und freundlich, als sei der Kalender plötzlich zum September zurückgeschnellt. Im Hof sang ein Vogel; ein letzter Freudenausbruch vor dem Schweigen des Winters. Gaylord wachte auf und rannte sofort zu Mummi und Paps. Aber sie waren ihm zuvorgekommen. Sie waren beisammen und bereits angezogen. Sie lächelten ihm voller Milde entgegen. «Auf der Jagd nach Neuigkeiten?» fragte Paps.

Gaylord war ziemlich gekränkt. Sie wollten ihn also nicht mehr ins Vertrauen ziehen. «Hat Paps auf dem Dachboden geschlafen?» fragte er.

Wieder lächelten sie ihn an. Dann lächelten sie einander zu. Sie schwiegen. Gaylord zog ab. Sein Interesse erlahmte. Er verbrachte eine nachdenkliche halbe Stunde, eingeschlossen auf dem Klo. Dann wanderte er in die Dorfschule, wo er den Lehrstoff mühelos in sich aufnahm wie ein Schwamm, der sich mit Wasser vollsaugt.

Tante Becky wurde in einem grünen Sportwagen abgeholt und flitzte in die Stadt, wo sie ihre Arbeit als Privatsekretärin mit Charme und überraschender Tüchtigkeit verrichtete.

Tante Rose strampelte grimmig auf einem alten, klapprigen Fahrrad die zwei Meilen bis zum Bahnhof. Sie würde Bobs wiedersehen. Ungeduldig hockte sie im kalten Zweiter-Klasse-Abteil auf der Kante der Sitzbank, während der Zug schnaubend durch den hellen Morgen zuckelte. Gleich würde er in den Bahnhof einfahren. Vielleicht, dachte sie, vielleicht steht Bobs auf dem Bahnsteig und holt mich ab. Er hatte das noch nie getan. Aber heute war es etwas anderes. Erklärungen, Entschuldigungen und verzeihende Worte waren im Lehrerzimmer nicht gut möglich. Sie streckte den Kopf zum Fenster hinaus. Der Bahnsteig war leer. Sie hastete in die Schule. Der Zug hatte Verspätung gehabt, und als sie endlich ankam, waren die anderen Lehrer bereits in ihren Klassenzimmern, wo sie den allwöchentlichen Kampf wieder aufnahmen, gleichgültigen, widerspenstigen Kinderhirnen das Beste einzutrichtern, was je gedacht oder geschrieben worden war. Sie traf Bobs erst in der großen Pause.

Er stand mit dem Langweiler Symons am anderen Ende des Lehrerzimmers. Als er sie sah, blickte er beiseite. Schließlich arbeitete er sich aber doch durch den überfüllten Raum bis zu ihr hindurch. «War das nicht eine Gemeinheit», sagte er. «Du hast hoffentlich nicht auf mich gewartet.»

«Gott behüte, nein», antwortete sie.

«Bei so einem Wetter kriegt man J. R. Roberts nicht auf die Straße», sagte er. «Dafür ist ihm seine Haut zu kostbar.»

«Es wäre auch wirklich töricht gewesen.»

«Töricht! Das kann man wohl sagen!» Er lächelte vertraulich auf sie herab. «Nicht mal der Königin von England zuliebe wäre ich gestern abend aus dem Haus gegangen.»

«Vielleicht hast du Lust, nächste Woche zu kommen», schlug sie vor und spielte nervös mit einem Drehbleistift.

«Okay», sagte er. «Wenn du für besseres Wetter garantierst.»

«Ich werde mein Bestes tun», erwiderte sie leichthin, obwohl ihr fast das Herz brach. Sie senkte die Stimme. «Bobs, ich war so enttäuscht, daß du nicht kommen konntest.»

«Ja, aber wir können das englische Klima nun mal schlecht ändern, nicht wahr?»

Da klingelte es. Sie lächelte ihn matt an. «Ich muß zurück zu den Kindern.»

«So ist es», sagte er. «Zurück in die alte Tretmühle.» Er klopfte seine Pfeife aus.

Sie konnte sich noch immer nicht losreißen. «Also dann nächsten Sonntag», sagte sie, «wenn nichts dazwischenkommt.»

«Wenn nichts dazwischenkommt», sagte er abwesend, während er seine Bücher zusammensuchte. Er ging hinaus, und sie spürte deutlich, daß er sie bereits vergessen hatte.

«Komm gleich nach Hause», hatte Mummi befohlen, und Gaylord gehorchte auch, fast. Nur einen ganz kleinen Umweg über den alten Steinbruch machte er.

Der helle Morgen hatte sein Versprechen nicht gehalten. Um die Mittagszeit hatte sich hoch oben eine dünne Wolkenschicht der Sonne genähert und sich langsam herabgesenkt, den Sonnenschein erst verschleiert, dann ganz ausgelöscht und schließlich einen kalten Frost über die klamme Erde gebreitet. Die unsichtbare Sonne senkte sich dem Untergang entgegen, und als Gaylord den Steinbruch erreichte, lag bereits Dämmerung schwer über dem Land. Gaylord stapfte ins nasse Unterholz. Und da stand auch Willie, müßig und selbstverständlich wie ein Baum.

«Du wolltest mir doch was zeigen?» fragte Gaylord.

«Du wolltest ja nicht mitkommen», sagte Willie.

«Jetzt will ich aber.»

Willie bewegte sich träge. «Na, dann komm», sagte er. Sie marschierten los.

Über einen feuchten Fußweg gingen sie auf den Fluß zu. Sie verließen den Weg und bogen in einen von hohen Buchsbaumhecken gesäumten Pfad ein, auf dem Brennesseln und Sauerampfer moderten. Dann gelangten sie zu den sumpfigen Wiesen.

Die Wolken hatten sich in diesen letzten Augenblicken des Tages auseinandergezogen, über dem strudelnden Fluß lag ein schwaches, wässeriges Licht, es fiel auf die verwitterten Steine einer alten Fischerhütte. Dorthin lenkte Willie seine Schritte. Wieder erklang in Gaylords Kopf eine warnende Glocke. «Wohin gehen wir?» fragte er zögernd.

«Da drinnen ist es», sagte Willie.

Gaylord hörte nicht auf die warnende Glocke. Das war genau der richtige Ort für verborgene Schätze. Sie traten in die baufällige Hütte. Aus dem geborstenen Steinfußboden trieben Baumschößlinge und Grasbüschel hervor, das Dach war im Lauf der Jahre eingesunken. Da war ein Herd mit einem rußigen, zerbrochenen Rost. Willie sah Gaylord plötzlich voller Mißtrauen, fast feindselig an. Er packte ihn beim Arm. «Versprich, daß du keinem was verrätst», sagte er.

«Versprochen», sagte Gaylord und vollzog ein kunstvolles, geheimes Ritual, bei dem er sich bekreuzigte, ausspuckte und die Augen verdrehte.

Willie ging auf den Rost zu. Er riß eine Schicht von vertrocknetem Gras weg. Gaylord trat neben ihn und spähte erwartungsvoll darauf. Dort lag in einem Nest von Zweigen und Blättern das Schönste, was Gaylord je gesehen hatte. Es funkelte und glänzte sogar in diesem Dämmerlicht. Ehrfürchtig hob Willie es heraus. Gaylord starrte es begierig an. «Was ist das?»

«Ein Briefbeschwerer», sagte Willie.

«Wofür?»

«Weiß nicht.» Zärtlich ließ Willie seine dicken weißen Finger über das glatte Glas gleiten, betrachtete liebevoll das Bild des Rathauses von Leeds, das darin, wie eine Fliege im Bernstein, eingeschlossen lag. «Laß es mich auch mal in die Hand nehmen», bat Gaylord.

Ganz vorsichtig gab Willie es ihm. Es war mächtig schwer, eine große glatte Kugel aus Glas, in die das hübsche Bild eingeschlossen war. Es war wunderbar, die Kugel anzufassen, wunderbar, sie anzuschauen. Gaylord war hingerissen. Doch plötzlich riß Willie sie ihm grob, aber geschickt aus der Hand. Er legte sie an ihren Platz zurück, deckte sie ehrfürchtig, wie ein Priester die geweihten Gefäße, zu und sah sich wieder mit der merkwürdigen Mischung aus Argwohn und Mißtrauen nach Gaylord um. «Wetten, daß du es jemandem verrätst?»

«Bestimmt nicht», sagte Gaylord. Er wiederholte das Ritual.

«Ich wollte, ich hätt es dir nicht gezeigt», sagte Willie. Plötzlich verzog sich sein bleiches, schwabbeliges Gesicht zu einem Weinen. «Du wirst jemand davon erzählen, und dann nehmen sie es mir weg», schniefte er.

«Ich tu's bestimmt nicht, Willie», beteuerte Gaylord.

Willie hob eine Hand und wischte sich die Tränen ab. Er machte ein verschlagenes Gesicht. «Ich mach dich tot, wenn du's tust», erklärte er schlicht und überzeugend.

Gaylord lief ein wohliger Schauer den Rücken hinunter. Aber er steckte scheinbar gelassen die Hände in die Hosentaschen und fragte beiläufig: «Hast du schon mal jemand getötet, Willie?»

Willie öffnete den Mund und wollte antworten. Dann trat wieder der Ausdruck halbirrer Verschlagenheit in sein Gesicht. «Los, komm», sagte er nur und zerrte Gaylord unsanft aus der Hütte, dem Dorfe zu, dessen gelbe Lichter bereits in der Dämmerung schimmerten.

Gaylord gab sich sorglos und pfiff durch die Zähne, als er, die Hände in die Hosentaschen, zu Hause ankam. Mummi brauchte ihn nur anzusehen. Und sie fragte sofort: «Hallo, was hast du wieder angestellt?»

«Gar nichts», sagte Gaylord gekränkt. Seine Stimme und sein Gesicht waren ein einziger Vorwurf.

«Dafür hast du aber ziemlich lange gebraucht.»

«Wofür?»

«Gar nichts zu tun.»

«Ich bin in der *Schule* gewesen», beteuerte Gaylord.

«Ich meine, was du danach getan hast.»

Gaylord machte ein erstauntes Gesicht. «Ich bin nach Hause gegangen.»

«Dann mußt du aber wirklich sehr langsam gegangen sein.»

Er humpelte mit schmerzverzerrtem Gesicht durch die Küche. «Hab was am Bein», sagte er. «Die Lehrerin meint, es ist vielleicht gebrochen.»

Sie warf ihm einen Blick zu, der ihm gar nicht behagte. «Hast du etwa mit Willie gesprochen?» fragte sie vorwurfsvoll.

Mummi war wirklich ekelhaft argwöhnisch. Gaylord war immer wieder betroffen davon, er sah darin einen schwerwiegenden Charakterfehler. Seine blauen Augen sahen sie voll gekränkter Unschuld an. Aber es war merkwürdig mit Gaylord: Schwindeleien und Ausflüchte waren für ihn das tägliche Brot, aber wenn es um eine richtige, faustdicke Lüge ging, meuterte sein Gewissen. «Nicht direkt gesprochen», sagte er.

«Also, was dann direkt?» fragte Mummi und wirkte dabei größer als zwei Meter. Aber jetzt hatte Gaylord sie mit Erfolg vom geraden Weg der Wahrheit oder der Lüge weggelotst und die weitverschlungenen Pfade der Vermutungen und Halbwahrheiten erreicht. «Er sagte: ‹Guten Abend, Gaylord›, und ich sagte: ‹Guten Abend, Willie›.» Seine Stimme nahm wieder einen beleidigten Tonfall an. «Ich konnte doch nicht nicht ‹Guten Abend, Willie› sagen, wenn er ‹Guten Abend, Gaylord› gesagt hatte, oder?»

«Und was geschah dann?» fragte Mummi.

«Dann bin ich nach Hause gekommen», antwortete Gaylord. Das war er schließlich ja auch. Hier stand er, um es zu beweisen.

«Geradewegs nach Hause?» bohrte Mummi weiter.

Manche Menschen konnten sich mit einer schlichten Erklärung einfach nicht zufriedengeben. «Beinahe», sagte Gaylord und hatte das Gefühl, als hätte er damit die Schleusen zu einer Flut von Fragen geöffnet.

Zu seiner Überraschung drang Mummi nicht weiter in ihn. Statt dessen setzte sie sich, legte ihm die Hände auf die Schultern, sah ihn ganz ernst an und sagte: «Gaylord, du sollst mit Willie weder reden noch dich mit ihm treffen. Damit ist es mir sehr ernst.»

«Aber warum denn, Mummi?»

Schweigen. Dann: «Ich weiß es nicht, Gaylord, ich weiß es wirklich nicht», sagte Mummi, es klang fast so, als ob sie mit einem Erwachsenen spräche. «Ich hab einfach das Gefühl, es ist nicht . . . ratsam.»

«Nur weil er nicht alle Tassen im Schrank hat?»

«So etwas sagt man nicht», meinte Mummi, «aber . . . ja, ich glaube deshalb.»

Mummi machte ein sehr nachdenkliches Gesicht, und Gaylord fand den Augenblick für ein Ablenkungsmanöver günstig. «Ist Tante Rosies Liebhaber gekommen?» fragte er.

«Du mußt es mir versprechen», sagte Mummi.

«Was denn versprechen?» fragte Gaylord, als wüßte er von nichts.

«Dich nicht mit Willie zu treffen.»

Schnell vollzog er sein Geheimritual. «Gaylord», schrie Mummi voller Entsetzen. «Laß mich das ja nur nicht noch einmal sehen.»

«'tschuldige, Mummi», sagte Gaylord zerknirscht und begriff im gleichen Augenblick, daß er damit eigentlich gar nichts versprochen hatte und daß Mummi das auf keinen Fall merken durfte.

«Die Lehrerin sagt immer, ‹Gut Ding hat gut Weil, und ein Pups ist kein Pfeil.›»

«Du sollst solche Worte nicht in den Mund nehmen», erwiderte Mummi.

Jetzt steuerten sie weg von Willie, auf die offene See hinaus. «Die Lehrerin sagt das auch immer», sagte Gaylord.

Mummi seufzte. Wenn die Lehrerin nur die Hälfte der Dinge sagte, die Gaylord berichtete, mußte sie eine recht sonderbare Person sein. «Gibt es nicht bald Tee?» fragte Gaylord und vergrößerte damit den Abstand zwischen ihnen und Willie um einige weitere Meilen.

«Er hat sich wieder mit Willie getroffen», sagte Mummi. «Aber er hat mir versprechen müssen, es nicht wieder zu tun.»

«Hast du's schriftlich?» fragte Paps.

«Ich glaube, man kann ihm schon trauen, wenn er etwas versprochen hat.»

«Wenn er's versprochen hat. Aber bist du auch ganz sicher,

daß er das getan hat, ohne sich ein kleines Hintertürchen offenzulassen?»

Mummi dachte nach. «Ich glaube, ja. Aber woher soll ich oder jemand anders schon wissen, was in diesem kleinen vertrackten Gehirn vor sich geht?»

Das war in der Tat eine berechtigte Frage. «Willie ist vermutlich ohnehin vollkommen harmlos», sagte Paps.

«Ich weiß nicht», sagte Mummi. «Er hat ein sehr nettes Lächeln, das muß ich zugeben, und er scheint so sanftmütig. Trotzdem bekomme ich bei ihm immer eine Gänsehaut. Ich kann mir vorstellen, daß er zu fast allem fähig ist.»

Freitagabend, und wieder war eine langweilige und enervierende Woche vorbei. Rose traf Bobs gerade, als er sein Fahrrad aus dem Schuppen holte. Sah es nicht einen Augenblick so aus, als ob er sich ertappt fühlte? Aber sie hielt sich nicht zurück. «Sehen wir dich am Sonntag?» fragte sie.

«Oh. Ach ja. Ehrlich gesagt, ich bin noch nicht *ganz* sicher . . .»

«Mach es doch möglich», sagte sie und wußte, daß sie das nicht hätte sagen sollen. Je mehr man sie jagte, desto schneller liefen sie einem davon. Aber wenn man es nicht tat, verlor man sie auch. Ein wahrer Teufelskreis, ein Problem, mit dem Mädchen wie Rose nicht fertig wurden, das es aber für Mädchen wie Becky überhaupt nicht gab.

Er war jünger als Rose, hatte glattes schwarzes Haar und einen korrekten kleinen schwarzen Schnurrbart. Sein Anzug saß etwas zu knapp, die Krawatte war etwas zu lebhaft, die Schuhe waren etwas zu spitz und sein Lächeln viel zu bewußt. Aus seiner Brusttasche ragten, wie Zahnstummel, ein Sortiment Federhalter und Bleistifte hervor. Für die meisten Männer war er eine recht kümmerliche Erscheinung, Rose hingegen schmolz vor Liebe. «Mach es doch möglich», sagte sie noch einmal.

«Okay», sagte er mürrisch. «Ich werde mein Bestes tun. Gegen acht?»

Sie hätte am liebsten sechs gesagt. «Komm, wenn du kannst, doch ein bißchen früher», sagte sie dann.

«Gut. Viertel vor.» Er schenkte ihr noch ein schnelles, nichtssagendes Lächeln und schwang sich dann aufs Rad. Er wird kommen, dachte Rose ohne eigentliche Freude. Sie fühlte sich gedemütigt, ohne zu wissen, warum. Natürlich war es nicht Bobs'

Schuld. Sondern ihre eigene, weil sie sich so erniedrigt hatte. Aber mußte sie es nicht tun? Sonst würde er nicht kommen, und die Welt so leer sein wie immer.

Aber an diesem Sonntag sah Rose von einer Ankündigung ab. Sie brachte es einfach nicht fertig. Wenn Bobs kam, war es noch früh genug – wenn er überhaupt kam. Gespannt wie ein an der Kette liegender Hund wartete sie in nervöser Angst. Um sieben hörte sie etwas. Ein Auto kam den Weg herauf, die Auffahrt herauf, dann hielt es. Rose erhob sich halb, wobei sie sich mit zitternden Händen an den Hals griff. Aber Becky sagte in bestimmtem Ton: «Klingt wie Peter» und eilte zur Haustür.

Es war Peter. Sie kamen lachend und händchenhaltend herein. Rose hätte die beiden umbringen können.

Sie war fast am Ende ihrer Nerven. Abendessen gab es um halb acht. Sie hatte sich nicht getraut, Bobs das mitzuteilen, und stand nun vor der schrecklichen Alternative, entweder um Verschiebung des Abendessens bitten und erklären zu müssen, warum, oder es darauf ankommen zu lassen, daß Bobs mitten in die Mahlzeit hineinplatzte und alles drunter und drüber ging.

Fünf Minuten vor halb, und kein Bobs. Aber noch lag Opa schnarchend unter dem ‹Observer›, und solange Opa schlief, gab es kein Abendessen. Lieber Gott, laß ihn bloß nicht aufwachen, betete sie und verhielt sich mucksmäuschenstill. Aber um Punkt halb acht tauchte Opa unter der Zeitung auf, blickte unheilvoll umher und fragte: «Na, gibt es heute abend noch was zu essen oder nicht?»

«Können wir nicht noch ein paar Minuten warten?» sagte Rose tapfer. «Vielleicht kommt Mr. Roberts.»

«Wer?» bellte Opa.

«Mr. Roberts. Erinnerst du dich, er wollte schon letzte Woche kommen, aber . . .»

«Aber er tat's nicht. Und es sieht ganz so aus, als ob er auch diese Woche nicht käme.» Mühsam stand Opa auf.

«Er sagte, er würde wohl erst etwas später kommen können», sagte Rose unglücklich.

Die baumstammdicken Beine gespreizt, ließ sich Opa wieder nieder. Er schielte auf seine Uhr. «Geben wir ihm noch fünf Minuten», sagte er.

Fünf Minuten vergingen. Opa ließ den Deckel seiner Uhr zuschnappen, erhob sich und wandte sich dem Eßzimmer zu. «Ich lasse mir jedenfalls durch diesen legendären Mr. Roberts nicht meinen Haushalt durcheinanderbringen», erklärte er. «Jetzt wird gegessen.»

Das taten sie auch. Sie waren gerade bei Roastbeef mit kalten Beilagen angelangt, als es draußen unbekümmert und gebieterisch klopfte.

Rose sprang wie elektrisiert auf. «Langsam, Mädchen, langsam», rief Becky, die jede Sekunde genoß. «Überschlag dich nur nicht gleich.»

Rose verminderte ihre Geschwindigkeit von acht auf vier Stundenkilometer, ging hinaus und öffnete die Tür. «Hallo, Bobs», sagte sie schüchtern. «Es tut mir leid, aber wir haben schon mit dem Essen angefangen.»

Leicht pikiert antwortete er: «Ich dachte nicht, daß ich zu spät dran sei.»

«Bist du auch nicht», sagte sie hastig. «Es ist nur so, daß Vater . . .» Sie wußte nicht weiter. «Komm, gib mir deinen Mantel.»

Er ließ sich, noch etwas blinzelnd, ins Eßzimmer führen. «Das ist Bobs», sagte sie.

«Ist das dein Liebster, Rose?» fragte Großtante Marigold glückstrahlend.

«Das würde ich nicht sagen», verwahrte sich Mr. Roberts lautstark. Er war der Meinung, daß jeder über fünfundsechzig taub und beschränkt sei.

«Und das ist May. Und mein Bruder Jocelyn. Meine Schwester Becky.» Becky lächelte gewinnend. «Peter. Und das ist mein Vater.»

Opa erhob sich höflich, verbeugte sich und setzte sich wieder. Trotzdem gelang es ihm, dabei recht deutlich werden zu lassen, daß er jeden, der so verwegen war, ihn bei Roastbeef mit Beilagen zu stören, haßte. Er aß weiter, warf nur dem Neuankömmling gelegentlich argwöhnische Seitenblicke zu, als fürchtete er, Bobs könnte ihm das Essen unter der Nase fortschnappen. Aber schließlich siegte die Höflichkeit. «Rückt doch noch einen Stuhl heran», sagte er kauend.

Ein guter Vorschlag. Nur gab es leider keinen Stuhl mehr, und selbst wenn es einen gegeben hätte, so war doch nicht Raum genug, ihn heranzuziehen, da die Familie in geschlossener Phalanx um den Tisch saß.

Rose, die vor Aufregung weder klar denken noch handeln konnte, fuhrwerkte hilflos herum. «Los, rückt doch zusammen», befahl Opa, worauf alle unter ihre Stuhlsitze griffen, sich halb erhoben und nach links oder rechts rückten, wie es ihnen gerade einfiel. Langsam begannen sich die Dinge zu ordnen. Man hatte Platz gemacht. Und natürlich neben Becky. Großtante Marigold hatte einen Teller herbeigezaubert, Opa säbelte bereits ungeduldig an dem Roastbeef herum, und Rose, die allmählich wieder zu Verstand kam, holte einen Stuhl aus der Küche. Bobs setzte sich. «Pickles?» fragte Becky mit der Beflissenheit einer tscherkessischen Sklavin, die dem Sultan Konfekt anbietet.

«'kay», sagte Bobs und starrte hungrig auf seinen Roastbeef-Teller. Wenn ihm bloß jemand Messer und Gabel geben wollte, damit er anfangen könnte. Aber die Familie schien zu keinerlei Anstrengungen mehr fähig zu sein. Rose saß da und starrte ihn an. Die übrigen hauten kräftig rein, bemüht, die verlorene Zeit aufzuholen. Bobs machte Rose flehende Zeichen. Sie lächelte liebevoll. «Könnte ich . . .?» begann Bobs. In diesem Augenblick öffnete sich die Tür. Gaylord stand, die Pyjamahosen wie immer auf halbmast, in der Tür und lächelte zuckersüß.

«Gaylord!» rief Mummi. «Warum bist du nicht im Bett?»

«Ich wollte mir nur Tante Rosies Liebhaber ansehen», sagte Gaylord.

«Ach, du lieber Gott», sagte Bobs. ‹Liebster› hatte ihm schon gereicht. Er fragte sich, welche Rolle sie ihm wohl in diesem Haushalt zugedacht hatten. Wenn er sich den Alten anschaute, konnte er sich sogar vorstellen, daß man ihn mit der Flinte vor den Altar trieb.

«Du solltest doch schon längst schlafen», sagte Mummi.

«Hab ich ja auch», sagte Gaylord artig. «Ich bin aber aufgewacht.»

«Na, dann sag Mr. Roberts guten Abend. Und marsch zurück ins Bett.»

«Abend», sagte Gaylord ohne großes Interesse. Er wußte nicht so recht, was er eigentlich erwartet hatte. Aber er war jedenfalls schwer enttäuscht. Mr. Roberts sah so aus wie alle andern auch.

«Abend», antwortete Bobs ebenso gleichgültig. Langsam fühlte er sich ungemütlich. Diese Rose schien der Familie ihre Bekanntschaft ja in den glühendsten Farben geschildert zu haben. Er beschloß, sehr vorsichtig zu sein. Sehr, sehr vorsichtig. Und noch *immer* hatte er weder Messer noch Gabel.

Gaylord wanderte um den Tisch herum und gab, lediglich um die Zeit totzuschlagen, jedem einen Kuß. «Mr. Roberts hat sein Fleisch nicht gegessen», verkündete er.

«Schmeckt es Ihnen etwa nicht?» fragte Opa in kriegerischem Ton.

«Ich habe kein Besteck», gab Mr. Roberts fast ebenso kriegerisch zurück.

«Guter Gott», fuhr es Opa heraus. Saß da und gab keinen Ton von sich! Konnte denn jemand so blöd sein? «Nun gib ihm doch mal einer sein Eßwerkzeug», befahl er.

«Entschuldige tausendmal, Bobs.» Rose war den Tränen nahe. Sie brachte Messer und Gabel. «'kay.» Bobs gelang es, in diese abscheuliche Silbe eine Welt von Ironie hineinzulegen.

«Gaylord, ab mit dir», sagte Mummi. Wie eingleisig diese Frau doch dachte. «Ich hab Hunger», sagte Gaylord.

«Du darfst dir einen Keks nehmen.»

«'kay», sagte Gaylord.

«Was hast du gesagt?» fragte Paps drohend. Kleinere Vergehen wie Lügen oder Stehlen vermochte er allenfalls noch hinzunehmen, aber wenn sich jemand an der Muttersprache verging, inszenierte er, wie Mummi sagte, sofort seinen großen Auftritt: «Was hast du da eben gesagt?»

«'kay», erklärte Gaylord in der sicheren Gewißheit, zwei Züge vorauszusehen.

«Wie oft habe ich dir . . .?» begann Paps außer sich.

«Mr. Roberts hat es auch gesagt», trumpfte Gaylord auf. Wäre er alt genug gewesen, sich auf Schach zu verstehen, hätte er ‹Matt› hinzugefügt.

«Wenn du erst mal so alt bist wie Mr. Roberts . . .» begann Paps seine übliche Antwort. Gaylord blieb unbeeindruckt. Aber Mummi, wie immer die beiden dialektischen Duellanten trennend, griff sich Gaylord und schob ihn kurzerhand aus dem Zimmer. Als sie zurückkam, warf Opa ihr einen bewundernden Blick zu. «Ich ziehe das *fortiter in re* dem *suaviter in modo* vor. Wie halten Sie es, Mr. Robinson?»

«Roberts», korrigierte Bobs. «Wie bitte?»

Opa machte ein finsteres Gesicht und aß weiter. Er war nicht gewillt, seine Zeit mit langatmigen Erklärungen zu verschwenden.

Becky wandte sich Bobs zu. Sie lächelte ihn so strahlend an, daß es ihm einen Augenblick lang richtig schwindlig wurde. «Vater will damit sagen, daß er mehr für kurzen Prozeß ist.»

«Oh», sagte Bobs. «Vielen Dank.» Er lächelte zurück.

«Stets gern zu Diensten», sagte Becky wiederum strahlend. Eine Sekunde lang berührte ein entschlossenes zartes Knie das seine. Wieder ergriff ihn ein Schwindelgefühl. Er sah auf und blickte in Roses Augen, die ihn vom anderen Tischende aus schmachtend ansahen. «Bobs, hast du auch alles, was du brauchst?» fragte sie.

«Ja, 'kay», sagte Bobs.

Rose zermarterte ihr Hirn, was sie noch sagen könnte, aber ihr fiel absolut nichts ein. Diese verdammte Becky, dachte sie, hat schon einen Mann und ist jetzt noch hinter meinem her. Nur weil's ihr Spaß macht. Aber Becky reagierte einfach auf jedes Mannsbild wie Benzin auf ein flammendes Streichholz. «Was haben Sie für einen Beruf, Mr. Roberts?» gurrte sie.

«Ich bin Lehrer», sagte Bobs.

«Ach, du großer Gott», ließ Opa vernehmen.

«Wie bitte?» fragte Bobs erschreckt.

Konnte der blöde Kerl denn nichts anderes als ‹Wie bitte› sagen? Becky schaltete sich wieder als Übersetzerin ein und erklärte: «Vater hält nicht viel von Lehrern.»

Über diese bemerkenswerte Erklärung mußte Mr. Roberts nachdenken. Rose sagte: «Kümmere dich doch nicht um ihn, Bobs. *Ich* finde, Lehrer ist ein sehr ehrenwerter Beruf.»

«Das finde ich auch», sagte Becky im Brustton der Überzeugung.

«Jedenfalls haben sie verdammt lange Ferien», ließ Peter sich zum erstenmal vernehmen. Dabei lachte er nervös.

Opa warf ihm einen säuerlichen Blick zu. «Müssen sie ja auch», meinte er. «Wie soll man sonst überhaupt jemand für diesen Job finden?»

Bobs sagte förmlich: «Schließlich gibt es auch so etwas wie Berufung, Sir.»

«Nicht bei Lehrern», erklärte Opa entschieden.

Becky sagte: «Vater, du bist ausgesprochen unfreundlich und unfair zu Mr. Roberts.»

«Ich Opa sah sie fassungslos an.

«Deine Manieren sind schändlich», sagte Paps, der noch im-

36

mer unter dem *suaviter in modo* litt.

Opa war ehrlich entsetzt. Wenn er auf etwas stolz war, dann auf seine altväterliche Höflichkeit. Er wandte sich an Mr. Roberts: «Mein lieber Mr. Robertson. Bitte verzeihen Sie, wenn ich irgend etwas gesagt haben sollte . . . ich kann mich wirklich nur entschuldigen und Sie bitten, es der Torheit des Alters zuzuschreiben.»

«Ist schon gut», sagte Bobs. «Manche Lehrer sind ja auch wirkliche Ekel.»

«Nehmen Sie noch etwas Käse», ermunterte Opa ihn. «Den Stilton kann ich sehr empfehlen.»

Endlich war die Mahlzeit zu Ende. Man zog sich ins Wohnzimmer zurück. Rose, die Becky und Peter händchenhaltend auf dem Sofa sitzen sah, dachte: Endlich, jetzt habe ich ihn für mich, denn das kleine Biest ist beschäftigt. «Bobs, komm, setz dich hierher», sagte sie glücklich und klopfte auf den Sessel neben sich.

Aber sie hatte nicht mit Opas schlechtem Gewissen gerechnet. «Mr. Robertson, kommen Sie zu mir und unterhalten Sie einen alten Mann. Was halten sie von Burnhams Memorandum zur Lehrerbesoldung?» sagte Opa, während er einen Stuhl neben den seinen zog.

«Vielen Dank», sagte Bob geschmeichelt.

Opa bot ihm eine Zigarre an. Der Abend verstrich. Opa und Mr. Roberts waren Feuer und Flamme füreinander. Becky lächelte zärtlich ihrem Peter zu und, wenn sie seinen Blick erhaschen konnte (was ihr ziemlich oft gelang), auch Bobs. Rose mußte sich mit dem Anblick ihres Geliebten und dem Klang seiner Stimme zufriedengeben. Großtante Marigolds Erinnerungen eilten im Pendelverkehr zwischen dem Heute und den neunziger Jahren hin und her. Mummi machte sich Sorgen wegen Willie, warum, wußte sie selber nicht. Es war eine undefinierbare Ahnung der Gefahr. Paps hatte sich in sein Reich der Träume zurückgezogen, wo er als unbestrittener König herrschte, ja, wo er Gott war, Schöpfer, Lenker, Zerstörer.

Aber um halb zehn machte Opas Gewissen Feierabend. Gähnend ließ er seine Taschenuhr aufschnappen und sagte: «Verflucht spät schon.»

Man verstand den zarten Wink. Becky und Peter erhoben sich und verließen das Zimmer. Mr. Roberts sagte: «Ja, wird Zeit, daß ich mich auf den Weg mache. Darf meinen Schönheitsschlaf auf keinen Fall versäumen.»

«Sie müssen bald wiederkommen», sagte Opa. «Habe mich prächtig mit Ihnen unterhalten.»

«'kay», sagte Bobs und stand auf. «Gute Nacht allerseits.»

«Ich komme mit und hole deinen Mantel», sagte Rose. Sie zitterte am ganzen Körper. Jetzt kam der entscheidende Augenblick, in dem dieser ganze elende Abend noch gerettet werden konnte. Sie würde ihn bis ans Auto bringen, allein in der Dunkelheit. Und dort, unter den Sternen, weit weg von der Familie, weit weg vom Klassenzimmer, wer weiß, was da geschehen konnte? Ein inniger Händedruck, ein Kuß, vielleicht sogar sein Arm um ihren schmachtenden Leib? Sie gingen in die Halle. Sie half ihm in den Mantel. «'kay», sagte er. «Bis morgen dann, in unserem alten Saftladen.»

«Ich bring dich noch ans Auto», sagte sie hastig.

Sie gingen nach draußen auf die finstere, verregnete Terrasse.

«Regnet ja wie verrückt», sagte er.

Verflixt, dachte sie. «Dann müssen wir uns hier verabschieden», sagte sie mit schwankender, halberstickter Stimme. In der Dunkelheit blickte sie zu ihm auf. Sie lehnte sich an ihn. Fühlte den rauhen Tweed seines Mantels, die Wärme seines Körpers.

«Wiedersehen, Bobs», flüsterte sie mit unendlicher Zärtlichkeit.

«Na, nun ziert euch doch nicht so, ihr zwei», sagte eine fröhliche Stimme direkt neben ihr. Rose zuckte zusammen. «Becky», brachte sie heraus, und ihre Stimme klang enttäuscht, ja, haßerfüllt. «Was hast du denn hier zu suchen?»

«Knutschen, wenn dir dieser Ausdruck geläufig sein sollte», erwiderte Becky vergnügt.

Rose konnte in der Finsternis gerade noch die beiden Gesichter erkennen, ganz dicht beieinander. «Also, auf bald», sagte Bobs munter. Und mit wesentlich mehr Nachdruck: «Gute Nacht, Becky.»

«Wiedersehn», sagte Becky.

«Ich komme noch mit zum Auto», sagte Rose wild entschlossen.

«Aber du wirst ja klatschnaß.»

«Ich komme trotzdem», beharrte sie.

Aber die Stimmung, wenn sie überhaupt je vorhanden gewesen war, war jetzt dahin. Rose stand kläglich im strömenden

Regen, während Bobs eilig in den Wagen sprang, die Lichter einschaltete, den Motor anließ und mit den Worten «Bis bald» winkend davonfuhr. Sie ging auf die Terrasse zurück. «Trennung ist ein süßer Schmerz», sagte Becky.

«Verdammtes Biest», sagte Rose böse und eilte ins Haus.

«Regnet es denn?» fragte Großtante Marigold überrascht.

«Es gießt», sagte Rose und rannte auf ihr Zimmer, wo die Tränen wie ein Sommergewitter aus ihr hervorbrachen.

«Wirklich nett, daß man Rose mal turteln sieht», meinte Großtante Marigold. «Ich finde es schön, wenn junge Leute glücklich sind.»

Zu ihrer großen Freude kam er am folgenden Morgen im Lehrerzimmer auf sie zu. Er lächelte sogar: «Warum hast du mir nichts davon erzählt?» fragte er mit der freundlichsten Stimme.

«Wovon, Bobs?»

«Daß du so eine pfundige Schwester hast.»

«Ach so, Becky. Ja, sie ist sehr hübsch, nicht wahr?»

«Kann man wohl sagen. Dein alter Herr ist auch sehr nett. Komisch, dabei hatte ich vor, als er anfangs so loslegte, ihm richtig die Meinung zu sagen.»

«Ich habe eigentlich wenig von dir gehabt, Bobs», sagte Rose ganz ruhig.

«Das macht nichts», erwiderte er abwesend, während er die kleine Miss Jones beobachtete, die sich nach einem Buch bückte.

«Du mußt unbedingt wiederkommen», sagte sie, bemüht, ihren Kummer nicht durch ihre Stimme zu verraten.

«Klar, unbedingt», antwortete er mit mehr Enthusiasmus, als sie je zu hoffen gewagt hatte. Aber was ging davon auf ihr Konto und was auf Beckys? Gequält dachte sie, daß sie auf diese Frage vermutlich nie eine Antwort finden würde.

4

November, Totenmonat, Allerheiligen, Allerseelen; Nebelschwaden, die wie ruhelose Geister der Verstorbenen über die Felder wallten; der hoch angeschwollene Fluß war mit gelben Blättern übersät, sickerte in morastigen Pfützen bis in die sumpfigen Wiesen; die Buchen flammten an einem Tag wie ein Freudenfeuer und standen am nächsten leblos, tot und klamm. Der Hof war voller Schlamm und brauner Pfützen, und das Gesträuch ließ trauernd Blätter und Regentropfen fallen; die Luft war weich und feucht, und die Kiefernschonung duftete süß; die frühe Dämmerung umhüllte die Hügel; auf der Terrasse lagen Gummistiefel und Plastikregenmäntel herum.

Gaylord stampfte mit seinen Gummistiefeln durch jede Pfütze, die er nur finden konnte. Zunächst hatte er beim Herumwandern die Fischerhütte, die Willies Schatz barg, nur aus der Ferne gesehen, doch allmählich zog er seine Kreise immer enger.

Die Hütte zog ihn wie ein Magnet an. Er könnte ja mal hineingehen und einen Blick drauf werfen. Aber nein. Die Hütte war Willies Reich. Ohne Willie konnte er nicht hineingehen.

Doch eines Tages fand er sich plötzlich, fast gegen seinen Willen, auf ihrer Schwelle. Wie er dahin gekommen war, wußte er selbst nicht.

Verlassen lag die weite Landschaft da. Er ging hinein.

Seit jenem Tag hatte sich die Hütte nicht verändert. Gaylords Blick suchte sofort den Ofenrost. Das Nest aus Blättern und Gras war noch da.

Ein Blick konnte nichts schaden. Er hob den Grasbelag ab und geriet in Verzückung. Es war sogar noch schöner als in seiner Erinnerung. Das Rathaus von Leeds schimmerte in einem Licht, das es weder zu Wasser noch zu Lande gab. Mit der gleichen Ehrfurcht, als wären es die Kronjuwelen, nahm er es in die Hand. Während er es berührte, es umschloß und in seine klare, durchsichtige Tiefe blickte, erfüllte ihn ein Staunen, das wohl nur ein Kind, ein Dichter oder vielleicht ein Irrer empfinden kann. Er stand da, liebkoste seinen Schatz und vergaß den alten Tyrannen, die Zeit, wie es nur ein Kind fertigbringt. Der Gedanke, daß er diesen Schatz in seinem Zimmer haben, vor dem Schlafengehen und beim Erwachen damit spielen könnte, erfüllte ihn ganz. Willie würde nie erfahren, wer ihn fortgenommen hatte. Und Willie konnte sowieso nichts ausrichten, er hatte ja nicht alle Tassen im Schrank.

Zum erstenmal in seinem Leben kämpfte Gaylord einen harten Kampf mit der Versuchung. Und siegte. Ohne zu wissen, warum. Aber irgendein tief verwurzeltes Empfinden für Recht und Unrecht kam ihm dabei zu Hilfe. Er bettete den kostbaren, betörenden Gegenstand wieder in sein Nest und ging, mit einem Gefühl der Einsamkeit und des Verlustes, nach Hause.

Der Winter schleppte sich weiter. Überall in den Städten und Städtchen Englands legten ältere ehrbare Herren (natürlich nur nüchterne und kinderliebe) weiße Bärte und rote Mäntel an und bezogen in den Warenhäusern ihre Posten. Die Hersteller von Weihnachtskarten hielten für die Intellektuellen die Anbetung der Hirten, für die alten Tanten Rotkehlchen auf Baumästen und für die rosawangigen, gintrinkenden Ex-Militärs gräßlichen, goldglitzernden Kitsch bereit. Außerdem wurden von so vielen Wohltätigkeitsvereinen eigene Karten verkauft, daß man annehmen mußte, es sei bald eine weitere Wohltätigkeitsorganisation fällig: Die Gesellschaft zur Unterstützung der notleidenden Weihnachtskartenhersteller. Auf den Ladentischen von sonst ganz nüchternen Geschäften traten scheußliche, abstoßende Neuheiten wie ein bösartiger Fieberausschlag zutage. Vom Koffer bis zum Teekessel verwandelte sich einfach alles in Weihnachtsgeschenke. Die Schaufenster kleiner, schmuddeliger Nebenstraßenläden waren mit Girlanden aus Baumwollbällchen geschmückt. In den Geflügelläden hingen, den Opfertod gestorben, stolz, fett und sauber gerupft, die Puten, Gänse und Hühner zu Hunderten. Das christliche England bereitete sich wieder einmal darauf vor, am Weihnachtsfest Millionen zu verdienen.

Mummi hatte den leichteren Teil des Unternehmens Weihnachtskarten bereits absolviert. Mit anderen Worten, sie hatte fünfzig Karten gekauft und siebenundvierzig davon adressiert, mit Marken versehen und abgeschickt. Der schwierigere Teil stand noch bevor: Paps mußte sanft überredet oder brutal dazu gezwungen werden, die restlichen drei Karten zu schreiben: die eine an eine ältliche Tante und die anderen beiden an zwei

Kriegskameraden, die Paps hartnäckigerweise nicht vergessen wollte, um die er sich aber sonst nie kümmerte. Lieber würde Paps eine ganze Kurzgeschichte schreiben als eine Weihnachtskarte. Er fand das unschöpferisch.

Die Plumpuddings waren fertig. Schuldbewußt umhätschelte die ganze Familie den Truthahn Abdullah, was dieses Tier mit gleichgültiger Verachtung über sich ergehen ließ.

Paps fragte Mummi: «Was wünscht sich wohl Gaylord zu Weihnachten?»

Mummi blickte Paps einigermaßen überrascht an. Daß Paps im Zusammenhang mit Weihnachten die Initiative ergriff, war überhaupt noch nicht dagewesen. «Was hast du dir denn vorgestellt?» fragte sie.

«Eine elektrische Eisenbahn», erklärte Paps.

«Ich werde ihn fragen», sagte Mummi. «Aber du kennst Gaylord ja. Er wünscht sich bestimmt etwas ganz Ausgefallenes.»

Paps machte ein trauriges Gesicht und sagte: «Meine Eisenbahn bestand aus einer kleinen Lokomotive zum Aufziehen, die so schnell über die Schienen raste, daß sie nie mehr als eine Runde schaffte. Dann flog sie regelmäßig aus der Kurve, lag wie ein dicker Käfer auf dem Rücken und strampelte im Leerlauf.»

«Armer Jocelyn», sagte Mummi.

«Ich beschloß daher, zu heiraten und Kinder zu bekommen, in der Hoffnung, einen Sohn zu kriegen, dem ich dann eine elektrische Eisenbahn schenken könnte.»

«Aha! Ich habe mich schon immer gefragt, warum du überhaupt geheiratet hast», sagte Mummi. «Eigentlich bist du doch gar nicht der Typ dafür.»

«Das war ein langwieriger Plan, aber jetzt ist die Zeit reif.»

«Häng dein Herz nicht zu sehr daran», mahnte Mummi. «Du hast deine Rechnung ohne Gaylord gemacht.»

Sie sah, wie recht sie hatte, als sie Gaylord fragte: «Was möchtest du denn vom Weihnachtsmann haben?»

«Einen Briefbeschwerer», sagte Gaylord wie aus der Pistole geschossen.

Erst einmal herrschte Stille.

«Einen was, bitte?» fragte Mummi.

«Einen Briefbeschwerer.»

Mummis Stimme klang gefaßt. «Was denn für einen Briefbeschwerer?»

«Na, eben einen Briefbeschwerer», sagte Gaylord.

«Paps dachte, du hättest vielleicht gern eine elektrische Eisenbahn.»

Gaylord überlegte. «Ich möchte lieber einen Briefbeschwerer», sagte er schließlich.

Sie ging zurück zu Paps. «Sagte ich dir nicht, daß sich Gaylord etwas ganz Ausgefallenes wünschen würde?»

Paps machte ein unglückliches Gesicht. «Schieß los», sagte er.

«Rat mal, wie ausgefallen», sagte Mummi.

Paps dachte nach. Dann schüttelte er den Kopf. «Dazu reicht meine Phantasie nicht aus.»

«Einen Briefbeschwerer», sagte Mummi.

Drückendes Schweigen. «Die ganzen Jahre über», sagte Paps schließlich. «Gewartet. Geplant. Und dann will der Bengel einen Briefbeschwerer.» Plötzlich hieb er beide Fäuste auf den Schreibtisch. «Verdammt noch mal, er bekommt eine elektrische Eisenbahn, und damit hat sich's.»

«Er wird sie nicht mal auspacken», sagte Mummi. «Nicht, wie ich Gaylord kenne.»

In einem Antiquitätengeschäft in der Stadt fanden sie einen Briefbeschwerer. Einen schmiedeeisernen Hirsch, von widerlich schmuddeliger brauner Farbe, und als Paps ihn zum Auto trug, hatte er das Gefühl, mindestens einen halben Zentner zu schleppen. «Wenn du mich fragst – das hält der beste Geschenkstrumpf nicht aus», sagte er. «Für den brauchen wir schon eine Art Drahtkorb.» Da er sich mehr als sonst deprimiert fühlte, wollte er die ganze Geschichte möglichst schnell hinter sich bringen. «Vermutlich müssen wir auch Bea und Ben, die ja so gerne feiern, wieder einladen, oder?»

«Überflüssig», sagte Mummi, «die haben sich schon selber eingeladen.»

Großtante Bea und Großonkel Ben waren, ob einzeln oder gemeinsam, unvermeidliche Requisiten jeder Gesellschaft. Als solche wurden sie von der gesamten Familie gefürchtet, argwöhnisch betrachtet und widerwillig geduldet. Paps, mit Paketen geschmückt wie ein Weihnachtsbaum, meinte wehmütig: «Weihnachten könnte ein so hübsches Fest sein, wenn man es nur dabei beließe: Morgens in die Kirche, dann futtert man nach Herzenslust, holt gemütlich vor dem gewaltigen Kaminfeuer versäumte Lektüre nach, kippt sich in allen Ehren einen hinter die Binde, schläft lange und macht am zweiten Feiertag morgens einen großen Spaziergang.»

«Übrigens wird ja wohl auch Roses Mr. Roberts kommen», sagte Mummi, die die glückliche Gabe besaß, abzuschalten, sobald Paps zu weitschweifig wurde.

«Statt dessen spielen wir Gesellschaftsspiele, die kein Mensch ausstehen kann, und laden uns das Haus voller Leute, die wir wie die Pest meiden würden, wenn wir sie in einem Hotel träfen.»

«Man kann nicht sagen, daß wir uns das Haus voller Leute laden, nur weil Bea und Ben kommen», sagte Mummi, die die noch glücklichere Gabe besaß, passende Antworten zu geben, obwohl sie bereits abgeschaltet hatte.

«Das kann man nicht sagen?» Paps klang verbittert. «Du brauchst nur die beiden in ein Zimmer zu stecken, und schon ist es überfüllt, ganz gleich, wie viele sonst noch drinnen sitzen.» Er ließ ein Paket fallen, bückte sich, um es aufzuheben, und verlor gleich noch zwei weitere Päckchen. Jetzt war er wütend. «Dieses ganze Tam-Tam haben wir nur Dickens zu verdanken», schrie er aufgebracht.

«Liebling, die Leute sehen schon her», sagte Mummi. «Laß dich nicht von beruflicher Eifersucht übermannen.»

Paps verstummte. Eines der heruntergefallenen Pakete war das mit dem Briefbeschwerer gewesen, und bei dem Gedanken, was es hätte enthalten können, wurde er ganz traurig.

«Hallo, Ben. Hallo Bea, da seid ihr ja», sagte Opa. Er war sichtlich niedergeschlagen.

Onkel Ben schlug ihm auf den Rücken, eine Verwegenheit, die sich selbst der Kühnste zweimal überlegt hätte. «John, du siehst miesepetrig aus. Was ist los? Ist dir Weihnachten auf den Magen geschlagen?» röhrte er.

Paps kam herein, sah die Gäste. «O Gott», murmelte er. «Fröhliche Weihnachten allerseits!»

Onkel Ben betrachtete ihn prüfend, während er sich sein fülliges Kinn strich. An seinem Augenzwinkern konnte man erkennen, daß er jetzt eine Bombe loslassen würde. «He, was ist denn mit dir los, Joss? Du siehst aus, als wärst du einem Gespenst begegnet.»

«Dem Schreckgespenst des teuren Weihnachtsmannes», erwiderte Paps. Er fand dabei nichts Komisches, wohl aber Onkel Ben, der wieder losröhrte: «Bea, hast du das gehört? Dem Schreckgespenst des *teuren* Weihnachtsmannes. *Teurer* Weihnachtsmann, verstehst du? Joss, das mußt du unbedingt in einem deiner Bücher verwenden.»

Wenn Paps etwas noch mehr haßte, als Joss genannt zu werden, so war es die Empfehlung, er solle dies oder jenes in einem Buch verwenden. Das klang immer, als käme ein Buch ebenso zustande wie das Höllengebräu der drei Hexen, die die verschiedensten Ingredienzien in ihren Eintopf werfen. Am liebsten hätte er geantwortet: Hör mal zu. Weißt du, wie Faulkner die Aufgabe eines Schriftstellers definiert? ‹Aus dem Material des menschlichen Geistes etwas zu schaffen, was vorher noch nicht existierte.› So entsteht ein Buch. Nicht, indem man abgedroschene Phrasen zusammenflickt. Aber er sagte es nicht. Onkel Ben hätte es doch nicht verstanden.

Rose glitt ins Zimmer. «Hallo, Herzchen», schrie Tante Bea. Sie küßte Rose und hielt sie auf Armeslänge von sich wie einen Rock, den man daraufhin ansieht, ob er zur Reinigung muß. «Du siehst ein bißchen spitz aus, Liebes. Ben, findest du nicht auch, daß Rose ein bißchen spitz aussieht?»

«Ja», sagte Ben, der mehr für das Mollige war und sowieso fand, daß die ganze verflixte Familie ein bißchen spitz aussah.

Wie ich Weihnachten hasse, dachte Rose. Alle gluckten zusammen, alle waren geradezu ekelhaft herzlich; vom Alkohol wurde ihr übel, und das fette Essen machte ihrer Galle zu schaffen. Und morgen würde Bobs kommen, und sie wußte jetzt schon, daß es ein schrecklicher Tag werden würde, weil Becky einfach nicht ihre Finger von ihm lassen konnte.

Als sie eben diese Überlegungen anstellte, betrat Becky die Szene. Sie war sanft, duftig, ganz rosa und weiß. Sie hätte, in kleine Stückchen zerschnitten, wie Zuckerkonfekt ausgesehen. Sie trug ein hübsches blaues Kleid und zeigte viel von dem, was Gaylord in Gedanken ziemlich desinteressiert die Schlucht in Tante Beckys Brust nannte. «Hallo, Onkel Ben, da bist du ja», rief sie.

Bis zu diesem Augenblick hatte die dumpfe Resignation der Familie sogar Onkel Ben etwas gedämpft; er wirkte, als habe man ihm die Luft herausgelassen. Jetzt aber sah er aus, als sei jemand dabei, ihn aufzupumpen. Seine Bäckchen rundeten sich sanft, er warf sich in die Brust und wuchs dadurch sichtlich in die Höhe.

In seinem Alter schätzte man die Nähe einer hübschen kleinen Nichte ganz besonders. Die einzige Gelegenheit, jemanden zu küssen, der unter Fünfundsechzig war. «Becky», schrie er erfreut und breitete weit die Arme aus.

Sie trippelte auf ihn zu und küßte ihn zärtlich, und er erwiderte ihren Kuß. Sein Benehmen war gerade noch onkelhaft zu nennen. «*Riesig* nett, dich zu sehen, Onkel Ben», schnurrte Becky und rieb ihre Wange an der seinen. «Und auch dich, Tante Bea», fügte sie mit der gedämpften Begeisterung hinzu, die sie dem eigenen Geschlecht entgegenbrachte.

Aber Tante Bea interessierte sich für etwas anderes. «Da kommt ja mein Zuckerbübchen», rief sie aus und strahlte dabei Gaylord an, der unversehens ins Zimmer gestolpert war und leider zu spät erkannte, daß er nicht ebenso unversehens wieder hinausstolpern konnte. Verdrossen stand er da.

«Nein, was bist du gewachsen», sagte Tante Bea. «Bald bist du so groß wie dein Onkel Ben.»

Gaylord schob die Unterlippe vor.

«Willst du deinem alten Tantchen keinen Kuß geben?»

Nicht, wenn er es irgendwie vermeiden kann, dachte Paps. Laut jedoch sagte er: «Nun, los schon, Gaylord. Ein bißchen mehr gesellschaftlichen Elan.» Ihm selbst war das Ganze gleichgültig, aber Mummi hatte soeben das Zimmer betreten, und da erschien es angeraten, die Spielregeln einzuhalten.

Doch das Schrillen des Telefons rettete Gaylord. Becky ging hin, dann hielt sie Rose den Hörer entgegen. «Für dich, mein Schatz. Ein Mann.»

Rose flatterte aufgeregt zum Apparat. «Hallo, Rose? Hier Bobs.»

«Hallo, Bobs.» Rose fühlte sich unter den zahlreichen interessierten Blicken wie auf einer Bühne.

«Rose, es tut mir wahnsinnig leid, aber ich glaube, ich kann morgen nicht kommen.»

Oh, nein. «Wirklich nicht?» fragte sie traurig.

«Nein, dieser Freund von mir ist aufgetaucht. Du weißt doch.»

«Welcher Freund?»

«Na, der Freund, mit dem ich im letzten Ferienkurs zusammen war. Er hat hier in der Nähe eine Panne mit seinem Motorroller gehabt. Und das kann erst nach den Feiertagen repariert werden.

Da erinnerte er sich an mich und besuchte mich. Er schläft im Schlafsack auf dem Boden.»

«O Bobs, ich hatte mich so auf dich gefreut.»

«Tut mir wirklich leid, altes Mädchen. Aber ich fürchte, ich bin etwas gebunden durch ihn.» Dabei klang es geradezu widerwärtig vergnügt.

Plötzlich kam ihr eine großartige Idee. «Bring ihn doch mit, Bobs. Wir freuen uns, deinen Freund kennenzulernen.»

Sie lauschte angstvoll in die darauffolgende Stille. Vielleicht gab es gar keinen Freund mit Motorroller. Vielleicht suchte Bobs nur nach einer Entschuldigung für sein Nichterscheinen. Da hörte sie seine Stimme: «Na ja, er ist eigentlich kein richtiger Freund. Überhaupt nicht mein Typ.»

«Du kannst ihn trotzdem mitbringen», sagte sie.

«Okay. Aber er kommt ein bißchen schwer auf Touren. Redet nie, wenn man ihn nicht anspricht.»

«Macht nichts», sagte sie. «Dann kommt ihr also?»

«Also schön!» sagte er. «Auf Wiedersehen am Weihnachtsbaum.» Und hing ein.

Sie legte den Hörer auf. Alle taten so, als hätten sie nicht zugehört. «Mr. Roberts bringt einen Freund mit», erklärte sie gefaßt. «Hoffentlich hat niemand was dagegen.» Er kam, alles andere zählte nicht.

«Und wer ist Mr. Roberts?» fragte Bea, und in jeder Falte ihres teuren Tweedkostüms schien der Schalk zu sitzen.

«Tante Rosies Liebhaber», erklärte Gaylord.

«Rose, Liebes, gratuliere», rief Tante Bea aufgeregt. Es klang entzückt, was nett war, aber zugleich etwas erstaunt, was deprimierend war. «Und was wird aus dem Küßchen», fuhr sie fort, «das mein Zuckerbübchen seinem alten Tantchen geben wollte?»

5

Der Nachmittag ging in einen gemütlichen Weihnachtsabend über. Die Nüsse waren voll von der Süße des Herbstes, der Portwein leuchtete rot, der Benediktiner reif und goldfarben, der Zigarettenrauch formte sich zu wogenden Schwaden, das Feuer knisterte im Kamin, und nach einer Weile erschienen sogar Onkel Bens komische Geschichten fast erheiternd. Dann war es Zeit, schlafen zu gehen. Einer nach dem andern verschwand, um seinen kleinen nächtlichen Tod zu genießen. Alle – außer Mummi und Paps. Mummi und Paps gingen zur Mitternachtsmesse.

Auf dem Heimweg in der ersten Stunde des Weihnachtsmorgens waren sie so schweigsam, wie es nur Menschen sein können, die sich sehr nahe sind. Es herrschte typisches Weihnachtswetter, wärmer als an Ostern und trockener als an Pfingsten. Die sanfte milde Luft streifte ihre Gesichter. Im Westen zog ein junger Mond eine zarte weiße Wolkenschleppe hinter sich her. Das Firmament trug einen Sternenschleier.

Sie kamen nach Hause, zurück ins warme Lampenlicht und zu den verglimmenden Kaminfeuer . . . «Noch ein Täßchen?» fragte Mummi.

Im Halbdunkel tranken sie ihren Tee. «Mir kommt es nicht vor, als sei schon wieder ein Jahr vergangen», sagte er.

«Mir auch nicht», sagte Mummi.

Er stellte die Tasse hin. «Geh nur schon ins Bett. Ich kümmere mich noch um Gaylords Geschenkstrumpf.»

Gaylord glaubte schon lange nicht mehr an den Weihnachtsmann. Um so mehr war er erstaunt, daß Mummi offenbar noch an ihn glaubte. Bei Paps wunderte ihn das nicht. Der glaubte alles, was man ihm erzählte, solange es ihm nur in den Kram paßte. Aber daß Mummi, die nicht einmal die einfachsten Behauptungen akzeptierte, ohne sie vorher bis ins kleinste überprüft zu haben, daß Mummi offensichtlich noch an so etwas Absurdes glaubte, war wirklich nicht zu fassen.

Merkwürdig war dabei nur, daß, obwohl keiner mehr daran glaubte, immer noch die Geschenke kamen. Das blieb Gaylord ein Rätsel. Der Weihnachtsmann konnte es nicht sein. Die Eltern konnten es auch nicht sein, denn sie glaubten ja noch an den Weihnachtsmann. Indem er alle anderen Möglichkeiten, sie sorgfältig überdenkend, ausklammerte, kam er zu dem Resultat, es müsse entweder Opa oder Gott sein. Und damit gab er sich zufrieden, denn für Gaylord waren Opa und Gott ohne weiteres austauschbar. Beide waren so alt wie die Zeit, beide hatten uneingeschränkte Macht, und vor beiden mußte man sich in acht nehmen. Und glücklich in dem Bewußtsein, daß irgend jemand oder eine Gottheit ihn füllen würde, hängte er seinen Kissenbezug am Fußende seines Bettes auf.

Paps holte Gaylords Geschenke aus der obersten Kommodenschublade, ging ins Kinderzimmer und stopfte sie in den Kissenbezug. Gaylord lag auf dem Bauch und gab pfeifende Töne von sich. Man hätte glauben können, sich auf dem Londoner Flughafen zu befinden. Paps kam ins eheliche Schlafzimmer zurück. «Ich frage mich, ob er wohl noch an den Weihnachtsmann glaubt», sagte er.

«Gaylord? Bestimmt nicht. Jedesmal, wenn ich den alten Herrn erwähnt habe, habe ich gemerkt, wie er darüber nachdenkt, ob er mich aufklären soll. Bis jetzt hat er's aber noch nicht getan. Ich glaube, er hat beschlossen, daß es klüger ist, uns in Unwissenheit zu lassen.»

«Warum?»

«Ich weiß nicht. Wahrscheinlich viel zu kompliziert, als daß wir es begreifen könnten.»

Sie saß aufrecht im Bett und lächelte ihm müde zu. Er knotete sich den Schlips auf, schleuderte die Schuhe von sich, zog seine Uhr auf. Sein Entkleidungsakt hatte keinerlei System. Er trat ans Fenster, zog die Vorhänge beiseite und schaute hinaus. «Der Gottesdienst war schön», sagte er.

«Das fand ich auch. Wenn du dich jetzt aber nicht beeilst, mußt du dich zum Frühstück wieder anziehen, ehe du dich zum Schlafen ausgezogen hast.»

Aber er blickte weiter aus dem Fenster. «Merkwürdig», sagte er. «Das uralte Wunder. Es wirkt noch immer. Nicht immer. Nicht oft. Aber manchmal. Vielleicht alle zehn Jahre einmal.»

Er öffnete das Fenster und lehnte sich hinaus. Irgendwo draußen im stillen Land, oder auch nur in seiner Einbildung, wieherte ein Pferd, hörte man das Aufschlagen eines römischen Speers,

49

den dünnen Schrei eines kleinen Kindes. Heute war Weihnachten, in England, und der Verkehr donnerte über die Autostraße, und auf dem Berkeley Square tanzten sie. Es war Weihnachten, in Bethlehem, und der Stern hing tief im Osten, und zwischen den Sternen ertönte der rauschende Klang einer Harfe. Noch lag das Kind als Kind in den Armen der Mutter, noch gab es kein Kreuz, und zweitausend Jahre waren unter dem Sternenlicht verblaßt und ausgelöscht.

Er schloß das Fenster. «Dieses Jahr hat es gewirkt», meinte er und wußte, daß er eines Tages über diese dunkeln Wintertage ein Stück schreiben würde; schon jetzt hörte er die Rufe der Wachen, den Tumult in der Schenke, den Chor der Engel in den Straßen der hochgelegenen kleinen Felsenstadt.

«Es hat die Zeiten überdauert», sagte May. «Entweder hat sich damals etwas ereignet, was von ewiger Bedeutung für die Menschheit ist, oder die Menschen haben etwas erfunden, um eine ewige Sehnsucht zu stillen. Du wirst dich noch erkälten, wenn du nicht bald ins Bett kommst.»

«Beides leuchtet ein», sagte Jocelyn. Gott, dachte er, was für ein Wunder das alles ist. Er starrte immer noch durch das Fenster. Aber draußen konnte er nichts erkennen. Im Fenster spiegelten sich nur der gemütliche Raum, seine Gestalt und die von May, die noch immer aufrecht im Bett saß und lächelte. Da gibt es noch ein anderes Wunder, dachte er. Diese Frau, die mir vor zehn Jahren noch vollkommen fremd war und jetzt Fleisch von meinem Fleische ist. Dieses Fleisch ist aber auch Geist, ist Lachen und Güte und Verständnis. Dieser Geist ist aber auch ein warmer, anschmiegsamer Leib. Diese Frau ist, wie alle guten Frauen, Mutter, Freundin, Gefährtin, Geliebte. Eine Gnade.

«Komm ins Bett», sagte sie.

Er drehte sich mit einem zögernden, nachdenklichen Lächeln herum. Dann löschte er das Licht und ging zu Bett; von dort, wo er lag, konnte er die Sterne sehen, die sich vorm Fenster drängten, und den Lichtschein, dort wo der Mond im Nebel versunken war.

Als Gaylord aufwachte, erfüllte ihn der Gedanke an Weihnachten mit gemischten Gefühlen. Vermutlich würde er den ganzen Tag damit verbringen müssen, Fluchtwege zu suchen, um bloß Tante Bea zu entgehen. In seinem ganzen Leben war ihm noch nie eine so unersättliche Küsserin begegnet. Normales Küssen akzeptierte er, wie Regen oder Auf-die-Toilette-Gehen, als kleinere Unannehmlichkeit. Aber bei Tante Bea fühlte er sich nicht mehr Herr der Lage. Man kommt in ein Zimmer, und schon sitzt sie da und wartet darauf, sich auf einen zu stürzen und einen wie ein großer, in Tweed gekleideter Bär zu umärmeln. Und warum mußte sie immer «Hallo, Zuckerbübchen» sagen. Er hatte sich eine wohlüberlegte Retourkutsche ausgedacht: Hallo, Essigtantchen. Er fand das äußerst geistreich. Aber er wußte schon jetzt, daß Mummi es schlichtweg frech und vorlaut nennen würde. Und immer, wenn Gaylord etwas sagte, was von Mummi als frech und vorlaut bezeichnet wurde, kam er sich wie ein Schuft vor. Natürlich war das mächtig unlogisch, und er versuchte krampfhaft dagegen anzukämpfen. Aber es half nichts. Er kam sich eben wie ein Schuft vor.

Immerhin gab es im Augenblick nettere Dinge, an die er denken konnte. Am Fußende seines Bettes lag das aufregendste Ding, das jemals von den gefallenen Eva-Kindern erfunden worden war, ein Kissenbezug voller Weihnachtsgeschenke. Gaylord richtete sich auf, trampelte über sein Bett und entleerte den Bezug auf sein Federbett. Ein Apfel, eine Apfelsine, ein Glückspfennig, eine Zuckermaus, und ein Dutzend verschiedene Päckchen.

Welches mochte wohl der Briefbeschwerer sein? Gaylord dachte, während er abwechselnd von dem Apfel und der Zuckermaus abbiß, angestrengt nach. Aber es war nicht zu erraten. Also fing er an, auszupacken.

Eine Trommel. Vielversprechend. Ein Trommelwirbel am frühen Morgen in Opas Zimmer würde viel wirkungsvoller sein als das Aufziehen der Vorhänge.

Ein Stabilbaukasten. Gaylord war solchen Baukästen gegenüber immer etwas skeptisch. Niemals hatte man genug Einzelteile, um diesen Eiffelturm mit dem Licht oben bauen zu können.

Eine Trompete. Es wurde immer besser. Wenn er es fertigbrächte, Trompete und Trommel gleichzeitig zu bearbeiten und außerdem noch einen Überraschungseffekt zu erzielen, würde es ihm vielleicht gelingen, Opa eines Morgens doch ein: Gott verdammt, daß dich der Teufel hole, zu entlocken.

Ein kleines eisernes Pferdchen, dem oben aus dem Kopf zwei Büsche herauswuchsen. Es schien nichts weiter tun zu können. Absolut nichts. Weder konnte man es aufziehen noch konnte

man es drücken, damit es quiekte. Er versuchte, es in der Badewanne schwimmen zu lassen. Es sank wie ein Stein. Was für ein
dämliches Geschenk, dachte Gaylord. Konnte nur von Tante Bea
sein.

Jetzt mußte aber langsam der Briefbeschwerer kommen. So
viele Päckchen waren gar nicht mehr übrig. Er wurde unruhig.
Weder Gott noch Opa traute er einen Fehler zu, aber man konnte
ja nie wissen. Fieberhaft riß er die restlichen Päckchen auf. Kein
Briefbeschwerer.

Gaylord weinte nicht oft, und wenn, dann nur aus Gründen
der Taktik. Aber jetzt weinte er ehrlich. Die Vorstellung, daß er
jeden Augenblick Alleinbesitzer eines so blankpolierten Wunders
hätte sein können, war herrlich aufregend gewesen. Um diese
Vision betrogen zu werden, war unerträglich. Er weinte hem-
mungslos.

«Gaylord weint», sagte Mummi und stützte sich auf den Ellbo-
gen. «Geh doch mal und sieh nach, was er hat.»

«Den Teufel auch», sagte Paps, aus den Kissen auftauchend.
«Fröhliche Weihnachten, Schatz.» Er gab ihr einen Kuß, rollte
sich aus dem Bett, kletterte in Morgenrock und Hausschuhe und
taumelte ins Kinderzimmer. Ihm fiel ein, daß heute Weihnachten war und daß er die nächsten achtzehn Stunden herzlich und
jovial zu sein hatte. Da konnte er ja gleich damit anfangen.
«Was? Unser Gaylord in Tränen? Und das an seinem Hochzeitstag?» scherzte er übertrieben munter, wie es sich für diese Sie-
ben-Uhr-Morgen-Party gehörte.

Gaylord schniefte. «Ist gar nicht mein Hochzeitstag.» Sein
Gesichtchen heiterte sich etwas auf. «Oder doch?» fragte er voller Hoffnung.

«Nicht so richtig», gestand Paps. «Wir haben leider keine passende Braut für dich gefunden. Warum weinst du denn?» fragte
er.

«Ich habe keinen Briefbeschwerer bekommen», sagte Gaylord.

«Doch, natürlich», versicherte Paps voller Überzeugung. Verflixt, er hatte ihn doch selbst hineingesteckt.

«Wo denn?» fragte Gaylord schmollend.

Paps begann, in dem Papierhaufen, in dem er und Gaylord bis
zu den Knien standen, herumzuwühlen. Er fand den Hirsch. «Na
und, was ist denn das?» fragte er triumphierend.

«Keine Ahnung», sagte Gaylord. «Was soll das denn sein?»

Paps seufzte. «Die Frage war rein rhetorisch.»

«Was ist rhetorisch?»

«Laß das mal jetzt», lenkte Paps ein. «Das *ist* dein Briefbeschwerer.»

«Das ist aber kein Briefbeschwerer. Das ist ein Pferd mit Bäumen.»

«Ein Hirsch ist das.»

«Du hast aber gesagt, es ist ein Briefbeschwerer.»

Paps wischte sich die Hände an seinem Taschentuch ab. «Er ist ja ganz naß», sagte er überrascht.

«Ich hab versucht, ihn in der Badewanne schwimmen zu lassen. Ist gleich untergegangen», sagte Gaylord vorwurfsvoll.

Du lieber Himmel, dachte Paps. Was für eine Unterhaltung morgens um sieben. «Natürlich geht er unter», schrie er. Weihnachten, ermahnte er sich. Friede auf Erden. Geduldig erklärte er: «Wenn du etwas in der Badewanne schwimmen lassen willst, dann gibt es kaum etwas weniger Geeignetes als einen Briefbeschwerer.»

«Ich wollte ihn ja gar nicht in der Badewanne schwimmen lassen.»

«Aber du hast doch gerade gesagt . . .»

«Wenn man etwas bekommt, von dem man nicht weiß, was es ist, läßt man es *immer* erst einmal in der Badewanne schwimmen», belehrte ihn Gaylord.

«Aber doch keine Briefbeschwerer», sagte Paps.

«Es ist doch auch kein Briefbeschwerer», widersprach Gaylord.

Jetzt sind wir wieder am Anfang, dachte Paps. Er fror und war müde. Er setzte sich aufs Bett. «Das ist ein Briefbeschwerer in der Gestalt eines Hirsches. Ein Hirsch ist ein männliches Reh. Was da aus seinem Kopf herauswächst, sind keine Bäume. Das ist sein Geweih.» Er kam sich sehr pädagogisch vor.

Aber Gaylord zeigte kein Interesse mehr. «Soll ich dir was vortrommeln?» fragte er.

Schweigen. «Jetzt noch nicht», sagte Paps. «Die andern schlafen noch», fügte er voller Neid hinzu.

Rose wurde durch einen unmelodischen Trompetenstoß aufgeweckt. Weihnachten, dachte sie voller Unbehagen, und Bobs und sein geheimnisvoller Freund kommen. Den ganzen Tag würde sie damit zuzubringen haben, Beckys Angriffe abzuwehren, das stand einmal fest. Es würde einen Kampf geben. Und es standen ihr nur so wenige Waffen zur Verfügung. Nennenswerte Reize habe ich nicht vorzuzeigen, dachte sie bekümmert, und außerdem wußte sie, daß sie in der Defensive stachelig wie ein Igel war. Ich darf die Ruhe nicht verlieren, nahm sie sich fest vor. Ich darf mich von ihnen einfach nicht rausbringen lassen.

Weihnachten, dachte Opa hochbefriedigt. Gottlob genoß er das Essen immer, und an Weihnachten konnte er es mit gutem Gewissen tun. Und den Wein auch. Wie es manche Menschen fertigbrachten, diese schönste Gottesgabe zu schmähen, war ihm schleierhaft, aber er war fest davon überzeugt, daß man ihnen im Jenseits wegen ihrer Undankbarkeit schon die Leviten lesen würde.

Essen, Wein und Gemütlichkeit. Opa sah einen herrlichen Tag vor sich, wenn bloß Bea nicht darauf verfiel, auch das Vergnügen noch zu organisieren.

Weihnachten, dachte Tante Marigold. Was für ein herrliches Jahr war es gewesen, als sie alle auf dem See Schlittschuh gelaufen waren. Sechsundneunzig, nicht wahr? Oder Achtundneunzig? Und die anderen Weihnachten, als es wenig zu heizen und noch weniger zu essen gab und man nicht viel mehr tun konnte, als für die Jungens in den Schützengräben zu stricken und darauf zu hoffen, daß das Gaslicht nicht abgedreht wurde, weil die Zeppeline im Anflug waren. Trotzdem waren sie schön gewesen, diese spartanischen Weihnachtsfeste vor so langer Zeit, schön in ihrer merkwürdigen, verträumten Weltuntergangsstimmung. Aber die Welt war nicht untergegangen. Seitdem hatte es so viele, so viele Weihnachten gegeben. Milde, nasse, frostige, verschneite. Und alle waren sie schön gewesen. Auf ihre stille, in sich ruhende, genügsame Art hatte Marigold sie alle genossen. Und sie würde auch dieses Weihnachtsfest genießen. Weihnachten, dachte Becky, und drei junge Männer im Haus. Sie rekelte sich genüßlich, regte ihre Krallen und schnurrte.

Gaylord strolchte über den Hof. Er wollte ein bißchen mit Abdullah, dem Puter, reden. Kein Abdullah. Er kroch in den Verschlag. Alles leer. Das war noch nicht dagewesen. Er ging ins Haus zurück, wo fast die ganze Familie versammelt war, um sich ein stilles Gläschen Sherry zu genehmigen. «Ich kann Abdullah nirgends finden», sagte er.

Allgemeines Schweigen. «Wo ist denn Abdullah?» fragte er.

«Im Ofen», erwiderte Opa gefühllos.

Gaylord wurde es ganz schwach. Es ist doch wirklich bestürzend, wenn man mit jemand ein Schwätzchen halten will und hören muß, daß er im Ofen ist. «Oh», sagte er beklommen.

Rose sagte: «Vater, das war sehr grausam.»

«Was? Wirklich?» Opa war ganz erschrocken. «Guter Gott.»

«Bedenke doch, daß ein Kindergemüt noch leicht verletzlich ist. Noch nicht gefestigt, und allem ausgesetzt, das . . .»

«Tut mir wahnsinnig leid», murmelte Opa. «Wirklich wahnsinnig leid. Ich hätte das nicht . . . um alles in der Welt . . .»

«Ob er jetzt wohl im Himmel ist?» fragte Gaylord.

«Wer?»

«Abdullah.»

«Puter kommen nicht in den Himmel», erklärte Paps.

«Kommen sie in die Hölle?»

«Sie kommen nirgends hin.»

«Nur die Gurgel hinunter», gluckste Tante Bea, was Gaylord unglaublich geschmacklos fand. «Was, Zuckerbübchen?»

Das war zuviel: «Essigtantchen», sagte Gaylord, aber nur mit den Lippen. Den Ton unterdrückte er wohlweislich.

Aber selbst so warf ihm Mummi einen ihrer berühmten Blicke zu. Dieser Frau entging einfach nichts. Sie hatte gerade das Sherryglas an die Lippen gesetzt und ließ es wieder sinken. «Gaylord, was hast du eben gesagt?»

«Gar nichts, Mummi», sagte er im Ton gedämpfter Entrüstung. Nur weil man die Lippen bewegte, hatte man doch noch nichts gesagt, oder? Manche Leute zogen aber auch gar zu schnelle Schlüsse.

Mummi beobachtete ihn weiter. Endlich hob sie das Glas an die Lippen. Sie hatte die Angewohnheit, beim Trinken die Augen zu schließen. Das tat sie jetzt auch gerade. «Essigtantchen», wiederholte Gaylord schweigend, nur mit den Lippen. Mummi öffnete die Augen wieder und sah ihn immer noch an. Er starrte zurück, mit unbewegtem Gesicht wie ein Chinese. Du hast gewonnen, dachte Mummi im stillen. Aber überspann nur den Bogen nicht, Sonnyboy.

Du hast gewonnen, dachte Rose verbittert. Becky hatte genau den richtigen Zeitpunkt erwischt. In dem Augenblick, als Bobs und sein Freund erschienen, stand sie genau unter dem Mistelzweig. «Hallo, Becky», begrüßte Bobs sie. «Fröhliche Weihnachten.»

«Fröhliche Weihnachten, Bobs.»

Er sah Becky an. Er sah den Mistelzweig an. Und ging zum Angriff über. Becky, die plötzlich bemerkte, wo sie stand, machte Anstalten zu fliehen. Zu spät. Er küßte ihre warmen, roten, lachenden Lippen. «Hallo, Rose», sagte er dann über Beckys Schulter hinweg.

«Hallo», sagte Rose.

Mit sichtlichem Widerstreben löste er sich von Becky. Rose hätte jetzt am liebsten Becky unter dem Mistelzweig abgelöst, aber wenn sie nicht Becky beiseite schubsen wollte, konnte daraus nichts werden. Bobs ging jetzt auch zu ernsthafteren Dingen über. «Darf ich euch Stan vorstellen, Stan Grebbie. Rose. Becky.»

«Freut mich ehrlich, Sie kennenzulernen», sagte Mr. Grebbie und schien es auch wirklich so zu meinen. Sein Händedruck war schlaff und feucht. «Hoffentlich störe ich nicht», sagte er.

«Aber keineswegs», versicherte Becky. «Alle Freunde von Bobs . . .» Alles, was Hosen anhat, willst du wohl sagen, dachte Rose. Gleichzeitig aber dachte sie, daß Becky enttäuscht sein mußte. Mr. Grebbie war keineswegs ihr Typ. Er mußte an die Vierzig sein und hatte bereits angegrautes Haar. Graues Haar, graue Hautfarbe, grauer Anzug, graue Persönlichkeit. Und außerdem der erste Mann, der sich mehr für sie als für Becky zu interessieren schien. Er machte sogar den Eindruck, als würde er das Weite suchen, wenn Becky versuchen sollte, sich ihm zu nähern. Zu Rose aber sagte er: «Bobs hat mir erzählt, daß Sie auch Lehrerin sind.»

Zum erstenmal lächelte sie ganz entspannt. «Ein gräßlicher Beruf, nicht wahr?»

Er erwiderte ihr Lächeln zögernd und resigniert. «Ja. Gräßlich.»

«Man muß nur streng sein. Ihnen zeigen, wer der Stärkere ist», sagte Bobs und schenkte Becky ein strahlendes Lächeln. «Dann klappt alles wie am Schnürchen.»

Opa stapfte in die Vorhalle. «Was, da ist ja Mr. Robson! Fröhliche Weihnachten.» Er schüttelte ihm herzhaft die Hand und fragte ihn besorgt: «Sie müssen doch nicht schon wieder gehen? Wie wär's mit einem Gläschen Sherry?»

«Ich ... ich ...» begann Bobs. Aber Rose half ihm. «Mr. Roberts wird heute bei uns bleiben. Ich hab's dir doch erzählt, Vater.»

Zwei vorwurfsvolle gelbliche Augen hefteten sich auf sie. «Niemals! Keiner hat mir was davon gesagt. Kein Mensch in diesem Hause sagt mir jemals etwas. Es ist zwar zufällig mein Haus, aber was die Rücksichtnahme auf mich anbelangt, so könnte es ebensogut ein gottverdammtes Hotel sein. Ein ewiges Kommen und Gehen ...» Er wandte sich wieder an Bobs. «*Sie* sind mir natürlich willkommen, mein Lieber.»

Mr. Grebbie hatte unterdessen ziemlich erfolgreich im Dämmer der Vorhalle Deckung gesucht. Aber jetzt sah er zu seinem größten Unbehagen Opas Blick auf sich gerichtet. «Junger Mann, Sie brauchen sich dahinten nicht im Dunkeln zu verkriechen», sagte Opa freundlich. «Kommen Sie doch her und lassen Sie sich anschauen.» Mr. Grebbie wagte sich ein paar Schritte vor und lächelte nervös.

Rose stellte vor: «Mr. Grebbie, Bobs' Freund, der eine Motorradpanne hatte.»

«Ich vermute, daß ich darüber auch genau informiert worden bin», sagte Opa sarkastisch.

«Ja.» Rose klang kriegerisch.

Opa warf ihr nur einen Blick zu. «Unsinn. Aber trotzdem fürchte ich, daß ich langsam alt werde. Hängt mich nur in den Rauchfang, dann braucht ihr mich überhaupt nicht mehr zu fragen.»

«Ich hab's dir aber erzählt», verteidigte sich Rose.

«Mein liebes Kind, willst du etwa behaupten, ich sei schon vertrottelt? Na, wie dem auch sei. Herzlich willkommen in der Stadthalle, junger Mann. Sie sind wohl auch eine Eroberung von Becky, wie ich vermute. Na, geduldige Schafe gehen viel in einen Stall.» Er hakte Bobs unter und ging mit ihm zusammen ins Wohnzimmer. Becky folgte ihnen, aber Rose fühlte plötzlich, wie jemand sie nervös am Ärmel zupfte. Sie drehte sich um und blickte in die verängstigten Augen von Mr. Grebbie. «Ich ... ich sollte lieber nicht hierbleiben», stotterte er.

Rose sah ihn an. Und dann passierte etwas Merkwürdiges.

57

Plötzlich überflutete sie eine Welle der Zärtlichkeit. Hier stand jemand vor ihr, der noch unscheinbarer und noch weniger für das Leben geschaffen war als sie. Um ihm etwas Selbstvertrauen zu geben, antwortete sie mit einer bei ihr sonst ungewohnten Sicherheit: «Natürlich bleiben Sie hier, Mr. Grebbie. Mein Vater ist im Grunde der freundlichste Mann der Welt. Er wäre sehr betrübt, wenn er den Eindruck gewinnen müßte, Sie irgendwie verletzt zu haben.»

Er sah noch immer besorgt aus. «Ich fürchte, ich ... ich bin kein sehr geselliger Mensch. Menschen wie Ihre Schwester und Ihr Vater ... sie sind schrecklich nett ... aber sie machen mir eher Angst.»

«Ich nehme mich schon Ihrer an», sagte sie lächelnd.

«Na gut, wenn Sie wirklich glauben, daß ich nicht störe, will ich bleiben. Aber es ist mir wirklich unangenehm, hier so hereinzuplatzen.»

«Sie sind doch gar nicht hereingeplatzt», sagte sie. «Kommen Sie nur. Sonst trinkt man uns den ganzen Sherry weg.» Mit einemmal fühlte sie sich quicklebendig und glücklich; alle Schwere war von ihr abgefallen. Ihr mütterlicher Instinkt, seit Jahren brachliegend, hatte plötzlich ein Ventil gefunden und drängte ans Tageslicht.

6

Gaylord war betrübt. Er würde weiß Gott froh sein, wenn dieses Weihnachten erst hinter ihm läge. Erstens das Mißverständnis mit dem Briefbeschwerer. Zweitens Tante Bea, die ihn den ganzen Morgen lang wie eine übergewichtige Waldnymphe verfolgt hatte. Und dann hatten sie seinen Freund Abdullah verspeist. Er hatte nicht einmal gut geschmeckt. Gaylords Leibgerichte waren Fleischpastete und Reispudding. Und je eher man zu ihnen zurückkehrte und aufhörte, seine Freunde zu verspeisen, desto besser, dachte er. Und das viele Gerede. Opa, das Tranchiermesser gezückt, mit Paps flüsternd. Aber Gaylord hatte es doch verstanden: «Wird Gaylord davon überhaupt was mögen? Er schien so außer sich zu sein . . .» Und darauf Paps: «Großer Gott, natürlich. *Der* würde nicht mit der Wimper zucken, wenn man Mummi garniert auf den Tisch brächte.» Das war einfach nicht wahr. *Er* würde Mummi nicht essen wollen. Sicher war sie zäh. Und bitter. Paps stellte manchmal schon sehr ungerechte Behauptungen auf.

Immerhin hatte diese Bemerkung neue, recht erfreuliche Überlegungen ausgelöst. «Warum essen wir eigentlich keine Menschen?» fragte er.

Opa, der an Abdullah herumsäbelte, sagte: «Wenn wir nicht so viele Schafe und Kühe hätten, würden wir das wahrscheinlich tun. Das ist immer eine Sache von Angebot und Nachfrage.»

«Ich weiß nicht, ob du recht hast, Vater», sagte Paps.

«Leute, die Menschenfleisch versucht haben, sagen, es sei nicht sehr schmackhaft. Reichlich fade und zäh.» Er sah mit Besorgnis das gefürchtete Aufleuchten in Onkel Bens Augen. «Weißt du, was der Kannibale zu dem Missionar sagte?» fragte Onkel Ben auch schon.

Nein, und ich will es auch nicht wissen, dachte Paps. Nur um Onkel Ben zum Schweigen zu bringen, fuhr er hastig fort: «Ich glaube, es hängt auch vom Kochen ab. Wahrscheinlich sind die primitiven Stämme niemals über ein simples Menschengulasch, in Kokosnußschalen kalt serviert, hinausgekommen.»

«O Gott», seufzte Mummi.

Voller Wonne spann Gaylord den Faden weiter: «Ich wette, die Finger sind arg knorpelig.»

«Die Finger werden nicht mitgegessen», sagte Paps.

«Vermutlich ist das einer von den Gründen, warum sich der Kannibalismus nicht durchgesetzt hat», sagte Opa. «Zu vieles am Menschen ist einfach nicht genießbar.»

Zur allgemeinen Überraschung sagte Mr. Grebbie: «Die menschliche Leber schmeckt ziemlich widerlich.»

«Haben Sie sie denn schon versucht?» fragte Opa und reichte ihm dabei einen Teller voll Abdullah.

«Um Gottes willen, nein», erhitzte sich Mr. Grebbie. «Ich . . . ich habe das bloß mal irgendwo gelesen.» Erstaunt über seine Kühnheit, versank er wieder in Schweigen.

«Hat irgend jemand noch Appetit auf den Weihnachtsbraten?» fragte jetzt Mummi.

«Ich nicht», sagte Becky. «Wer hat das Thema eigentlich aufgebracht?»

Alle blickten auf Gaylord, der sagte: «Als Gehacktes würde es vielleicht noch gehen. Dann könnte man auch alle knorpeligen Teile wie Finger, Zehen, Ohren . . .»

«Sei jetzt still», unterbrach ihn Mummi.

Ja, das war eine ganz interessante Unterhaltung gewesen, die ihm allerhand Stoff zum Nachdenken gegeben hatte. Aber jetzt war das Essen vorbei, und alle saßen entweder mit jenem schrecklich glasigen Blick herum, den die Erwachsenen immer nach dem Essen bekamen, oder sie schliefen. Gaylord spürte instinktiv, daß weder seine Trommel noch seine Trompete jetzt besonders willkommen war. Daher beschloß er, sich zu verkrümeln.

Draußen auf dem Weg traf er Willie. «Komm und laß uns zu deinem Schatz gehen», schlug er vor.

Sie trabten los. «Hast du viel geschenkt bekommen?» fragte Willie.

Gaylord hatte herausgefunden, daß Weihnachtsgeschenke, welcher göttlichen oder weltlichen Quelle sie auch immer entstammen mochten, in direktem Verhältnis zum Geldbeutel der Eltern standen. So war es nicht wahrscheinlich, daß Willie viele erhalten hatte. Mit angeborenem Takt antwortete er: «Nicht viel. Nur einen Hirsch.»

«Was ist denn das?»

«Eine Art Pferd.»

«Was tut es denn?»

«Nichts», sagte Gaylord.

Darüber mußte Willie erst nachdenken. «Klingt nicht gerade doll», sagte er.

Gaylord sagte: «Hast du auch was bekommen, Willie?»

Willie schlurfte weiter und starrte geradeaus. Er schien die Frage nicht gehört zu haben. Gaylord wünschte insgeheim, er hätte sie nicht gestellt.

Sie kamen zur Hütte. Das Nest aus Gras und Blättern lag verstreut am Boden. Der Ofenrost war leer. Das bezaubernde, glänzende Spielzeug war verschwunden.

Eine Ewigkeit lang stand Willie reglos, mit hängenden Armen da und starrte auf den Boden. Dann warf er sich auf Hände und Knie und suchte, wie ein Tier, grunzend und schluchzend und schniefend umher. Von der Tür her beobachtete ihn Gaylord, von einem seltsamen, lähmenden Schrecken erfüllt. Das war einfach nicht fair. Gerade Willie, der schon keine Weihnachtsgeschenke bekommen hatte und zudem nicht alle Tassen im Schrank hatte, hätte das nicht passieren dürfen. Gaylord begann daran zu zweifeln, ob Gott wirklich so tüchtig war, wie man ihn immer hinstellte.

Willie richtete sich auf. Seine Nase lief, die Backen waren tränenverschmiert, und sein Mund stand offen. Seine Stimme klang so undeutlich, daß Gaylord ihn kaum verstehen konnte. «Wo ist es? Was hast du damit gemacht?»

Gaylord bekam Angst. «Ich doch nicht. Ich hab's doch nicht genommen, Willie.»

«Wo ist es?» wiederholte Willie. Gaylord merkte plötzlich, daß der Abstand zwischen ihnen sich sehr verringert hatte. Er vergaß ganz, Willie zu bemitleiden, und konzentrierte sich auf die reine Selbsterhaltung, drehte sich um und rannte davon.

Aber mit schwerfälligen Riesenschritten, schnaufend und schluchzend, kam Willie hinter ihm her. Gaylord fühlte seine Knie weich werden und seine Füße schwer wie Blei. Er dachte daran, daß Willie damals gesagt hatte: «Ich mach dich tot, wenn du . . .» Er versuchte, schneller zu laufen, aber er hatte keine Kraft mehr. Und dann wurde sein Handgelenk mit heißem, rohem Griff umklammert. Der Arm wurde ihm hinter dem Rücken verdreht. «Was hast du damit gemacht?» und bei jeder verwaschenen Silbe wurde ihm der Arm noch weiter verdreht.

Der Schmerz war unvorstellbar. Er lief wie ein alles verzehrendes Feuer durch seinen ganzen Körper. Die ganze Welt bestand nur noch aus Schmerz. Zwischen Himmel und Erde gab es augenblicklich nichts weiter, keine Mummi, keinen Paps, weder Sonne noch Mond, Gott oder Engel, Leben oder Tod. Nur dieses Feuer des Schmerzes, in dem er wie ein Blatt Papier zusammenschrumpfte und sich wand.

«Ich war's nicht, ich war's nicht», schrie er.

Willie ließ ihn los. Er weinte jetzt nicht mehr. Er hockte sich auf die Erde und starrte in unendlicher Hoffnungslosigkeit in die Landschaft. Für Gaylord kehrten Himmel und Erde langsam wieder zurück. Noch überkam ihn der Schmerz in großen Wellen, ebbte aber langsam ab und erfüllte nicht länger das ganze Universum. Jetzt hätte er davonrennen sollen. Aber er tat es nicht. Obwohl ihm der Arm schlaff herunterhing und er ihn sicher bis an sein Lebensende nicht mehr würde gebrauchen können und obwohl er durch die erste Begegnung mit dem Schmerz noch ganz benommen war, brachte er es nicht fertig, fortzulaufen und Willie in der Winterdämmerung allein zu lassen. Er stand da, seine kräftigen Beinchen weit gespreizt, und hielt sich die Schulter mit einer Hand. «Wer wußte denn außer uns, daß es da versteckt lag, Willie?» fragte er.

Willie starrte ins Weite.

«Du mußt es jemand gezeigt haben», sagte Gaylord.

«Warum bist du gekommen und hast es genommen?» stotterte Willie.

«Ich bin's doch nicht gewesen. Jemand anderes muß das Versteck noch gekannt haben.»

«Ich mach den tot, der's war», sagte Willie und starrte leeren Blickes in die Ferne. Er saß vollkommen unbeweglich da. Nur seine Finger zuckten und krallten sich zusammen, als umklammerten sie bereits den Hals des Opfers. «Ich mach dich tot, wenn du's warst.»

«Aber ich war's ja nicht», beteuerte Gaylord.

«Ich erzähl's meinen Brüdern», sagte Willie.

Gaylord spürte eine kalte Leere im Magen. Willie hatte mindestens ein halbes Dutzend Brüder. Sie alle waren grausam, bösartig und schreckten vor nichts zurück. Obwohl sie für Willie keinen Finger krumm machen würden, war ihnen jede Gelegenheit recht, jemanden, der gegen sie allein stand, zu quälen. Mit dem untrüglichen Instinkt eines Kindes ahnte Gaylord das und fürchtete sich davor. Wenn Willie seinen Brüdern tatsächlich alles erzählte, war Gaylord, das wußte er jetzt schon, wirklich in Gefahr.

Aber noch war es nicht soweit. Er sagte: «Willie, ich muß jetzt gehen», und trat einen Schritt zurück. Willie warf sich herum und versuchte, ihn am Knöchel zu packen, griff aber daneben.

Gaylord rannte los. Nach einer Weile sah er sich um. Willie lag noch immer auf der Erde. Da es schon dämmrig war, konnte man nicht erkennen, ob er weinte.

Sein Arm war steif, und stechende Schmerzen durchfuhren ihn. Aber er konnte ihn immerhin wieder bewegen. Ihm war außerdem ein bißchen übel und schwindlig, und zudem war er nicht sicher, ob man ihn nicht einem Verhör unterziehen würde.

So öffnete er denn ganz vorsichtig die Küchentür. Keiner da. Ungesehen und ungehört erreichte er die Treppe. Auf Zehenspitzen schlich er sich hinauf in sein Zimmer und fing an, Trompete zu blasen. Übrigens mit großer Raffinesse. Er tutete in wohldosierten Abständen ein paar kleine Töne. Töne, welche die Familie im unteren Stockwerk nur im Unterbewußtsein aufnehmen würde. Dann ein bißchen lauter. Und dann ein gewaltiges, langanhaltendes Getute, so daß niemand an Gaylords Anwesenheit zweifeln konnte. Den ganzen Nachmittag hat er auf dieser verdammten Tute geblasen, würde Opa sagen. Tante Bea würde ihm beipflichten: Ja, das hat er. Das liebe Kind. Und damit hätte das Opfer ein wunderbares, handfestes Alibi.

Aber das Opfer hatte nicht mit Mummi gerechnet. «Den ganzen Nachmittag hat er auf dieser verdammten Tute geblasen», sagte Opa.

«Ja, das hat er. Das liebe Kind», sagte Tante Bea. Aber Mummi sagte: «Irgend etwas stimmt nicht mit Gaylord. Das hab ich im Gefühl.» Sie stieg die Treppe hinauf und stieß die Tür zu Gaylords Zimmer auf.

Das hinter ihm liegende schreckliche Erlebnis und dazu noch die Anstrengung des Blasens waren zuviel für Gaylord gewesen. Er fühlte sich ganz schwach auf den Beinen, er schwitzte, und das Zimmer fing an, sich um ihn zu drehen. Mit weit aufgeblasenen

Backen blickte er Mummi angstvoll entgegen. «Gaylord», fragte sie, «was hast du denn?»

Er schüttelte den Kopf und blies weiter, obwohl die Anstrengung ihn fast umbrachte.

«Gaylord! Laß dieses idiotische Getute und hör zu.»

Er ließ die Trompete sinken und sah sie an. Seine Unterlippe begann zu zittern.

Noch nie hatte sie ihn so hilflos gesehen. Wortlos kam sie zu ihm, setzte sich auf den Bettrand und nahm ihn in die Arme. Einen Moment lang wehrte er sich. Dann fiel sein dunkler Schopf an ihre Brust. Sie hielt ihn eine ganze Weile in ihren Armen und wartete auf die Tränen. Aber es kamen keine Tränen. Nur ein unterdrücktes Schluchzen schüttelte seinen Körper. Das letzte Licht wich aus dem Zimmer. Sie streifte mit den Lippen über sein Haar. «Was hast du denn?» flüsterte sie.

Er schwieg. «Was hast du denn?» fragte sie noch einmal.

«Nichts», sagte er.

Die Angst ließ ihre Stimme scharf klingen. «Gaylord, du mußt es mir aber erzählen.»

«Nichts», wiederholte er und machte sich von ihr los.

«Nun gut», sagte sie sanft. «Dann reden wir eben später darüber, wenn du dich besser fühlst.»

Er schwieg.

«Komm, ich mach dir eine Wärmflasche und pack dich gemütlich ins Bett», versuchte sie ihm zuzureden.

«Es ist doch Weihnachten», sagte er aufgebracht.

«Na schön», sagte sie unsicher. «Aber eins mußt du mir noch sagen. Hast du dir weh getan?»

«Weh getan?» Er machte ein Gesicht, als hätte er nicht verstanden.

«Ja, weh getan», sagte sie und wurde plötzlich ärgerlich.

«Nein, Mummi», antwortete er kläglich.

Sie sah ihn an. Es gab so viele Fragen, die sie gern gestellt hätte. Statt dessen sagte sie verständnisvoll: «Also, dann geh ich jetzt. Komm bitte runter, wenn du soweit bist.»

In der Tür blieb sie noch einmal stehen. «Bist du ganz sicher, daß du mir nichts erzählen möchtest?»

Es war bereits zu dunkel, um sein Gesicht erkennen zu können. Aber er sagte nichts. Sie ging, um Paps zu suchen. Sie wollte ihn nicht beunruhigen, nicht an Weihnachten, und versuchte es daher auf die leichte, literarische Tour. «Gaylord trägt eine Lilie auf der Stirn», erklärte sie.

Paps sagte: «Ich fürchte, *La Belle Dame* würde ihn noch ein bißchen zu jung finden. Vielleicht hat er sich nur überfressen.»

Jetzt konnte sie es doch nicht mehr für sich behalten. «Jocelyn, ich mache mir Sorgen. Er sah schlimm aus. Saß da im Halbdunkel und trompetete, als ob sein Leben davon abhinge. Es . . . es hat mir fast das Herz gebrochen.»

«Und er hat dir nicht verraten, was ihn quält?»

«Den Teufel hat er getan! Du kennst doch Gaylord. Er hat das Zeug zu einem Märtyrer in sich.»

«Ich werde mal ein Wörtchen mit ihm reden», sagte Paps.

Sie schüttelte den Kopf. «Nein, laß ihn lieber in Ruhe. Er hat Kummer und versucht, ihn gewaltsam zu unterdrücken. Das Kerlchen hat wirklich Mumm.»

Er machte ein besorgtes Gesicht. «Sollen wir es dabei belassen?»

«Ich fürchte, wir können nichts anderes tun. In seinem augenblicklichen Zustand bringt er kein Wort heraus. Ich weiß nur, daß er fort gewesen ist. Und das ist es, was mich beunruhigt.»

«Woran denkst du?»

«An Willie», sagte sie.

7

In ganz England weihnachtete es weiter. Die Nacht senkte sich herab, Vorhänge wurden zugezogen, Kaminfeuer aufgeschichtet und Kuchen angeschnitten. Eine ungesellige Nation versuchte auf ihre verbissene englische Weise gesellig zu sein. Verwandte, die sich dreihundertvierundsechzig Tage im Jahr nicht ausstehen konnten, zogen gemeinsam an Knallbonbons, trugen närrische Hüte und waren für die Erlebnisse ihrer Mitmenschen ganz Ohr.

Im Zypressenhof wartete jeder mit Schrecken auf den fürchterlichen Moment, in dem Tante Bea Gesellschaftsspiele vorschlagen würde. Becky und Peter hielten Händchen. Bobs und Großtante Marigold unterhielten sich über Rugby, ein Thema, über das die alte Dame erstaunlich gut Bescheid wußte. Onkel Ben und Opa dösten vor sich hin und Paps allem Anschein nach auch, obwohl er immer wieder erklärte, daß sein Verstand nie wacher sei als im Halbschlaf. Mr. Grebbie beobachtete Opa wie ein Briefträger, der einem anscheinend schlafenden Wachhund mißtraut, und lächelte Rose ab und zu schüchtern und dankbar an. Rose dachte, wie gut Bobs doch aussehe und daran, daß der Tag verstrich und sie ihn noch keinen einzigen Augenblick für sich allein gehabt hatte. Warum war er nur gekommen? Aus Höflichkeit? Nein, dachte sie traurig. Bobs war nicht der Mensch, der der Höflichkeit auch nur einen einzigen Tag opfern würde. Um Becky wiederzusehen? Um von den Brosamen zu essen, die von Peters Tisch fielen? Das konnte sie sich eigentlich auch nicht vorstellen. Ganz bestimmt aber nicht, um mit Großtante Marigold über Rugby zu sprechen. Nein, er war doch ihretwegen gekommen. Er hatte eben nur eine seltsame Art, seine Zuneigung zu zeigen.

Aber sie war nicht restlos davon überzeugt.

Gaylord lümmelte sich auf den Knien seiner Mutter, während sie ihm «*Winnie the Pooh*» auf lateinisch vorlas. Das englische Original konnte er nicht leiden, empfand aber die gewichtigen lateinischen Silben eigenartig wohltuend. «*Vita nubeculae est fons superbiae*», las Mummi.

Opa regte sich. «Klingt ja wie Latein», knurrte er.

«Ist es auch», sagte Mummi.

Opa rappelte sich hoch und visierte Mummi mit einem unheilvollen Blick. «Das versteht er doch gar nicht, oder?» bellte er.

«Kein Wort», sagte Mummi.

«Warum in aller Welt liest du's ihm dann vor?»

«Ihm gefällt das Englische nicht», erklärte Mummi.

Opa dachte darüber nach. Da mußte es doch eine andere Lösung geben. Es gab auch eine, und er hatte sie gefunden. «Könntest du nicht», sagte er, «ein Buch aussuchen, das ihm *wirklich* gefällt? Das könntest du ihm dann auf englisch vorlesen», erklärte er.

«Als ob ich das nicht schon versucht hätte», sagte Mummi.

Opa schnaubte nur. Aber damit hatte er etwas Schönes angerichtet, denn nun ließ sich Tante Bea hören: «Ah, John, endlich bist du aufgewacht. Also dann mal los. Wer ist für Schreibspiele?»

Paps verkroch sich noch tiefer in seinem Sessel. Stan Grebbie sah ganz verstört aus. Onkel Ben richtete sich energisch auf. «Sehr richtig. Zu Weihnachten gehören auch Schreibspiele.»

«Wieso?» wollte Paps wissen, der plötzlich merkte, was ihm bevorstand.

Tante Bea verteilte bereits Bleistifte und Papier aus ihrer Handtasche und ließ ein Nein nicht gelten. «Jocelyn, auch einen Bleistift?»

«Nein, danke, ich nehme meinen Füller», sagte er verdrießlich und zog sein kostspieliges Schreibutensil aus der Tasche. Wenn er schon leiden mußte, wollte er es so elegant wie möglich tun. «Kann ich bitte eine Schreibunterlage haben?» fragte er und hielt sein Papier hilflos in die Gegend.

Tante Bea nahm Mummi «*Winnie the Pooh*» ab und reichte es Paps. «Es wundert mich, daß du nicht darauf bestehst, auf deiner Schreibmaschine zu schreiben», sagte sie. Sie fand Paps prätentiös.

«Danke», sagte Paps im Tonfall eines Großwesirs, dem man eben die seidene Schnur überreicht hat.

Das gräßliche Ritual begann. Opa traf die Bardot im Supermarkt, Bobs traf die Äbtissin bei der Windmühle und Mr. Grebbie, zu seiner grenzenlosen Verwirrung, die Pompadour beim Ostermarsch der Atomwaffengegner. Schließlich hatte sogar Tante Bea genug. «Was machen wir jetzt?» fragte sie.

«Wir essen zu Abend», sagte Jocelyn schnell.

«Wir können doch noch nicht Abendbrot essen», sagte Tante Bea, «wir haben ja erst ein Spiel gespielt.»

Becky machte einen nicht sehr überzeugenden Versuch, den Rock über ihre hübschen Knie zu ziehen. «Spielen wir doch ‹Der Briefträger kommt›», sagte sie.

«Oh, sei doch nicht kindisch», sagte Rose. Aber Onkel Ben fand den Vorschlag großartig. «Den ‹Briefträger› hab ich seit Jahren nicht mehr gespielt.» Dabei rieb er sich genüßlich die Hände, und seine Augen glitten über Beckys verführerisch junge Formen.

«Wie spielt man denn ‹Der Briefträger kommt›?» fragte Gaylord.

Tante Bea erklärte: «Jemand geht vor die Tür. Dann zieht jeder eine Zahl; derjenige, der draußen ist, ruft eine Zahl, und der mit dieser Zahl muß hinausgehen.»

«Und was passiert dann?»

«Dann küssen sie sich draußen.»

Das hätte ich mir denken können, dachte Gaylord. Immer derselbe Quatsch. Er hatte schon das Schreibspiel mit ungläubigem Staunen verfolgt und es für einen absoluten Tiefpunkt der Erwachsenen-Idiotie gehalten. Aber ihm wurde nun klar, daß es noch schlimmer kommen konnte. Wie ihn ja überhaupt das Benehmen der Erwachsenen meistens überraschte und deprimierte. Aber am heutigen Abend wollten sie sich anscheinend selbst übertreffen.

«Ich geh zuerst raus», sagte Becky.

«Das konnt ich mir denken», sagte Rose.

Becky ging hinaus. Und rief Gaylords Zahl auf.

Er ging in die Vorhalle. Tante Becky stand lächelnd unter dem Mistelzweig. Als sie sah, wer da zu ihr herauskam, kniete sie sich hin und streckte beide Arme aus. Gaylord ließ sich hineinfallen und fand hier Trost für seinen schmerzenden Körper und seine geschundene Seele. Becky lächelte nicht mehr. Als sie den Kuß auf seine zarten Kinderlippen drückte, sah sie ihn besorgt an. «Was hast du denn, mein Kleiner?» flüsterte sie.

Er schüttelte den Kopf, als er sich an sie schmiegte, und spürte dabei etwas von dem Frieden, den abgekämpfte Männer bei zarten und wohlriechenden Frauen finden. Dann richtete er sich auf und preßte einen Augenblick lang seinen Kopf gegen den weichen Stoff ihres Kleides. Sie fragte: «Was willst du für eine Zahl haben?»

«Sieben», sagte er.

Becky grinste ihn verschmitzt an und ging zurück ins Zimmer. Kurz darauf kam Tante Rosie in die Halle.

Tante Rosie war nicht nach Gaylord zumute. «Hallo, Gaylord», sagte sie. «Willst du mich küssen?»

«Eigentlich nicht», sagte Gaylord.

«Das beruht auf Gegenseitigkeit», sagte Tante Rosie.

«Was heißt auf Gegenseitigkeit?»

«Das heißt, das ganze Spiel ist blöde.»

«Finde ich auch», sagte Gaylord. «Soll ich ihnen denn dann eine Zahl von dir sagen?»

«Ich glaube, es bleibt uns nichts anderes übrig», sagte Rose scheinbar gleichgültig. «Fünf.»

Gaylord wanderte ins Zimmer zurück. Rose wartete. Die Tür öffnete sich. Stan Grebbie drückte sich schüchtern in die Halle und sah dabei so ängstlich aus wie eine viktorianische Braut in der Hochzeitsnacht. Oh, das ist ungeheuerlich, dachte Rose. Hier müssen sich zwei Erwachsene der peinlichsten Situation aussetzen, nur weil Weihnachten ist und Bea und Ben idiotische Spiele spielen wollen. «Lassen wir's gut sein, Mr. Grebbie», sagte sie. «Wir müssen das nicht alles bis zum bitteren Ende mitmachen, wissen Sie.»

Er lächelte sie mühsam und etwas gequält an. «Sie sind sehr verständnisvoll, Miss Pentecost. Man will ja natürlich nicht ungalant erscheinen. Aber wir sind . . . *ich* bin ein bißchen zu alt für solche Spiele, finden Sie nicht auch?»

«Armer Mr. Grebbie», sagte sie. «Ich fürchte, daß dieses Weihnachten eine rechte Nervenprobe für Sie ist.» Sie lachte befreit. Es war so merkwürdig, daß seine Schüchternheit ihr Selbstvertrauen stärkte.

«Ein höchst angenehmes Weihnachten», beteuerte er. «Und ich möchte Ihnen recht herzlich für all ihre Freundlichkeit danken. Sie waren eine . . . eine wahre Säule für mich.»

«Ich?» Rose lachte noch immer. «Aber ich bin doch die schwächste Person unter der Sonne.»

«Nicht für mich», sagte er. «Ich finde, Sie sind . . . ein großartiger Mensch.»

Das Blut schoß ihr in die blassen Wangen. Sie wirkte auf

einmal größer, aufrechter. «Das ist das schönste Kompliment, das man mir jemals gemacht hat», sagte sie ruhig.

«Aber es ist die Wahrheit», sagte er. Er machte einen Schritt auf die Tür zu und spielte mit dem Türknauf. Er setzte mehrfach dazu an, etwas zu sagen, fand aber keine Worte. «Was ist denn, Mr. Grebbie?» fragte sie.

Er sah zu Boden. «Darf ich Sie . . . nicht vielleicht doch küssen, Miss Pentecost?»

Lächelnd stand sie da und streckte ihm mit einer kleinen freundschaftlichen Geste die Hände entgegen. Er trat auf sie zu und küßte sie sehr förmlich auf den Mund. «Danke», sagte er und hielt die Zimmertür für sie auf.

Paps küßte Mummi. Sie lächelten beide. «Ich finde es immer noch schön», sagte sie. «Selbst nach all den Jahren.»

«Wirklich? Und ich dachte, arme alte Mummi, jetzt wählt sie auch noch meine Zahl. Sie hat auch nie eine Abwechslung.»

«Ich brauche gar keine. Komisch mit diesem Spiel, wenn man dabei seinen eigenen Mann küßt, kommt man sich direkt unmoralisch vor.»

Später sangen sie, um das Klavier versammelt, fröhliche Lieder, Weihnachtslieder, alberne, sentimentale Lieder, Scherzliedchen, schwermütige schottische Lieder von Nebel und Not, von Bächen und Bergen, Herzweh und Heide.

Und plötzlich war der Tag vorbei. Alle fühlten sich glücklich und von einer Sorglosigkeit erfüllt, wie sie einem nur selten beschieden ist und nicht für lange. Vielleicht lag es am Wein, vielleicht an den schwermütigen Liedern, vielleicht an Tante Beas albernen Spielen. Und alle gingen hinaus ins Freie, die Jungen Arm in Arm, hinaus in die milde Nacht, um die Gäste abfahren zu sehen. Sogar Rose kicherte. Und Mr. Grebbie erkühnte sich sogar, ihre rechte Hand zu halten, während Bobs ihre linke hielt. «Steig ein, Grebbie», sagte Bobs. Widerstrebend gab Stan ihre Hand frei und kletterte ins Auto. Er steckte den Kopf durchs Fenster. «Auf Wiedersehen, Rose. Und noch vielen Dank.»

«Auf Wiedersehen», antwortete sie abwesend. Sie wandte sich Bobs zu, der noch immer ihre Hand festhielt. «Wiedersehen, Bobs.»

«Auf bald, Rosie», sagte er und zog sie an sich. «Bleib brav. Bis zum nächstenmal.»

Sie kicherte glücklich und ließ sich vor allen von ihm küssen. Einen kurzen Augenblick lang schien alles so einfach und leicht und unkompliziert. Alle Spannungen, alle Zweifel und alle Hemmungen waren wie weggefegt, und sie hielt ihren Liebsten leicht und glücklich, wie niemals zuvor und vielleicht niemals wieder.

8

Schon verschwand Weihnachten wieder in der Vergangenheit, wie ein erleuchteter Zug, den die Nacht verschlingt. Vom alten Jahr blieben nur noch wenige trübselige Tage, in denen sich all die unangenehmen und lästigen Pflichten meldeten, die man so unbekümmert bis nach Weihnachten aufgeschoben hatte. Als nächstes stand der Januar auf dem Kalender; man sah durch den langen Tunnel des Winters die trügerischen Versprechen des Frühlings vor sich liegen und die ganze Niedertracht eines englischen Sommers.

Silvester kam heran. Der einzige Tag des Jahres, den Paps ehrlich haßte und fürchtete, war Silvester. Auf der Schwelle eines Jahres zu stehen und in die Zukunft zu spähen mit all ihren Nöten und Ängsten, war mehr, als er ertragen konnte. Es war noch schlimmer, als sich rückblickend die Versäumnisse, Fehlentscheidungen und Kompromisse des sterbenden Jahres zu vergegenwärtigen.

Das sterbende Jahr! Guter Gott, wie melancholisch das klang. Das Jahr starb und damit ein bißchen von einem selbst. Nicht nur von ihm; von Mummi und Gaylord und den guten Alten; von Beckys Schönheit und Roses schwindender Jugend. Alles starb dahin. Läutet das Alte hinaus, aber läutet nicht das rohe, kalte Neue ein, bevor ich mich mit noch einem Gläschen Port dafür gestärkt habe. Paps, der sonst nicht viel trank, leerte an Silvester immer mindestens eine halbe Flasche Portwein. Das hielt die Gespenster und die Nebelschleier fern.

Gerade an diesem Silvester mußte er über etwas ganz Bestimmtes nachdenken. Erst heute hatte Mummi gesagt: «Liebster, es kann sein, daß ich wieder ein Kind kriege.»

«O nein», hatte er geschrien. «Nicht noch einen Gaylord.»

Sie hatte ihn amüsiert angelächelt. «Sehr enthusiastisch klingst du ja nicht gerade. Du würdest wahrscheinlich lieber eine Romanfigur in die Welt setzen, was?»

«Romanfiguren schreien wenigstens nachts nicht», hatte er gesagt.

Es war fast Mitternacht. Alle lagen schon in den Betten. Paps saß noch am Kamin, rauchte eine Zigarre und betrachtete durch den roten Wein hindurch den tanzenden Feuerschein. Was ist doch ein Glas Port für eine köstliche Sache, dachte er. Hat etwas von Gestalt und Farbe einer Rose und im Schein des Kaminfeuers auch etwas vom Leben einer Rose. Aber es war viel mehr als eine Rose. Aus einer Blume konnte man weder Mut noch Trost, Entspannung oder gar zeitweilige Zufriedenheit trinken.

Aber aus einem Glas Port konnte man das. Er tat es und schenkte sich wieder ein.

Die Tür ging auf. Gaylord schlüpfte herein. «Ich habe scheußlich geträumt», sagte er.

«Ich auch», sagte Paps.

«In meinem Traum kamen Tiger und Löwen vor», berichtete Gaylord. «Wovon hast du geträumt?»

«Nur von der Zukunft und der Vergangenheit», sagte Paps.

«Ich wette, das war nicht so schlimm wie meine Tiger und Löwen», sagte Gaylord.

«Das kann schon sein», sagte Paps. «Aber es war schlimm genug.»

Gaylord machte es sich in dem Sessel Paps gegenüber bequem, die Hände in den Taschen seines Morgenrocks vergraben, die Beine weit gespreizt. In der Haltung eines Erwachsenen bei einem Männergespräch. Es war die Haltung eines selbstbewußten Studenten, eines Mittfünfzigers im Club, eines alten, müden Mannes. Paps erblickte zum erstenmal hinter dem kleinen Jungen den erwachsenen Mann. Noch ein paar Jahre weiter, und Gaylord würde eine Frau in den Armen halten, sich mit anderen Männern messen, seinen Portwein trinken und sich Sorgen machen, was mit Mummi und Paps geschehen sollte, die nicht mehr die jüngsten waren.

Gaylords Augen waren hell und wach, aber die späte Stunde verlieh ihnen einen Ausdruck von Weisheit und Verstehen, der bei einem Kind befremdlich war. Paps betrachtete seinen ernsten, erwachsenen, kräftigen Sohn, und er spürte, daß dies ein seltener Augenblick der Freundschaft und Liebe war, in dem es vielleicht endlich einmal keine Schranken mehr zwischen ihnen gab. «Hör mal, alter Knabe», sagte er. «Deine Mutter macht sich große Sorgen um dich. Was ist eigentlich am Weihnachtstag passiert?»

Paps nannte Gaylord nicht oft «Alter Knabe». Aber wenn er

das tat, fing Gaylords Gehirn fieberhaft an zu arbeiten. Alarmglocken schrillten, und alle Signale schalteten auf Rot. Der arme Paps hatte keine Chance. «Nichts», sagte Gaylord und blickte Paps dabei mit seinen langbewimperten, ernsten, ehrlichen schwarzen Augen an.

«Ich dachte, du würdest es mir vielleicht erzählen», sagte Paps.

«Ich bin nur spazierengegangen. Dann bin ich wieder nach Hause gekommen.»

«Soso», sagte Paps und starrte ins Feuer. «Du bist also spazierengegangen und dann wieder nach Hause gekommen.» Er seufzte.

«Ja, genau», sagte Gaylord. Er sah seinen Vater an. Es kam eigentlich selten vor, überlegte er, daß man Paps etwas fragte, ohne eine alberne Antwort zu bekommen. Aber heute nacht, das spürte er, könnten die Schranken vielleicht geöffnet sein. «Wann kommt der andere Gaylord?» fragte er.

«Der was?» Paps sah verblüfft aus. Nach einer halben Flasche Port konnte er nicht mehr genau sagen, welche Fragen Sinn hatten und welche keinen, aber diese, das fühlte er, diese hatte keinen Sinn.

«Der andere Gaylord. Du hast doch zu Mummi gesagt: ‹Nicht noch einen Gaylord.›»

«Das solltest du gar nicht hören», sagte Paps.

Gaylord machte ein verschmitztes Gesicht.

«Mummi bekommt wieder ein Baby», sagte Paps.

Diese Erklärung hatte Gaylord gefürchtet. Er war gekränkt. In einer Angelegenheit, die ihn so unmittelbar betraf, hätte man ihn doch wenigstens fragen können. «Ich muß doch nicht etwa mit ihm spielen?» fragte er.

«Wahrscheinlich wirst du das wollen», sagte Paps ohne große Überzeugung. Philoprogenetik war nicht gerade seine Stärke. Bei Babies dachte er eher an Windeln und die Sechs-Uhr-Flasche als an den Fortbestand des Lebens und das Gesegnet-ist-der-Mann-der-viele-Kinder-hat.

Gaylord saß mit halbgeschlossenen Augen da. Einen hoffnungsvollen Augenblick lang dachte Paps, er würde einschlafen. Aber dann öffneten sich die Augen wieder weit, und Gaylord sagte: «Wo kriegt ihr eigentlich die Babies her?»

O Gott, dachte Paps, jetzt hat's mich erwischt. Er hatte immer gehofft, daß im entscheidenden Augenblick Mummi das Opfer sein würde. Aber sie war es nicht. Er war es. Und das eine Viertelstunde nach Mitternacht und auf einen Ozean von Portwein.

Mummi hatte aber immer wieder gesagt, daß man Fragen furchtlos und offen beantworten müsse. So sagte er furchtlos und offen: «Sie kommen aus dem Leib der Mutter.»

Gaylord lachte vergnügt. «O Paps, bist du aber komisch», schrie er anerkennend.

Paps sagte: «Ich bin gar nicht komisch! Das ist die Wahrheit.»

Aber Gaylord bog sich noch immer vor Lachen in seinem Sessel. Jocelyn hatte schon lange nicht mehr eine so erfolgreiche Bemerkung gemacht. Nur war diese ja eigentlich gar nicht komisch gewesen. Er erklärte weiter: «Ein Baby ist wie eine Eichel. Es wächst neun Monate im Leib der Mutter und wird dabei immer größer und kräftiger. Dann wird es geboren und beginnt sein eigenes Leben.»

Gaylord wurde langsam wieder nüchtern. Er sah jetzt nachdenklich aus. «Paps . . .» begann er.

«Ja, Gaylord?» sagte Paps, auf alles gefaßt. Jetzt wird er gleich nach den Details dieses Vorganges fragen, dachte er. Und das war die Quiz-Preisfrage. Krampfhaft versuchte er sich daran zu erinnern, wie das in den Aufklärungsbüchern dargestellt wurde.

Gaylord runzelte die Stirn. «Paps, kannst du mir sagen, wie es der Mann fertigbrachte, seiner Frau zu Weihnachten ein Rebhuhn auf einem Birnbaum zu schenken?»

«Also, willst du nun, daß ich dich aufkläre oder nicht, Gaylord? Verdammt noch mal!» sagte Paps verbittert. Er als Junge war mit unersättlicher Neugier hinter diesem Thema hergewesen. Aber ihm hatte man immer nur Geschichten von Störchen und Teichen aufgetischt. Und Gaylord, dem man die Tatsachen furchtlos und offen auf einem Tablett präsentierte, zeigte dafür nicht das geringste Interesse. Es war nicht zu fassen.

«Paps», sagte Gaylord, «du hörst ja gar nicht zu. Er konnte das doch gar nicht machen, stimmt's? Wenn er den Baum bis zu ihrem Haus getragen hätte, wäre doch das Rebhuhn davongeflogen, oder?»

«Ich glaube, das darf man nicht so wörtlich nehmen», sagte Paps. Sein Interesse wurde wach. «Aber andererseits, muß ich gestehen, hatte diese Geschichte für mich nie etwas Symbolisches.»

«Oh», sagte Gaylord. Er dachte nach. «Vielleicht hat er das

Huhn an einem Zweig festgekettet oder so.»

Er stand auf und sah seinen Vater mit aufgerissenen Augen an. «Aber das wäre doch grausam gewesen, findest du nicht, Paps?»

«Ja», sagte Paps. «Gehst du jetzt ins Bett?»

«Nacht», sagte Gaylord. «Ist jetzt schon nächstes Jahr?»

«Ja.» Der Sprachfanatiker in Paps sehnte sich danach, zu erklären, daß es niemals nächstes Jahr sein könne, aber er war zu müde.

«Ich wette, daß 'ne Menge Leute dieses Jahr sterben werden», sagte Gaylord.

«Warum, um Gottes willen?»

«Das tun sie doch immer», sagte Gaylord. «Millionen.»

«Und was hast du gemacht?» fragte Mummi und streckte sich wohlig im Bett.

«Ununterbrochen gebechert. Und mit Gaylord in die Zukunft geschaut.»

«Was habt ihr denn gesehen?»

«Ich überhaupt nichts. Aber Gaylord stellte die Prognose, daß dieses Jahr ein Haufen Leute sterben würden. Er sagt, das täten sie immer.»

«Warum, um Himmels willen, ist er denn noch mal aufgestanden?»

«Er mußte sich von einem schlimmen Traum erholen. Ach ja, im übrigen habe ich ihm einen Aufklärungsvortrag gehalten.»

«Großer Gott. Wie hat er denn reagiert?»

«Er hat sich totgelacht. Hielt es für die komischste Geschichte seit der Witwe Bolte.»

«Damit könnte er recht haben», sagte Mummi.

Paps haßte und fürchtete Silvester. Rose aber haßte und fürchtete gleich mehrere Tage im Jahr – immer die ersten nach den Ferien.

Sie wachte schon lange vor Morgengrauen auf, hatte in der molligen Dunkelheit die Knie weit heraufgezogen, und wußte genau, daß dies ihre letzten friedlichen Minuten waren. Sowie der Wecker schrillte, hieß es, hinaus ins feindliche Leben und hinein in ein neues Trimester. Jedesmal dachte sie, ich schaffe es nicht. Jedesmal schaffte sie es doch. Ihre Tapferkeit mußte selbst Engel zu Tränen rühren. Aber es kam sie hart an. Menschen wie

Rose stehen jeden lieben Arbeitstag einem Exekutionskommando gegenüber.

Das Wintertrimester war das schlimmste. Jedermann war übellaunig und erkältet, die ganze Schule roch nach nassem Zeug und Eukalyptusbonbons. Und dann diese Morgenstunden, diese entsetzlich düsteren Morgenstunden im gnadenlosen elektrischen Licht. Nicht einmal der Gedanke, Bobs wiederzusehen, vermochte der Aussicht, an einem kalten Januarmorgen zu diesen gräßlichen Knaben und Mädchen zurückkehren zu müssen, etwas von ihrem Schrecken zu nehmen.

Gaylord sagte zu Mummi: «Kennst du den Mann, der seiner Frau ein Rebhuhn auf einem Birnbaum brachte?»

«Ja», sagte Mummi.

«Na, das konnte er doch gar nicht. Wenn er nämlich den Baum zu ihrem Haus getragen hätte, mit dem Rebhuhn drauf, wäre das Rebhuhn doch fortgeflogen, oder?»

«Ich könnte mir denken, daß er schon mit dem Baum allein genug zu tun hatte, ohne auch noch auf den verflixten Vogel achten zu müssen», sagte Mummi. «Willst du eine Mohrrübe haben?»

«Ja, bitte», sagte Gaylord, der Mummi beim Kochen half. Er knabberte daran. «Wo kriegst du eigentlich die Babies her?»

«Aus dem Kaufhaus», antwortete Mummi abwesend.

«Wie bitte?»

Mummi war sehr beschäftigt. «Hör mal», sagte sie, «ich dachte, das hättest du alles schon mit Paps besprochen?»

Gaylord verschluckte sich beinahe. «Paps sagt, sie kommen den Damen aus dem Leib. Der ist vielleicht komisch, was?»

«Er hat ganz recht», sagte Mummi, während sie anfing, die Kartoffeln zu schälen. Aber so ging es wohl doch nicht. Sie trocknete sich die Hände ab und setzte sich an den Küchentisch. «Du lebst auf dem Lande», sagte sie. «Du weißt doch, wie es bei den Tieren ist. Also gut, bei den Menschen ist es genauso.» Sie nahm Gaylords Hand. «Gaylord, ich werde wieder ein Baby bekommen. Und bei mir ist es genauso.» Sie machte das doch wirklich großartig. Sie war über sich selbst gerührt. «Es ist alles ganz natürlich.»

Gaylords Gedanken wanderten zur Sau Bessie. «Du meinst, du . . . wirfst Junge?» fragte er.

Mummi schwieg. «Ja», sagte sie schließlich. «Ich würde es vielleicht nicht ganz so ausdrücken, aber . . . so ähnlich ist es wohl.»

Gaylord betrachtete seine Mutter mit ganz neuem Interesse, ja, mit einer ganz neuen Hochachtung. Er hätte nie gedacht, daß sie so etwas konnte. «Darf ich dabei zugucken?» fragte er begierig.

«Nein», sagte Mummi.

«Opa hat mich aber bei Bessie zugucken lassen», sagte Gaylord enttäuscht.

Mummi sagte: «Obwohl Bessie und ich biologisch vieles gemein haben mögen, hoffe ich doch, daß es zwischen uns kleine Unterschiede in Wesen und Charakter gibt.»

Den letzten Satz bekam Gaylord nicht so ganz mit. Er klammerte sich daher an eines der Worte, die er begriffen hatte. «Was für Unterschiede?»

Mummi wurde ungeduldig. «Mein Gott, Gaylord, wenn du zwischen mir und einer alten Sau keinen Unterschied sehen kannst, dann kann ich dir auch nicht helfen.» Sie stand auf und ging zum Spülbecken zurück. Zu ihrer eigenen Überraschung war sie dem Weinen nahe. Sie war wirklich über sich selbst erstaunt. Sie, die sonst immer so kühl und ironisch war, hatten die unschuldigen Fragen des Kindes aus der Fassung gebracht. Das kann nur diese verwünschte Schwangerschaft sein, dachte sie. Aber wenn ich jetzt schon so empfindlich bin, wie soll das erst gegen Ende dieser Zeit werden? Bessie, meditierte sie, würde sich nie so gehenlassen. Vielleicht konnte sie von dem alten Mutterschwein doch noch etwas lernen.

9

Das neue Jahr hatte die offene See erreicht und dampfte mit voller Kraft voraus. Die Tage wurden länger und heller, matter Sonnenschein schimmerte auf den entlaubten Bäumen, der Matsch war dick und zäh, und die Erde geriet bereits in Erregung, den nahenden Frühling erwartend. Aber dann kam der Schnee.

Schnee ist etwas Merkwürdiges. Er kann das nasseste, kälteste und deprimierendste Phänomen der Natur sein, so unbehaglich wie klamme Bettücher. Er kann aber auch die Welt in ein verwunschenes Eiszuckerreich des Entzückens verwandeln. Es hängt ganz von dem Temperament und vom Alter des Betrachters ab und von den sonstigen Umständen.

Rose, die an ihrem ersten Schultag durch den Schnee radelte, haßte ihn. Er haftete an den Speichen, er war tückisch, und als der in Dampf, Schnee und Feuchtigkeit gehüllte Zug in den Bahnhof einfuhr, glich er eher der transsibirischen Eisenbahn als dem Acht-Uhr-zweiunddreißig-Zug von Shepherd's Warning.

Gaylord liebte den Schnee nicht so sehr, wie jeder von ihm erwartete. Man konnte aus ihm natürlich diese riesigen Schneebälle rollen, die zweimal so groß wurden wie man selber. Aber, ehrlich, was sollte das schließlich? Es ging ihm dabei wie vermutlich manchem Ptolemäer nach der Vollendung einer Pyramide. Das Ding tat einfach nichts. Das gleiche konnte man von Schneemännern sagen. Und da Gaylord ein empfindsames Kind war, fand er auch kein Vergnügen daran, das Gesicht voll Schnee zu kriegen oder sich beim Schneeballen die Hände halb abzufrieren.

Mummi und Paps liebten den Schnee. Sie machten im Schnee lange Spaziergänge, wirbelten ihn mit den Schuhspitzen hoch wie im Herbst die toten Blätter und schüttelten ihn von den Bäumen in ihre lachenden Gesichter. Gaylord, den sie öfter auf diese albernen Ausflüge mitnahmen, versuchte krampfhaft, sich in sie hineinzuversetzen. Aber das fiel ihm sehr schwer. Eltern konnten manchmal schon wirklich anstrengend sein.

Rose hastete ins Lehrerzimmer. Ängstlich blickte sie sich um. Nein, er war noch nicht da. Vor dem Fenster wirbelten die

Schneeflocken aus einem tief herabhängenden Himmel. Es sah fast so aus, als würde es niemals, niemals wieder aufhören. Sie fing an, sich Sorgen über den Heimweg zu machen. Wenn nun der Zug steckenblieb. Was sollte sie dann tun? Es gab keinen Bus nach Shepherd's Warning. Sie fühlte sich plötzlich verloren, von Haus und Familie abgeschnitten, allein unter Fremden.

«Ich wette, du kommst heute nicht mehr nach Hause», sagte eine Stimme hinter ihr. Sie fuhr herum. «Bobs», sagte sie.

«Hier hast du einen Brief», sagte er, «von einem Verehrer.» Er hielt ihn ihr entgegen. Er war an sie, per Adresse J. R. Roberts, gerichtet. «Für mich?» fragte sie. Sie konnte sich nicht vorstellen, wer ihr schreiben sollte, und riß den Umschlag auf. «Na so was, von Mr. Grebbie», rief sie.

«Stell dir vor», sagte Bobs.

Sie las den Brief und war gerührt. «Wie reizend von ihm. Er dankt mir für den netten Weihnachtstag. Er hofft, daß wir uns mal wiedersehen.»

«Fein, fein», sagte Bobs.

«Er war richtig nett», sagte Rose und tippte mit dem Finger auf den Brief.

«Hat er dir wirklich gefallen?» Das klang erstaunt. «Der ist doch kein Mann.»

«Doch», widersprach Rose. «Er ist nett und sanft. Und ich dachte, er wäre dein Freund.»

«Ist er ja auch. Aber man muß doch klarsehen.»

Langsam geriet Rose in Wut. Jeden Augenblick konnte sie die Fassung verlieren. Und das ausgerechnet bei Bobs. Aber sie konnte nicht anders. «Auf jeden Fall hat er mir zum Dank für Weihnachten einen Gruß geschickt.»

«Das soll wohl heißen, daß ich es nicht getan habe, wie?» Er sah auf einmal ganz böse aus. Aber sie hatte sich nicht mehr in der Hand und hörte sich sagen: «Hast du es denn etwa?»

«Ich hatte es vor», muffelte er. «Ich bin leider nicht dazu gekommen.»

«Aber Mr. Grebbie», sagte sie.

Da klingelte es. Er schnappte sich seine Bücher und eilte, ohne sie eines weiteren Blickes zu würdigen, davon. «Bobs», rief sie bekümmert. Er schien es nicht zu hören. Ein oder zwei ihrer Kollegen sahen überrascht und amüsiert zu ihr herüber. Was für eine Närrin sie doch war. In der letzten Zeit konnte sie sich einfach manchmal nicht beherrschen. Wie konnte sie Bobs nur so behandeln! Er würde sie als hysterische alte Jungfer einfach abschreiben, und man konnte es ihm ja auch nicht verdenken. Und heute war erster Schultag, und die Kinder heulten entweder nach ihren Müttern oder waren wegen des Schnees nicht zu halten. Zudem stand fest: der Heimweg heute abend würde entsetzlich werden, wenn sie überhaupt nach Hause kam. Sie warf einen Blick aus dem Fenster. Die Wolken hingen bis auf die Schornsteine herab, und die wie Derwische tanzenden Flocken machten sie schwindlig.

Mittags war keine Spur von Bobs zu entdecken. Ein heulender Wind trieb den Schnee vor sich her und türmte ihn zu dichten Wehen auf. Wo sonst der Verkehr dröhnte, herrschte unheilvolle Stille. Es war, als hätte die Winterdämmerung bereits Besitz von der Stadt ergriffen. Rose ängstigte sich.

Als die Glocke zum letztenmal schrillte, war die Dunkelheit bereits mit Macht eingebrochen – eine wirbelnde, beunruhigende Dunkelheit, in der alle Geräusche gedämpft und unwirklich klangen, in der die Schneeflocken wie aufgescheuchte Motten um die Straßenlaternen schwirrten. Trotz ihrer Besorgnis, ob sie wohl nach Hause käme, trödelte Rose noch herum in der Hoffnung, Bobs zu sehen. Sie mußte ihm alles erklären, sich entschuldigen und ihn wieder freundlich stimmen. Aber er war wohl schon früh gegangen, denn das letzte Fahrrad war schon aus dem Schuppen verschwunden, und sie hatte ihn nicht zu sehen bekommen. Was mußte er bloß von ihr denken? Sie sehnte sich danach, sich vor ihm zu erniedrigen, wie ein reuiger Sünder, der nach dem Geständnis verlangt. Aber er war fort.

Rose lief zum Bahnhof und ging auf den Bahnsteig. «Fährt der Zug nach Shepherd's Warning?» fragte sie den Gepäckträger.

«Das dürfte ihm schwerfallen», sagte er und wies auf die weiße Wüste außerhalb der Bahnhofshalle. «Die Schneewehen da draußen liegen fast vier Meter hoch.»

«Aber . . . aber wie komme ich denn dann nach Hause?» sagte Rose.

«Gar nicht», sagte er. «Der Warteraum für Damen ist geheizt.»

«Also, die Nacht möchte ich da aber auf keinen Fall verbringen.» Rose war schon wieder in Harnisch. Aber wo sollte sie denn die Nacht verbringen? Das war ja fürchterlich, wenn man nicht wußte, wohin. Vermutlich mußte sie es im Hotel versuchen. Es gab nur ein einziges. Nervös trat Rose durch die Drehtür. Sie war es nicht gewöhnt, Hotels zu betreten. In der Halle saß ein Zigarre rauchender Mann, und Rose wußte schon jetzt, daß er aufstehen und ihr unauffällig folgen würde, wenn sie auf ihr Zimmer ging.

Aber dazu kam es gar nicht, denn es war kein Zimmer mehr frei. «O du lieber Gott», stammelte Rose, «da bin ich aber schön in der Patsche.»

«Da sind Sie nicht die einzige, deswegen sind wir ja auch besetzt», sagte das Mädchen am Empfang. Ihre Sorge war das nicht.

Rose stand da und überlegte, was sie nun tun sollte. Sie fürchtete, daß der Mann mit der Zigarre sich ihr nähern und ihr zweideutige Angebote machen würde, aber zu ihrer Überraschung nahm er keine Notiz von ihr. Was sollte sie nur tun? Am besten ging sie wohl zur Polizei. Die mußten ja etwas tun.

Da fiel ihr Bobs ein. Sie könnte ja zu ihm in die Wohnung gehen und ihn um Hilfe bitten. Vielleicht versuchte er sogar, sie nach Hause zu fahren. Und sie würde Gelegenheit haben, sich bei ihm zu entschuldigen. Dort, in seiner stillen Wohnung, könnten sie sich wieder versöhnen.

In seiner stillen Wohnung! Wenn er nun, wenn er nun dachte, sie liefe ihm nach. Ihr wurde ganz heiß. Wenn er nun versuchte, sie bei sich zu behalten. Schließlich und endlich war auch der liebe Bobs nur ein Mann. Und es hieß ja immer, daß *alle* Männer gleich seien, wenn es – um gewisse Dinge ging.

Aber die Aussicht, Bobs zu sehen, war stärker als alle Bedenken. Sie und der Gedanke, in einer fremden Stadt nicht mehr allein zu sein.

Sie kannte seine Wohnung. Von einer ziemlich mißglückten Party her. Fünf Minuten später klingelte sie bei ihm.

Rose konnte sich nicht einreden, daß Bobs über ihren Anblick erfreut war. «Was, um alles in der Welt, tust du denn hier?» fragte er, sie unter der Tür anstarrend.

«Bobs, ich komme nicht nach Hause», erklärte sie. «Es fahren keine Züge mehr.»

«Aber um Himmels willen, du kannst doch nicht bei mir bleiben.»

«Nein, natürlich nicht, Bobs», sagte sie hastig, «ich dachte . . . ich dachte nur, du hast vielleicht irgendeine Idee.»

Er überlegte. «Einen Verein Christlicher Junger Mädchen gibt es hier ja nicht», sagte er.

Schlimmer hätte es kaum kommen können. Aber immerhin gab er sich Mühe. So dachte Rose wenigstens. «Das Hotel ist besetzt», sagte sie.

«Ach, verflixt.» Er trat beiseite. «Aber komm doch erst mal rein, damit wir in Ruhe überlegen können», sagte er galant.

Sie trat ein. Eine gemütliche kleine Wohnung. Neben dem Kamin summte der Teekessel. Die obdachlose Rose glaubte sich im Himmel. Er mochte den hungrigen Blick aufgefangen haben, mit dem sie sich umsah. «Ich wollte gerade Tee machen», sagte er, «willst du eine Tasse trinken, während wir Überlegungen anstellen . . .?»

«O Bobs, meinst du, das wäre schicklich? Ich meine . . . ich möchte nicht . . .»

«Ach was, ist schon in Ordnung», sagte er ziemlich unwirsch. «Komm, leg erst mal ab.»

Mit einer Mischung von Widerstreben und Erregung trennte Rose sich von ihrem Mantel. Widerstreben, weil man in der Wohnung eines Junggesellen gar nicht genug Kleider anhaben konnte. Erregung, nun, weil in der Wohnung eines Junggesellen den Mantel abzulegen eben erregend war.

«Eier im Glas gefällig?» fragte er.

«Ja, gern. Soll ich mich um den Toast kümmern?»

Sie hockte sich mit der Toastgabel vor das Kaminfeuer; ihre Schuhe fingen zu dampfen an, und Bobs bereitete den Tee und die Eier. Nach der Kälte draußen rötete das Kaminfeuer ihr die Wangen. Das Abenteuer dieses himmlischen Intermezzos ließ ihre Augen leuchten. Als sie beide nebeneinander vor dem Feuer auf dem Sofa saßen und ihre Eier im Glas verzehrten, betrachtete er sie mit erwachendem Interesse. «Ich glaube fast, du mußt heute nacht doch hierbleiben», sagte er und fügte hastig hinzu: «Ich schlafe natürlich auf dem Sofa und überlasse dir mein – Bett.»

Das schreckliche einsilbige Wort platschte in die Stille wie ein Stein in einen tiefen Brunnen und erschreckte Rose zu Tode. «Aber nein, das kann ich doch nicht.» Vor Erregung ließ sie fast den Teller fallen. «Wirklich nicht, Bobs.»

«Ich tu dir schon nichts», sagte er kalt.

«Ach, das weiß ich doch, natürlich, ja. Aber trotzdem kann ich's

83

nicht. Es . . . es wäre nicht fair dir gegenüber.»

Das hätte sie sich vorher überlegen können, dachte er bei sich. Hatte sie aber nicht. Und er hatte sie jetzt auf dem Hals. Aber so übel war sie eigentlich gar nicht. Er durfte nur keine falsche oder hastige Bewegung machen, dann bekam sie schon Zustände. Nur weil er das Wort ‹Bett› benutzt hatte, war sie vor Entsetzen fast die Gardinen hochgegangen. Für seine Verhältnisse ungeheuer sanft sagte er daher: «Jetzt wasche ich erst mal ab. Du legst die Füße hoch und entspannst dich ein bißchen.»

Also, die Füße hochlegen, wollte Rose nun keinesfalls, aber sie versuchte, sich wenigstens zu entspannen. Immerhin war sie schließlich bei ihrem geliebten Bobs. Sie wollte ja kein Spielverderber sein. Also hockte sie sich auf die Kante des Sofas, faltete die Hände im Schoß ihres züchtigen Tweedrocks und sah dabei so entspannt aus wie ein Löwenbändiger, der zum erstenmal seine Solonummer vorführen muß.

Sich am Geschirrtuch die Hand abtrocknend, kam Bobs wieder herein und warf ihr einen Blick zu. «Ich mag das Deckenlicht nicht, du etwa?» sagte er, machte es aus und knipste eine Tischlampe an. «Musik?» fragte er. Er setzte den Plattenspieler in Gang, ein Walzer von Strauß. Dann warf er noch ein paar Kohlen aufs Feuer und setzte sich aufs Sofa. Die gute alte Rose sah bei dieser Beleuchtung gar nicht so übel aus. Wenn er sich's recht überlegte, mochte er sie eigentlich ganz gern, wenn sie bloß nicht so hinter ihm her wäre. Im Augenblick war davon allerdings nicht das geringste zu spüren. Sonderbare Wesen, manche Frauen. Erst machen sie Jagd auf einen, und wenn sie es dann geschafft haben, sterben sie vor Angst. Also, entweder oder. Er beugte sich vor und ergriff Roses Hand.

Abends um siebzig . . .

. . . ist sie nicht mehr überall in Ordnung. Soll sie's auch lebensabends noch sein, muß man beizeiten vorsorgen:

die richtige Partei wählen oder rechtzeitig auswandern;

die Kinder nicht Soziologie studieren lassen, sondern reich verheiraten;

die Tugenden lieben oder die Laster nicht bereuen;

Geld haben, denn:

«Armut im Alter ist ein großes Unglück. Ist diese gebannt und die Gesundheit geblieben, so kann das Alter ein sehr erträglicher Teil des Lebens sein. Bequemlichkeit und Sicherheit sind seine Hauptbedürfnisse: daher liebt man im Alter, noch mehr als früher, das Geld, weil es den Ersatz für die fehlenden Kräfte gibt.» Das meinte Schopenhauer.

10

Gaylord stapfte von der Schule nach Hause. Wenn die Schnee-flocken Kohlweißlinge gewesen wären und er wäre ein Kohlkopf, so hätten sie ihn nicht beflissener umtanzen können. Sie kitzelten seine Nase, schossen ihm in die Augen, flatterten seinen Nacken hinunter und nisteten in seinen Ohren. Der Schnee wurde immer tiefer. Er war gar nicht sicher, ob er es bis nach Hause schaffen würde.

Die weiße Welt war so öde wie die Antarktis. Alle vertrauten Markierungen waren verschwunden. Es gab nur das Heulen des Schneesturms, die langsam herankriechende Dunkelheit und die sich über ihn neigenden Bäume. Um sich bei Laune zu halten, versuchte er zu pfeifen. Da er aber nur einen trübseligen Ton zustande brachte, half das nicht viel.

Vor ihm bewegte sich etwas. Wölfe? Er spähte angestrengt durch den Schneedunst. Zwei Gestalten blockierten seinen Weg. Es waren keine Wölfe. Viel schlimmer. Es waren Willie und sein Bruder Bert.

Schweigend und tückisch starrten sie ihn an. Bert zerrte etwas aus der Hosentasche. Klick, das Messer sprang auf. Mit der mörderischen Spitze begann er, sich nachdenklich die Fingernägel zu säubern.

Gaylord beobachtete ihn mit grauenerfüllter Faszination. Endlich: «Ist das der kleine Schweinehund?» fragte Bert.

«Das ist er», sagte Willie.

Bert säuberte weiter seine Nägel. «Warum hast du Willies Dings geklaut?» fragte er.

«Hab ich ja gar nicht», sagte Gaylord empört.

Bert blickte hoch und sah Gaylord an. Und Gaylord begann zu zittern. In Berts Augen war nichts Menschliches. Weder Mitleid noch Haß. Sie waren vollkommen ausdruckslos. «Du hast eine Woche Zeit», erklärte er. «Ich gebe dir eine Woche, sonst . . .»

«Sonst was?» fragte Gaylord, keineswegs herausfordernd, sondern um Klarheit zu gewinnen.

Bert hörte auf, seine Nägel zu säubern. Langsam bewegte er die Spitze des Messers auf Gaylords Gesicht zu. Gaylord stand da wie hypnotisiert. Das Messer berührte fast sein Gesicht. Er konnte sehen, wie eine Schneeflocke auf der blitzenden Klinge langsam zu Wasser zerschmolz. «Ich mach dich fertig», sagte Bert.

«Das sag ich meinem Vater.»

«Den mach ich auch fertig», sagte Bert.

Gaylord sagte: «Ich hab Willies Dings nicht. Ich kann es gar nicht zurückgeben.»

«Komm», sagte Bert. Er und Willie verschwanden in der Dunkelheit.

Nachdenklich stapfte Gaylord weiter. Wieder tauchten aus dem weißen Dunst zwei Gestalten auf. «Da ist er ja», sagte Mummi, und es klang sehr erleichtert.

«Du siehst aus wie ein Polarforscher», sagte Paps. Sie nahmen ihn in die Mitte, jeder nahm eine Hand. Nicht immer war Gaylord restlos glücklich, wenn seine Eltern auf der Bildfläche erschienen, aber heute war er es. Um ehrlich zu sein, war er noch nie in seinem ganzen Leben so froh gewesen, jemandem zu begegnen; aber er zeigte es natürlich nicht, denn er hatte das Gefühl, es würde ihnen nicht bekommen.

«Du bist ja so still», sagte Mummi. «Fehlt dir was?»

«Ich hab Kopfschmerzen», erklärte Gaylord.

Mummi haßte Gaylords Kopfschmerzen. Sie konnten fast alles bedeuten. «Hat es Ärger in der Schule gegeben?» fragte sie.

«Ja, aber nichts Schlimmes», sagte Gaylord erleichtert. Wenn Mummi ihre eigene Erklärung für die Dinge gefunden hatte, gab sie sich meist zufrieden damit und stellte keine lästigen Fragen mehr.

Er behielt recht. Mummi und Paps marschierten weiter, machten fröhliche Bemerkungen über den Schnee und erlaubten Gaylord damit, seinen sorgenvollen Gedanken weiter nachzuhängen.

Aber eigentlich gab's da nicht viel zu denken. Die Tatsachen standen fest. 1. mußte Gaylord bis nächsten Montag Willies Dings wiederbeschaffen, oder er wurde fertiggemacht, 2. konnte Gaylord bis nächsten Montag Willies Dings nicht beschaffen, weil er keine Ahnung hatte, wo es sich befand. Also 3., er wurde fertiggemacht.

Alles war ganz einfach.

Er dachte noch einmal an seine erste Erfahrung mit dem Schmerz am Weihnachtstag. Er fühlte sich einsam, verängstigt und verwirrt. So erschreckt, daß er fast bereit war, seinen Eltern davon zu erzählen. Aber diesen Gedanken schlug er sich rasch aus dem Kopf. Mummi würde alles genau wissen wollen. Und wenn sie alles aus ihm herausgeholt hätten, würde es heißen: «Das kommt dabei raus, wenn du mit Willie redest. Ich hab's dir doch gleich gesagt. Oder nicht?» Und so weiter und so fort. Nein. Es mußte noch einen anderen Ausweg geben. Aber welchen?

Als er diesen Abend betete: «Und möge Gott Mummi und Paps und Opa und Tante Becky und Tante Rose beschützen, und auch Abdullah, falls es nicht zu spät ist», fügte er hinzu: «Und laß nicht zu, daß Bert mich fertigmacht.» Er konnte an gar nichts anderes mehr denken.

11

Bobs legte, nachdem er Roses Hand ergriffen hatte, den einen Arm um ihre Schultern. «Gemütlich?» fragte er.

Rose betrachtete ihn lange und nachdenklich. Aber dann entspannte sie sich plötzlich und lächelte. Ein trauriges, bemühtes Lächeln. Das Lächeln einer verliebten Frau, die genau weiß, daß der Mann sie nicht wiederliebt. «Sehr gemütlich», flüsterte sie.

«Fein.» Er küßte sie.

Es hätte wunderschön sein müssen. Das war es aber nicht. Da gab es zu viele Fragen und Zweifel. Sanft und nachdenklich erwiderte sie seinen Kuß, wie jemand, der einen Wein probiert, von dem er weiß, daß er zu stark ist. Und die Uhr zeigte erst auf sechs, und der lange Abend lag noch vor ihnen.

Da klingelte es.

Selbst Rose hätte nicht sagen können, ob sie Gott sei Dank! oder Verdammt noch mal sagen sollte. Bobs hingegen sagte: «Wer um alles in der Welt . . .?» Und ging an die Tür.

Rose saß still da, war wieder steif und verkrampft. Wer konnte das sein? Hoffentlich niemand, den sie kannte. Sie hätte es nicht ertragen, mit einem Mann allein in seiner Wohnung angetroffen zu werden. Sie hätte auf lächerliche Weise schuldbewußt gewirkt, ohne etwas dagegen tun zu können.

Doch eigentlich konnte es niemand sein, den sie kannte. Vielleicht nur einer von Bobs Freunden . . . Oder jemand aus der Nachbarwohnung, der . . .

«Rose ist doch nicht etwa zufällig bei Ihnen?» hörte sie eine freundliche, etwas heiser klingende Stimme fragen. Die allerletzte Stimme, die sie gern gehört hätte. Und Bobs darauf ganz selig: «Nein, so was, Becky, kommen Sie herein. Was für eine freudige Überraschung.»

Becky, reizvoll in einen Lammfellmantel gehüllt, trat herein. Ihr munterer, amüsierter Blick erfaßte die Situation sofort. «Hallo, Rose, hab mir doch gleich gedacht, daß du steckengeblieben bist.»

«Hallo», sagte Rose.

«Ich kann in deinem kleinen Köpfchen wie in einem Buch

lesen. Ich wußte sofort: Rose wird nicht nach Hause kommen können. Also wird sie zu Bobs gehen. In Ingerby kennt sie außer ihm keine Menschenseele. Bin ich nicht klug?»

Bobs sagte, sich die Hände reibend: «Da Sie schon mal hier sind, können Sie ruhig Ihren Mantel ablegen. Setzen Sie sich doch neben Rose.»

Beckys schöne Augen strahlten vor Dankbarkeit. «Bobs, Sie sind wirklich süß. Aber ich wollte Rose abholen. Peter steht mit seinem Kombiwagen draußen. Er glaubt, daß er bis zu uns durchkommt.»

«Ich hol nur meinen Mantel», sagte Rose. Aber jetzt wußte sie, was sie am liebsten gesagt hätte, nämlich: Verdammt noch mal.

Becky besah sich den Plattenspieler, der noch immer lautstark verführerische Musik spielte. «Aber vielleicht störe ich hier nur», sagte sie. «Komm um Gottes willen nicht mit, wenn du lieber bleiben willst . . .»

«Doch, doch, natürlich komm ich mit», stammelte Rose. Jetzt konnte sie doch unmöglich bleiben. Was das für ein Gerede gäbe. Und außerdem, Bobs hielt ihr schon den Mantel hin.

«Ich möchte nicht euren jungen Liebestraum stören», sagte Becky verständnisinnig.

«Großer Gott, nein», sagte Bobs.

«Sei nicht so albern», sagte Rose und knöpfte sich ihren Mantel zu. «Wiedersehen, Bobs. Dank für den Tee.»

«Auf bald», sagte er. «Auf bald, Becky.»

Becky schenkte ihm ein strahlendes Lächeln. Und schon waren sie fort. Rose, die auf dem Hintersitz durchgerüttelt wurde, dachte an das warme, erleuchtete Zimmer, das sie eben verlassen hatte, an den Abend, der so verheißungsvoll und aufregend begonnen hatte und jetzt wie eine Kerze einfach ausgeblasen worden war. Ein Abend, der nie wiederkehren mochte, nie wiederkehren würde. Und plötzlich zuckte in ihrem Hirn ein gräßlicher, unwürdiger Verdacht auf. Sie versuchte, ihn im Keim zu ersticken, aber er ließ ihr keine Ruhe. «Woher wußtest du eigentlich Bobs Adresse?» fragte sie und bemühte sich um einen möglichst gleichgültigen Tonfall, aber sie hörte, daß ihre Stimme hart und feindselig klang.

Becky hob ihren Kopf lässig von Peters Schulter. «Ich hab die Polizei angerufen», sagte sie. «Man war dort schrecklich hilfsbereit.»

«Soviel Mühe hast du dir gemacht?» fragte Rose. «Nur damit ich heil nach Hause komme?»

«Aber selbstverständlich, Schätzchen. Das hättest du doch auch für mich getan, oder etwa nicht?»

Rose schwieg. Es war wahr. Höchstwahrscheinlich war Becky eine gutherzige Seele, das mußte Rose zugeben. Aber in ihrer augenblicklichen Verfassung war sie eher geneigt, die ganze Geschichte als raffinierte Störaktion gegen ihr Zusammensein mit Bobs anzusehen. Das war nicht fair, und sie tat sich selber leid. Nicht nur war sie unattraktiv, es kam auch jedesmal etwas dazwischen, wenn sie sich mit Bobs treffen wollte: das Wetter, Vater oder Becky. Immer, immer wieder Becky. Sie hockte in der klammen Finsternis und preßte die Lippen zusammen, damit man ihr zorniges Weinen nicht hören konnte, und die Tränen rannen ihr kalt und naß die Wangen hinunter.

Sie gelangten ohne weiteren Zwischenfall nach Hause. Becky und Peter liefen ins Haus, Rose folgte langsam und suchte verzweifelt, die Spuren ihrer Tränen zu verbergen.

«Gottlob, daß ihr da seid», rief Mummi. «Aber wo steckt denn bloß Rose? Wir machen uns Sorgen.»

«Alles in bester Ordnung», sagte Becky. «Wir haben sie mitgebracht.» Und da trat auch schon Rose herein und blinzelte in das helle Licht. «Wir haben sie vor einem Schicksal, schlimmer als der Tod, bewahrt, nicht wahr, Rose?»

«Ich habe keine Ahnung, wovon du redest», antwortete Rose.

Becky knöpfte sich den Mantel auf. «Ach, komm, tu doch nicht so. Du sprichst mit einer Expertin. Gedämpftes Licht, das Sofa vors Feuer gerückt . . .»

«Wo hat sich denn das alles abgespielt?» fragte Mummi gespannt.

Rose antwortete kläglich: «Ich bin zu Mr. Roberts gegangen, weil ich nirgendwo unterkam. Es war ganz harmlos.»

Becky bemerkte dazu: «Schätzchen, wenn ein Mann die Platte ‹Geschichten aus dem Wienerwald› auflegt, bleibt es nicht mehr sehr lange harmlos.»

«Bobs ist nicht so», sagte Rose.

«Wirklich nicht, Schätzchen?» fragte Becky zuckersüß. Einen Augenblick lang starrten sich die Schwestern an. Ein Blick voller finsterer Rivalität. Dann schlug Rose die Augen nieder. Opa sagte: «Roberts? Roberts? Ist das der Bursche, der an Weihnachten hier war?»

«Ja», sagte Rose.

«Wirklich? Erstaunlicher Zufall. Erstaunlich», sagte Opa.

«Was ist erstaunlich?» fragte Paps irritiert.

«Na, daß Rose diesen Burschen wiedergetroffen hat.» Manchmal war sein Sohn doch ein ziemlicher Dummkopf.

Paps sagte: «Also ehrlich, Vater. Ich finde nichts Erstaunliches daran. Sie unterrichten doch an derselben Schule. Und er hat uns an Weihnachten besucht, weil er mit Rose befreundet ist.»

Opa lag in seinem Stuhl wie ein Nilpferd, das im Begriff ist, sich aus dem Schlamm herauszuarbeiten. «Das stimmt doch überhaupt nicht. Er ist auf meine ausdrückliche Einladung hin gekommen. Ich habe ihn im November kennengelernt. Übrigens ein Mann, mit dem man sich verdammt gut unterhalten kann. Und deswegen hab ich ihn an Weihnachten eingeladen.»

«Ich geb's auf», seufzte Paps. Und Rose dachte nur: diese verdammte Familie. Nicht genug, daß man mir den Abend mit Bobs verdorben hat. Nein, jetzt müssen wir auch noch darüber diskutieren und uns darüber streiten. Es ist nicht zum Aushalten. Ich kann es einfach nicht ertragen, wenn man mein Privatleben so durchhechelt. Aber schon bellte Opa: «Was soll das eigentlich heißen, Rose? Du wolltest doch nicht etwa mit dem Burschen die Nacht verbringen, oder?»

«Ich konnte nicht nach Hause», sagte Rose. «Das Hotel war besetzt. Was hätte ich denn tun sollen? Mich in den Schnee legen?»

«Ja, aber ich muß schon sagen: die ganze Nacht mit einem Burschen verbringen ...!» Opa sah indigniert aus. «Zu meiner Zeit wäre das unmöglich gewesen, will ich dir sagen.»

«Was wäre unmöglich gewesen, mein Bester?» fragte Großtante Marigold.

Auch das noch, dachte Rose. Jetzt mischt sich auch noch Großtante ein. Nun fängt es wieder von vorne an.

Opa funkelte seine Schwester wütend an. «Die Nacht mit einem Mann verbringen», blaffte er.

Großtante Marigold schien eher interessiert als schockiert. «Wann ist es denn passiert, Herzchen?»

«Es ist ja gar nichts passiert», schrie Rose. «Und außerdem hätte er auf dem Sofa geschlafen.»

91

«Ach, das sagen sie immer», murmelte Becky.

«Halt den Mund», fauchte Rose. Sie litt unsagbar. Diese öffentliche Diskussion einer Liebesaffäre hätte die meisten Menschen peinlich berührt. Aber Rose war besonders scheu und sittsam. Opa hatte einmal zu Jocelyn gesagt: «Wenn unsere Rose mitten in der Sahara mal verschwinden müßte, würde sie versuchen, sich hinter einer Sanddüne zu verstecken.» Also war sie jetzt völlig verwirrt und, wie sie selbst zugegeben hätte, stachlig wie ein Igel. «Halt deinen Mund», wiederholte sie.

«Aber gewiß doch, Schätzchen», sagte Becky friedlich.

«Und tu nicht so, als hätte ich was zu verbergen», schrie Rose aufgebracht.

«Ei der Potz», sagte Großtante Marigold.

Rose fuhr fort: «Hört alle mal zu. Ich wünsche einfach nicht, daß meine Privatangelegenheiten in dieser Form von euch diskutiert werden. Es ist . . . es ist einfach taktlos.»

«Hört, hört», sagte Paps.

Großtante Marigold: «Deine Großtante Maud ist mit einem aus Nikaragua durchgegangen.»

«Was zum Teufel hat denn das damit zu tun?» fragte Paps.

«Mexikaner», sagte Opa.

«Was sagst du, mein Lieber?»

«Maud ist mit einem Mexikaner durchgebrannt.»

«Bist du ganz sicher, mein Lieber? Es war jedenfalls ein sehr dunkelhäutiger Herr.»

«Verdammt noch mal, sind Mexikaner vielleicht hellhäutig?»

Paps versuchte einzulenken: «Hört mal, Rose ist mit niemandem durchgebrannt. Sie hat ganz einfach einen Freund besucht, weil sie wegen des Schnees nicht nach Hause konnte. Sehr vernünftig, wenn ihr mich fragt.»

«Danke, Jocelyn», sagte Rose. «Und jetzt geh ich auf mein Zimmer, wenn ihr nichts dagegen habt. Ich habe keinen Appetit aufs Abendessen mehr.» Sie rauschte davon.

Opa sah verblüfft in die Gegend. Dann fixierte er seinen Sohn. «Was hat sie denn auf einmal? Du hast sie doch nicht etwa geärgert, Jocelyn?»

«Nein», sagte Paps wütend.

«Rose ist ein sehr empfindsames Mädchen. Man muß sich genau überlegen, was man zu ihr sagt.»

Aufgebracht fuchtelte Paps mit der Zeitung herum. «Ich hab

sie doch nicht geärgert, Vater.»

«Schon gut, schon gut. Sei nicht so sauertöpfisch. Ich wollte nur sagen, daß man sie vorsichtig behandeln muß.»

«Ich bin nicht sauertöpfisch.»

Großtante Marigold, die inzwischen von den Mexikanern wieder heimgekehrt war, bemerkte: «Rose schien verstimmt zu sein. Hat Jocelyn sie vielleicht gekränkt?»

Paps schleuderte wütend die Zeitung auf den Boden und marschierte aus dem Zimmer. «Ein lieber Kerl, der Jocelyn», sagte seine Tante anerkennend. «Jetzt geht er sich bestimmt entschuldigen.»

12

Ganz England lag wie erstarrt. Wie eh und je hatte der Schnee die gänzlich unvorbereiteten Inselbewohner überrumpelt. Die Autos steckten in Schneewehen. Die Züge saßen auf Nebengeleisen fest. Per Hubschrauber mußten die Ponies im New Forest mit Heu und die von der Nacht überraschten Reisenden mit Nahrung versorgt werden. Zeitung und Fernsehen berichteten von nichts anderem. Ein Volk, das mit Bonaparte, Wilhelm II. und Hitler spielend fertig geworden war, war bestürzt und hilflos. Sein Unterbewußtsein lehnte jeden Schneefall über fünf Zentimeter als unenglisch ab. Erdbeben und Tornados waren Ereignisse, mit denen nur Nichtengländer in ihrem ohnehin schlecht organisierten Leben fertig werden mußten. Aber nicht wir. Obwohl sie sich bitter beklagten, wurde eigentlich nichts dagegen unternommen. So etwas durfte eben nicht passieren, nicht in England. Eine Geschmacksverirrung. Nicht hinschauen, dann würde er schon verschwinden.

Der Schnee verschwand aber keineswegs, und mindestens ein Engländer war darüber äußert erleichtert. Gaylord, dem der kommende Montag wie das Jüngste Gericht bevorstand, schaute auf die herabtaumelnden Schneeflocken: Wenn es so weiterschneite, konnte ihn das vielleicht retten. Wenn es so weiterschneite, wären am Montag die Straßen unpassierbar. Oder Gaylord konnte wenigstens behaupten, sie seien unpassierbar.

Prompt schoß das Thermometer am Donnerstag zehn Grad in die Höhe, der Schnee verwandelte sich in Regen und das Land in einen uferlosen Sumpf. Der matschige, schmutzige Schnee konnte gar nicht schnell genug verschwinden. Brombeersträucher und Heckenrosen zeigten ihre Dornen wie Stacheldraht auf einem verlassenen Schlachtfeld. Die schwarzen Bäume tropften vor Nässe, und schwarze Bäche unterhöhlten die verharschten Schneekrusten.

Gaylord beobachtete das alles mit bangem Herzen. Seine Hoffnung, am Montag in Sicherheit zu Hause bleiben zu können, wurde vernichtet. Er mußte sich allein auf die bösartig lauernde Landstraße wagen, wo ihm unvermeidlich Bert und Willie begegnen würden, die Gewalttätigkeit und der Schmerz.

Der Freitag kam, und die Sonne fraß den Schnee. Am Samstag ließ ein starker Frost den Matsch gefrieren und die Straßen trocknen. Sonntag. Mit aller Willenskraft versuchte Gaylord, den unerbittlichen Gang der Zeit aufzuhalten. Aber es ging nicht. Tickend verrannen die Minuten und Stunden.

Schlafenszeit. Wie ein Lamm zur Schlachtbank schlich er in sein Bett und versuchte keinen seiner Verzögerungstricks, was Mummi einigermaßen beunruhigte. Er verkroch sich unter der Bettdecke. Dort war es warm und dunkel. Bis in alle Ewigkeit hätte er hier liegen mögen. Er versuchte, den Atem anzuhalten, aber das ging auch nicht. Also gut, dann würde er eben die ganze Nacht über wach bleiben; dadurch konnte er vielleicht den schrecklichen Augenblick so lange wie möglich hinauszögern.

Er mußte aber doch eingedöst sein, denn plötzlich hörte er Mummi rufen – dabei verkrampfte sich sein Magen vor Entsetzen –, er solle aufstehen; da wußte er, daß er die süße, sanfte Nacht im Schlaf vertan hatte.

Erschreckend munter und geschäftig kam Mummi herein. «Los, Gaylord, du kommst sonst zu spät.»

«Ich habe Kopfschmerzen», erklärte er mit matter Stimme.

Mummi hielt inne. «Du siehst aber wohl aus», sagte sie zweifelnd.

«Ich bin krank», sagte Gaylord. Und so fühlte er sich auch.

Mummi legte ihre Hand auf seine Stirn. «Ich hab bestimmt Fieber», sagte er.

Mummi ergriff das Thermometer und steckte es ihm in den Mund. Gaylord umschloß es mit der Zunge, um dadurch die Sache günstig zu beeinflussen. Mummi wartete, während sie ihn nachdenklich betrachtete. Dann zog sie das Thermometer heraus und besah es sich. «Siebenunddreißig», sagte sie.

«Ist das sehr schlimm?» fragte Gaylord.

«Vollkommen normal.»

Gaylord wedelte mit seiner Hand und schnappte nach Luft. «Mir ist aber heiß, ganz höllisch heiß.»

«Gaylord!»

Typisch Mummi, die eher einer kleinen Glasröhre glaubte als dem eigenen Sohn. Aber noch machte sie ein besorgtes Gesicht. «Du hast doch nicht wirklich Kopfschmerzen, oder?»

Matt strich er sich über die Stirn: «Es ist schrecklich.»

«Los. Steh auf!» sagte sie.

«Aber ich bin doch krank. Ich glaube, ich hab Masern.»

«Wenn du Masern hättest, könnte man dich vor Flecken gar nicht mehr erkennen.»

Langsam begann er zu verzweifeln. «Die Lehrerin sagt, man kann auch Masern ohne Flecken bekommen. Das sind die schlimmsten, sagt sie.»

Mummi setzte sich auf die Bettkante und nahm seine Hand. «Gaylord, warum willst du nicht in die Schule?»

«Ich will ja», antwortete er wahrheitsgemäß. Das war keine Lüge. «Aber es ist doch nicht fair, hinzugehen und alle anderen anzustecken.»

Wieder legte ihm Mummi die Hand auf die Stirn. So kühl wie eine grüne Gurke. «Hat es vielleicht mit Willie zu tun?»

«Nein», sagte Gaylord. Willie war's ja auch nicht, sondern Willies Bruder.

«Warum hast du dann Angst? Schikaniert man dich vielleicht in der Schule?»

«Nein. Ich hab nur Masern.»

«Also mein Gott noch mal!» Mutter und Sohn starrten sich an. Sein Gesicht war entwaffnend unschuldig wie immer. Verbarg sich hinter der Klarheit dieses Blickes etwa Angst? Wenn sie das nur wüßte.

«Gaylord», sagte sie liebevoll, «du mußt jetzt aufstehen und in die Schule gehen. Ich bin überzeugt, dir fehlt überhaupt nichts, und wenn du wirklich vor irgend etwas Angst hast, nützt dir das Davonlaufen auch nichts.» Sie lächelte, obwohl ihr nicht danach zumute war. «Das ist übrigens eine der ersten und schwersten Lektionen, die wir im Leben lernen müssen.»

Beim Hinausgehen sah sie sich noch einmal um. Gaylord kroch gerade aus dem Bett. Tapferes Kerlchen, dachte sie, und ging in ihr Zimmer zurück. «Gaylord hat die Masern», verkündete sie. «Die ohne Flecken.»

«Was soll das heißen?» fragte Paps.

«Das heißt, daß er noch immer vor irgend etwas Angst hat und mir einfach nicht sagen will, wovor.»

Paps nickte. «Dann muß er wohl sehen, wie er selbst mit der Sache fertig wird!»

«Ja. Oder sind wir da nicht sehr hart?»

«Nicht wir», sagte er. «Das Leben. So ist es nun mal.»

Er verschwand im Badezimmer. Als er zurückkam, sagte er: «Ich habe nachgedacht. Ich könnte ihn bis ins Dorf begleiten. Ich sage einfach, daß ich mir Tabak besorgen will. Vielleicht erfahre ich dann etwas.»

Mummi sah erleichtert aus. «Ja, tu das, Jocelyn. Mir gefällt die Geschichte gar nicht. Gaylord muß wirklich vor irgend etwas Angst haben.»

Gaylord würgte an seinem Frühstück. Jeder Bissen blieb fast im Halse stecken. Wenn doch Mummi bloß aufhören würde, ihn immerfort zu beobachten. Paps zog seinen Tabaksbeutel heraus, um sich eine Pfeife zu stopfen, und rief: «Verflixt, May, ich hab keinen Tabak mehr. Da muß ich schnell mal ins Dorf.» Zu Gaylord gewandt fragte er: «Gestattest du gütigst, daß ich dich begleite?» Wenn Mummi diese Frage gestellt hätte, wäre Gaylord das höllisch verdächtig vorgekommen. Aber Paps traute er keinerlei Hintergedanken zu. Für Gaylord war Paps ein aufgeschlagenes Buch. «Okay», sagte er.

«Sag nicht okay», sagte Paps. «Können wir gehen?»

«Muß noch mal aufs Klosett», sagte Gaylord.

Paps war schockiert. «Wo mußt du hin?»

«Die Lehrerin sagt Klosett», sagte Gaylord. Und verschwand.

Paps wandte sich an Mummi. «Da haben wir's, so kommt's immer. Du brauchst dein Kind nur auf die Dorfschule zu schicken, und schon schnappt es die ordinärsten Ausdrücke auf.» Er war wütend. Opa kam herein. «Was hast du denn?» fragte er seinen Sohn.

Düster erwiderte Paps: «Wir haben gerade zur Kenntnis genommen, daß man Gaylord beigebracht hat – stell dir vor, beigebracht –, Klosett zu sagen statt Toilette.»

«Großer Gott», sagte Opa.

«Ich hab gar nichts gegen die gute, ehrliche Muttersprache», sagte Paps. «Aber Klosett! Ich werde an die Schulbehörde schreiben.»

Gaylord kam zurück. Dann ging er mit Paps in die Halle. «Wo will er denn hin?» fragte Opa.

«Tabak kaufen», sagte Mummi.

Opa eilte zur Tür. «He, Jocelyn! Ich hab noch eine volle Dose, die kann ich dir geben.»

«Schon gut, danke», sagte Paps. «Ich geh ganz gern.»

97

«Ganz gern? Am frühen Morgen? Du?» Opa ließ keine Gelegenheit verstreichen, ohne deutlich zum Ausdruck zu bringen, wie verachtenswert er es fand, daß Jocelyn vor halb elf Uhr vormittags nicht ansprechbar war.

«Ja. Ich», sagte Paps verärgert.

Großtante Marigold erschien mit einer kalten Wärmflasche und einer leeren Tasse nebst Untertasse. «Warum hat Jocelyn denn seinen Mantel an?»

«Kein Grund zur Aufregung. Er fängt nicht etwa an, einer einträglichen Beschäftigung nachzugehen», beruhigte sie Opa. An kalten Wintermorgen konnte er ausgesprochen perfide sein.

«Also Vater, ich bitte dich», schrie Jocelyn. Fast jede Bemerkung des alten Mannes ging ihm auf die Nerven. Aber diese unverhüllte Ansicht der ganzen Familie, ein Schriftsteller verdiene sein Geld, ohne arbeiten zu müssen, machte ihn rasend.

Becky schoß durch die Halle, um sich noch schnell wenigstens eine Tasse Tee einzuverleiben, ehe sie von ihrem Galan abgeholt wurde. «Verläßt du uns, Jocelyn?» fragte sie munter.

«Ich komm zu spät», jammerte Gaylord.

«Ich komm ja schon», sagte Paps ermattet. Jetzt wollte Tante Marigold ihn unbedingt noch zärtlich umarmen, zumindest so zärtlich, wie sie das mit Tasse nebst Untertasse in der einen Hand und der Wärmflasche in der anderen vermochte. Warum sie der Meinung war, daß Paps sie alle verlassen wollte, ahnte kein Mensch. Rose, die in diese rührende Szene hineinplatzte, rief: «Jocelyn, was ist denn nur los?»

«Wenn du glaubst», sagte Paps mit großer Selbstbeherrschung, «daß ich euch verlasse, um in Amerika mein Glück zu suchen, dann irrst du dich. Ich gehe nur einfach ins Dorf, um mir ein bißchen Tabak zu besorgen.»

«Ach, weiter nichts?» Rose klang enttäuscht.

Opa sagte: «Das brauchst du doch nicht. Ich hab dir doch gesagt, du kannst eine Dose von mir bekommen.»

«Wenn du bis heute abend warten kannst, bring ich dir welchen aus der Stadt mit», sagte Rose.

Becky, die wieder aufgeregt durch die Halle flatterte, sagte: «Warum ruft ihr nicht den alten Bates an? Der kann euch doch den Tabak zusammen mit den Lebensmitteln schicken.»

«Ich komme zu spät», sagte Gaylord.

«Komme schon», sagte Paps. Er schüttelte Tante Marigold ab

und verließ das Haus. Was für eine Familie, dachte er. Nur weil ich mal ins Dorf gehen möchte, machen sie im Handumdrehen daraus eine Mischung zwischen einer Parlamentsdebatte und einer Abschiedsvorstellung der Großen Oper. Wütend stapfte er mit großen Schritten weiter.

Gaylord versuchte mitzuhalten. Jetzt fühlte er sich sicher. Was für ein glücklicher Zufall, daß Paps heute morgen ins Dorf wollte. Aber der Morgen beunruhigte Gaylord eigentlich weniger als der Abend.

Sie kamen zur Schule. Paps besah sich das Getümmel auf dem Schulhof. Kein Wunder, daß Gaylord schon der Gedanke daran Kopfschmerzen bereitete. Paps fand, daß jeder, der sich zwischen diese Meute stürzte, bereits das Georgskreuz verdiene. «Soll ich mitkommen?» fragte er.

Bei diesem Vorschlag verzog Gaylord entsetzt das Gesicht. «Nein, Paps, vielen Dank.»

«Ist wirklich alles in Ordnung?»

«Klar.» Er stapfte durch das Schultor und wurde sofort von dem schreienden, kreischenden, durcheinanderquirlenden Haufen verschlungen. Paps ging nachdenklich fort. Das Altern hatte doch allerlei Gutes für sich. Abgesehen von Weltkriegen, wußte man wenigstens, daß man nicht mehr in einen solchen Nahkampf verwickelt wurde.

Langsam wanderte er heim. «Nun?» fragte Mummi. «Hast du was rausgefunden?»

«Nicht das geringste. Aber mich wundert's nicht, wenn er plötzlich die fleckenlosen Masern bekommt. Keine zehn Pferde hätten mich auf diesen Schulhof gebracht. Nicht ohne Polizeischutz.»

Mummi sagte: «Das wird's auch sein. Sie schikanieren ihn.»

«Ich weiß nicht recht, denn als wir bei der Schule waren, schien er ganz vergnügt zu werden. Er spazierte in dieses Inferno, als mache es ihm direkt Spaß.»

«Mir wäre es eigentlich lieber gewesen, du hättest ein Wort mit der Lehrerin gesprochen», sagte Mummi.

«Weswegen denn? Weil er Klosett sagt?»

«Nein, du Dummer. Sondern weil dein Sohn vor irgend jemand wahnsinnige Angst hat.»

Paps machte ein Schafsgesicht. May hatte, wie immer, recht. Wahrscheinlich hätte er tatsächlich mit jemand von der Schulleitung sprechen sollen. Wenn er doch nur einer von diesen entschlossenen, patenten Männern wäre, die immer genau wissen, was sie in einem solchen Fall zu tun haben. So einen fabelhaften Kerl verdiente May, und nicht so eine kümmerliche, hilflose Kreatur wie ihn. Er suchte rasch nach einer Antwort, doch ohne großen Erfolg. Er war viel zu sehr daran gewöhnt, seine Worte sorgfältig zu wählen und gute Sätze zu formulieren, als daß er schlagfertig gewesen wäre. Mummi betrachtete ihn zärtlich, wenn auch leicht irritiert, und wartete gespannt, was er jetzt wohl vorbringen würde. Schließlich kam's: «Ich hatte die Absicht, ihn heute abend wieder abzuholen und dann mit der Lehrerin zu sprechen. Ich dachte, sie hätte dann mehr Zeit.»

«Du vergißt anscheinend, daß wir um halb vier nach Ingerby fahren wollen.»

«Wieso?» Er schien erschrocken. «Ach ja. Die Diskussion in der Gemeindehalle.»

«Ja, mein Lieber. Die Diskussion in der Gemeindehalle.» Aber zu seiner großen Erleichterung lächelte sie ihn an. «Ist das nicht merkwürdig? Man hält uns beide für intelligent genug, an dieser Diskussion teilzunehmen. Aber wenn's um unser eigenes Kind geht, sind wir jedesmal ratlos.»

13

Gaylord hatte sich in eine Lokomotive verwandelt, war ganz Lärm, Dampf und rasende Kolbenstangen. Im gleichmäßigen Sechzig-Kilometer-Tempo dampfte er laut puffend dahin, verlangsamte seine Geschwindigkeit an der gefährlichen Kurve beim Krämer und beschleunigte sein Tempo auf der geraden Strecke beim Spielplatz.

Am Ende der Strecke stand eine kleine Gruppe von Jungens. Offensichtlich ein Bahnhof. Gaylord drückte Hebel hoch, zog Ventile, ließ Dampf ab und drosselte die Geschwindigkeit. Das Puffen verlangsamte sich und erstarb endlich ganz. Genau neben den Jungens kam Gaylord zum Stehen. Eine gelungene Fahrt, sagte er sich. Laut Fahrplan eine Minute zu früh.

Niemand nahm Notiz von ihm. Alle starrten auf einen Gegenstand, den einer von ihnen in der Hand hielt. Gaylord beendete sein Dasein als Lokomotive und verwandelte sich wieder in einen neugierigen kleinen Jungen. «Laßt mich auch mal sehen», sagte er.

Mürrisch machten sie ihm Platz. Er sah hin. Die fahle Vormittagssonne schien von Sammy Breens Hand eingefangen und brach sich in Splittern von Blau und Rot und Gelb. Gaylord blieb der Mund offen. Was er da sah, war Willies Briefbeschwerer.

Gaylord zitterte. Er fühlte, wie seine Hand unwillkürlich emporschoß, um dieses Ding zu erwischen, von dem es abhing, ob er fertiggemacht würde oder nicht. Aber er wußte, daß es zwecklos war. Trotzdem schrie er laut: «Das gehört dir nicht. Das gehört Willie.»

«Jetzt gehört's mir.» Sammy Breen umschloß es mit seinen Händen.

«Wo hast du das her?»

«Gefunden», sagte Sammy. Er hatte kurzgeschorenes sandfarbenes Haar, einen unsteten Blick und sah bösartig aus. Seine Eltern hatten ihm obendrein beigebracht, daß er sich nichts gefallen lassen sollte, was sie sich offensichtlich hätten sparen können.

Gaylord spürte sofort, daß nur ein einziges Argument bei Sammy zog: Geld. Aber mehr als einen Sixpence besaß er nicht.

Verbittert dachte er an sein Weihnachtsgeld, das er für Süßigkeiten, Popcorn und einen Beitrag für den Tierschutzverein vergeudet hatte. «Ich geb dir dafür einen Sixpence», sagte er.

«Sixpence!» Sammy sah empört aus. «Für eine halbe Krone kannst du's haben.»

Eine halbe Krone! Das war eigentlich nicht soviel. Wenn man ihm Zeit ließe, alle seine Quellen anzuzapfen, konnte er diese Summe einigermaßen leicht zusammenbringen. «Wenn du mir's gibst, bekommst du morgen eine halbe Krone.»

«Okay», sagte Sammy gleichgültig. «Bring mir morgen das Geld, und dann kriegst du's morgen.»

Aber morgen war es zu spät, bis dahin hatte man ihn fertiggemacht. «Kann ich's nicht schon heute haben?» sagte er.

«Nicht ohne das Geld», sagte Sammy. Plötzlich brachte David Snow zwei Shillinge und einen Sixpence zum Vorschein und erhielt dafür den Briefbeschwerer. Die Glocke ertönte, und sie gingen ins Klassenzimmer zurück. David saß da und bewunderte seinen neuerworbenen Schatz. Dann kam die Lehrerin herein. David versteckte den Schatz in seinem Pult. Der Unterricht begann.

Gaylord war verzweifelt. Heute abend, in der Winterdämmerung, würden Bert und Willie ihm auflauern. Noch einmal durchzuckte unerträglicher Schmerz seinen Körper. Heute würde es noch schlimmer werden. Er sah die Messerklinge unmittelbar vor seinen Augen blitzen. Aber diesmal würde sie zustoßen. Diesmal würde sie gnadenlos zustechen und schneiden. Als die Glocke zur Mittagspause ertönte, blieb er sitzen. Die anderen rannten mit lautem Getöse davon. David mit ihnen. Er hatte nichts aus seinem Pult herausgenommen.

Miss Marston sah zu Gaylord hinüber und überlegte einen Augenblick, ob sie ihn ansprechen sollte, entschied sich aber dagegen und verließ die Klasse. Gaylord blieb mit dem Briefbeschwerer und seinem Gewissen allein.

Gaylords Gewissen war noch nicht sehr alt und reichlich unerfahren. Wie ein Fahrschüler konnte es eine gerade Strecke ganz ordentlich bewältigen. Aber auf Gefahren zu reagieren, vermochte es noch nicht. In dieser speziellen Situation warf es die Hände hoch wie ein ägyptischer Taxifahrer und rief: Allah lenkt.

Von seinem Gewissen im Stich gelassen, öffnete Gaylord David Snows Pult. Der Briefbeschwerer lag tatsächlich noch darin.

Gaylord ließ den Pultdeckel wieder zufallen. Er brachte es nicht fertig, zu stehlen. Aber Stehlen konnte man das eigentlich nicht nennen. Er wollte nur Willie sein Eigentum wieder zurückgeben. Er öffnete das Pult wieder.

Aber daß David Geld dafür bezahlt hatte, komplizierte die moralische Seite der Angelegenheit.

Aber Willie hatte das Geld nicht bekommen; folglich gehörte es noch immer ihm. Ein ganz klarer Fall.

Gaylord wußte genau, daß der Fall keineswegs so klar war. Sonnenklar war nur etwas anderes: Wenn Gaylord den Briefbeschwerer nicht ablieferte, würde Bert ihn fertigmachen. Er nahm das Ding aus dem Pult, ließ es in seine Hosentasche gleiten und schloß den Pultdeckel wieder. «Gaylord, was machst du denn da?» fragte eine besorgt klingende Stimme.

Miss Marston war ausgesprochen nett, obwohl sie ‹Klosett› sagte. Sie liebte und achtete die ihr anvertrauten Kinder. Und sie liebte und achtete Gaylord von allen vielleicht am meisten. Sie hielt ihn für aufrecht und gut erzogen, ja, für eine kleine Persönlichkeit. Ein Kind mit Charakter. Und jetzt machte er ein schuldbewußtes Gesicht wie ein ganz gewöhnlicher hinterhältiger Dieb. Und als das erwies er sich hier auch, befürchtete sie. «Was machst du denn da?» wiederholte sie.

Gaylord glaubte, sein Herz müsse zerspringen. «Ich . . . ich . . . ich hol mir was», stotterte er.

«Was denn?» Miss Marstons Stimme klang jetzt etwas schärfer.

Sein Unterbewußtsein registrierte, daß der alte Gaylord soeben gestorben war. Der lustige, anständige Gaylord war tot. Statt dessen gab es jetzt eine armselige Kreatur, die die ganze Welt und, was noch viel schlimmer war, die er selbst einen Dieb nennen mußte. Die Würfel waren gefallen, aber im Unterbewußtsein beschloß er, daß er nicht auch noch zum Lügner werden wollte. Das wenigstens konnte aus diesem Schiffbruch gerettet werden.

«Was denn?» hörte er Miss Marston noch einmal sagen; dann zog er den Briefbeschwerer aus der Hosentasche und antwortete: «Das hier.»

Sie überlegte, ob es dafür nicht eine ganz plausible Erklärung gäbe. Dieser Junge konnte einfach kein Dieb sein. «Gehört es denn dir?» fragte sie. «Hat David es dir weggenommen?» So konnte es ja nur sein. Sie mußte sich vor voreiligen Schlußfolgerungen hüten.

Aber Gaylord sagte: «Nein, Miss. Es gehört David. Er hat es Sammy Breen abgekauft.»

Sie verwünschte insgeheim seine Ehrlichkeit. «Warum hast du es dann genommen?»

«Es . . . es ist so hübsch», sagte er.

«Ja», sagte sie. «Hübsch ist es schon. Aber deswegen darfst du es doch noch nicht nehmen.»

Er schwieg. «Du weißt doch, daß ich das melden muß. Ich muß es der Schulleitung melden.»

«Ja, Miss.»

Sie standen schweigend da. «Gut», sagte sie schließlich, «leg es bitte zurück.»

Er folgte ihrer Aufforderung und schloß das Pult. Ein Dieb, den man erwischt hatte – und heute abend würde Bert ihn zusammenschlagen.

Miss Marston sagte: «Du gehst jetzt besser zum Essen. Wir kommen später darauf zurück.»

«Jawohl, Miss», erwiderte er und ging. Er hatte keinen Hunger.

Sie kam hinter ihm her. «Gaylord, warum hast du das bloß genommen?»

Schweigend stand er da. Sie wartete. Das Verlangen, dieses stumme Häufchen Elend in die Arme zu schließen, überwältigte sie fast. Nur mit Mühe hielt sie sich zurück. Gemeinsam verließen sie das Klassenzimmer. Auch sie hatte keinen Appetit mehr.

Das Mittagessen war vorüber, der Nachmittagsunterricht auch, und Messerstecher Bert lauerte auf dem Weg, um sich auf Gaylord, den Dieb, zu stürzen. Aber die ganze trübe Affäre mit dem Briefbeschwerer mußte vorher noch einmal aufgerollt werden. Miss Marstons Schuld war das nicht. Niemandes Schuld. Aber ein Körnchen Unehrlichkeit, ist es erst einmal entdeckt, kann auf lange Zeit hinaus das Leben vieler Menschen in Unordnung bringen.

Die Klasse leerte sich, und die Lehrerin hatte nichts gesagt. Während die Kinder hinausdrängten, saß sie lesend auf ihrem Platz. Gaylord kam gerade an ihrem Pult vorbei – im nächsten Augenblick wäre er draußen –, da kam es: «Gaylord», sagte sie ruhig, noch immer lesend.

Er blieb stehen. «Ja, Miss?»

«Warte, bitte», sagte sie und las noch immer.

Er wartete. Erst nachdem alle Kinder draußen waren, sah sie auf. Ihr junges Gesicht zeigte Mitleid. «Du weißt doch, daß ich zur Schulleitung gehen muß wegen dieser dummen Geschichte?» fragte sie.

Gaylord nickte stumm.

«Ich gehe aber nicht. Wenigstens heute noch nicht.»

Gaylord war erleichtert. Der Gedanke, daß dieser weibliche Jehova sich mit ihm befassen würde, erfüllte ihn nicht gerade mit Begeisterung.

«Nicht etwa», sprach Miss Marston weiter, «um dir Unannehmlichkeiten zu ersparen, sondern weil ich das Gefühl habe, es steckt noch etwas anderes dahinter, und das möchte ich erst einmal herausfinden.»

«Ja, Miss», sagte Gaylord.

Keine sehr aufschlußreiche Bemerkung. «Ich habe also beschlossen, erst einmal mit deinen Eltern darüber zu reden. Ich glaube, ich gehe gleich heute abend mit dir nach Hause.»

«Jawohl, Miss», sagte Gaylord, nicht mehr ganz so erleichtert. Mit Mummi würde er kein leichtes Spiel haben, das wußte er. Andererseits brauchte er Bert nicht zu fürchten, wenn die Lehrerin mitkam. Sie als Begleiterin würde wirken wie eine ganze Schutzstaffel.

Ohne viele weitere Worte gingen sie los. Und sie trafen auf der Hälfte des Heimwegs, wie nicht anders zu erwarten war, nicht nur Bert, sondern sämtliche Brüder Willies. Die Foggerty-Jungens drückten sich an der einsamsten Stelle des Heimwegs an einem Zaun herum. Als sie Gaylord auftauchen sahen, reckten sie sich und starrten ihn in abwartendem drohendem Schweigen entgegen. Sie ließen Gaylord nicht aus dem Auge. Miss Marston beobachtete sie voll Unbehagen und verlangsamte den Schritt. Aber niemals, sagte sie sich, darf man vor Kindern Angst zeigen. Und so marschierte sie denn tapfer weiter. Gaylord, der sich von ihr beschützt wußte, nahm in seiner Haltung etwas Herausforderndes an. Als sie glücklich vorbei waren, drehte er sich um und machte eine lange Nase.

«Was für widerliche Jungens», sagte Miss Marston. «Ein Jammer, daß sie nichts Besseres zu tun haben, als herumzulungern und auf Unfug aus zu sein.»

Die sind nicht auf Unfug aus, dachte Gaylord, sie waren auf mich aus. Es tat ihm schon bitter leid, daß er ihnen so selbstsicher eine lange Nase gedreht hatte.

Opa war auf dem Geflügelhof. Er betrachtete Miss Marston mit Interesse. Gaylord sagte: «Das ist mein Opa.»

«Guten Tag», sagte Miss Marston. «Ich bin Gaylords Lehrerin. Miss Marston.»

«Sehr erfreut», sagte Opa. Was war denn nun wieder los, zum Teufel.

Miss Marston erklärte: «Ich bin herausgekommen, weil ich mit Gaylords Eltern sprechen will. Etwas . . .»

«Es tut mir leid, aber die sind zu irgendeiner blöden Veranstaltung in Ingerby. Sie kommen sicher nicht vor elf zurück.»

«O je. Und ich wollte sie so gern sprechen.» Miss Marston sah unglücklich aus. Unheil schien seine Schatten auf den Geflügelhof zu werfen. Opa, dem man so leicht nichts vormachen konnte, spürte das genau. «Kommen Sie doch bitte herein», sagte er.

Sie gingen ins Haus. «Also», sagte Opa, «kann ich etwas für Sie tun?»

Sie sah ihn zweifelnd an. Verlegen spielte sie mit dem Verschluß ihrer Handtasche. «Ich wollte eigentlich mit seinen Eltern . . .»

«Wenn Sie sich nun damit abfinden, daß Sie seine Eltern nicht sprechen können, dann nehmen Sie vielleicht mit mir vorlieb?»

Miss Marston war immer noch mit ihrer Handtasche beschäftigt. Trotz seiner Höflichkeit fühlte sie sich durch den alten Herrn eingeschüchtert. Auch ein Kanonenschlag war so lange harmlos, bis man ein brennendes Streichholz an die Zündschnur hielt. Außerdem hatte sie sich schon überwinden müssen, die Eltern des Jungen aufzusuchen. Wer weiß, was noch alles passieren würde, wenn sie es diesem explosiven alten Herrn erzählte?

Aber die Entscheidung darüber wurde ihr aus der Hand genommen. Gaylord war sicherlich nicht stolz auf sich. Er schämte sich bitterlich und ehrlich. Aber er besaß einen untrüglichen Sinn für Dramatik und eine unersättliche Neugier darauf, wie Erwachsene in ungewöhnlichen Situationen reagierten. Er sagte laut und deutlich: «Miss Marston hat mich beim Stehlen erwischt.»

Die Stille im Haus war so drückend wie vor einem Gewitter. «Was hat Miss Marston getan?» fragte Opa.

Miss Marston sagte traurig: «Ich kam noch einmal in die Klasse zurück. Gaylord war dort ganz allein. Ich sah, wie er aus David Snows Pult etwas nahm und in seine Tasche steckte.»

Opa fixierte sie unter zusammengezogenen Augenbrauen wie ein Bulle kurz vor dem Angreifen. Aber er sagte milde: «Sicher nur ein Jungenstreich.»

«Wenn Sie sein Benehmen gesehen hätten, würden Sie das nicht sagen.» Sie saß da und hatte schützend ihren Arm um Gaylord gelegt. Gaylord fühlte, wie sie zitterte.

«Und was war das für ein Ding?»

«Ein Briefbeschwerer.»

«Gehört er der Schule?» fragte er schnell und streckte herausfordernd sein Kinn vor.

«Nein. Es war eine von diesen hübschen Glaskugeln. David hatte ihn gerade einem andern Jungen abgekauft.»

Er ließ sie nicht aus dem Auge. «Haben Sie es schon der Schulleitung gemeldet?»

«Nein. Ich hätte es tun müssen. Aber ich habe das Gefühl, als gäbe es für die Geschichte eine Erklärung, irgend etwas, und deshalb wollte ich mit seinen Eltern sprechen.»

«Nett von Ihnen», sagte er. «Sehr nett. Ich wünschte von Herzen, Sie könnten es tun.»

«Gaylord ist kein Junge, der stiehlt», sagte sie.

Eine Augenbraue hob sich. «Miss Marston, kann man jemals voraussehen, wie sich ein Mensch unter gewissen Umständen verhält?»

«Nein», sagte sie langsam.

«Eben. Ich fürchtete, Sie seien noch zu jung, um das schon erkannt zu haben.»

«Ich kann einfach nicht glauben, daß Gaylord ein Dieb ist.»

Opa erhob sich. «Ich werde Gaylords Eltern Ihre Meinung mitteilen, Miss Marston. Sicher werden sie sich mit Ihnen in Verbindung setzen.» Er schüttelte ihr die Hand. «Und vielen Dank. Vielen Dank für Ihr . . . für Ihr Verständnis.»

Sie erhob sich, um sich zu verabschieden. Dann beugte sie sich zu Gaylord nieder und küßte ihn. Ihr Lächeln dabei sollte beruhigend wirken, war aber ängstlich und nervös. Opa ging voraus und öffnete ihr die Tür. Dann kam er zurück. Er sah Gaylord nicht an. Er setzte sich und entfaltete die Zeitung.

Gaylord stand da und spielte an der Büste von Milton herum. Wenn er jetzt nicht mit jemandem sprechen konnte, würde er ersticken. Aber mit wem sollte er sprechen? Mit Großtante Marigold? Nein. Er würde ihr das niemals klarmachen können, und wenn, würde sie der Schock umbringen. Gaylord überlegte es sich vorher immer genau, was er seiner Großtante erzählte, damit der Schock sie nicht umbrachte. Tante Rosie würde bald nach Hause kommen. Aber ihr wollte er auch nichts sagen. Entweder würde sie entsetzt zurückschrecken oder aber ihn an sich drücken und ihn ein ‹armes Lämmchen› nennen. Auf keines von beiden hatte er Lust. Am liebsten, dachte er, würde er Tante Becky alles erzählen. Mit ihrem amüsierten Lächeln würde sie alles aus ihm herausholen. Dann würde sie sagen: «Ach, du kleiner Dummerjan. Warum um alles in der Welt hast du das denn getan?» und ihm einen spielerischen Klaps geben und sorglos fortgehen, um sich mit einem jungen Mann zu treffen.

Aber Becky würde heute abend spät nach Hause kommen, weil sie tanzen ging. Er hatte sie das sagen hören.

Er spürte eine ganz ungewöhnliche Sehnsucht nach Mummi und Paps. Aber Opa hatte gesagt, sie kämen erst mit dem Spätzug zurück.

Es blieb nur Opa.

Gaylord hatte mit Opa mehr gemeinsam als mit seinen Eltern. Er wie Opa waren beide aufrechte, unabhängige Charaktere. Beide mochten konkrete Dinge und Menschen lieber als Bücher und Ideen. Gaylord sah den alten Herrn an, vielmehr das, was von ihm hinter der Zeitung zu sehen war. «Opa?» sagte er.

Opa sah ihn über den Zeitungsrand hinweg an. «Willst du vielleicht Konversation mit mir machen? Oder willst du mit mir über diesen verflixten Briefbeschwerer reden?»

«Über den Briefbeschwerer», sagte Gaylord kleinlaut. «Muß ich jetzt ins Gefängnis?»

«Nein», sagte Opa. «Du kommst nicht ins Gefängnis, das schlag dir nur gleich aus dem Kopf. Aber abgesehen davon, kann ich mit dir nicht darüber reden, das ist *sub judice*.»

«Was heißt *sub judice*?»

«Das heißt, daß keiner sich traut, darüber zu sprechen.»

«Und warum nicht?»

Opa ließ die Zeitung sinken. «Weil das ein Fall für deine Eltern ist, mein Junge. Sie haben die Verantwortung für dich. In so eine ernste Sache kann ich mich nicht einmischen. Das wäre sinnlos und unkorrekt.»

«Ich verstehe», sagte Gaylord, der kein Wort verstand, aber genau wußte, daß es keinen Zweck hatte, mit Opa zu streiten.

Der alte Herr sagte: «Geh zu deiner Großtante. Sie muß irgendwo stecken. Bitte sie, daß sie dir was Gutes zum Tee gibt. Und dann tu, was dir Spaß macht. Häng nicht herum und warte, bis du zu Bett mußt.»

Triumphgeschwellt kamen Mummi und Paps heim. Sie waren bei der Diskussion ein großer Erfolg gewesen. Mummi saß in dem schmutzigen, schlechterleuchteten Abteil und wiederholte sich in Gedanken all die harmlosen Witzchen, die Paps von sich gegeben hatte. Paps blickte Mummi an und dachte, wie klug es doch von einer so intelligenten Frau war, bei solchen Gelegenheiten die Rolle eines charmanten Dummchens zu spielen. Aber das ist es ja gerade, was die klugen Frauen so klug macht! Sie wissen genau, daß die Männer es hassen, wenn ihre Frauen klüger sind als sie selbst. Folglich geben sie sich so, daß jedes männliche Wesen sich als tatkräftiger und überlegener Beschützer fühlt und gleichzeitig die weibliche Konkurrenz entwaffnet ist.

In gehobener Stimmung kamen sie heim. Das Haus kam ihnen kleiner und bescheidener vor, als sie es in Erinnerung hatten. Eigentlich nicht der richtige Rahmen für einen berühmten Schriftsteller und seine charmante, allseits beliebte Gattin. Sie gingen ins Wohnzimmer. Und dort schmolz ihre Euphorie.

Opa war noch auf und erwartete sie. Und wenn Opa um diese nachtschlafende Zeit noch auf war, konnte das nur Unheil bedeuten. Das und der Ausdruck von Opas Gesicht.

«Vater», rief Jocelyn. «Warum bist du noch auf?»

Opa sagte: «Setzt euch, alle beide. Ich habe euch etwas zu sagen. Nicht, was du denkst, May. Gaylord ist heil und gesund. Es ist nur . . .»

«Was?» fragte Mummi und tastete nach einem Stuhl, ohne den alten Herrn aus den Augen zu lassen.

«Miss Marston, seine Lehrerin, war hier, um mit euch zu sprechen. Sie hat Gaylord erwischt, wie er aus dem Pult eines Jungen etwas gestohlen hat.»

«Das glaube ich nicht», sagte Paps schließlich.

«Ich auch nicht», sagte Opa. «Andererseits haben wir die Aussage einer relativ intelligenten Frau und Gaylords Geständnis dazu.»

«Gaylord hat es zugegeben?»

«Er hat es mir selbst gesagt.»

Mummi saß schweigend da, während ihr ein Dutzend Vorstellungen und Erinnerungen durch den Kopf gingen. Dann sagte sie: «Willie. Es muß etwas mit Willie zu tun haben.»

«Das kann nicht sein, Schatz. Willie geht doch gar nicht in die Schule.»

«Es hat aber was mit Willie zu tun, Jocelyn. Das fühle ich. Was hat er denn . . . genommen, Schwiegervater?»

«Einen gläsernen Briefbeschwerer.»

«Was?»

Opa war von der Wirkung seiner Worte überrascht. «Was ist denn daran so bemerkenswert?»

Mummi sagte: «Das spielt jetzt keine Rolle. Was ist nun wirklich passiert, Schwiegervater? Wir müssen alles von Anfang an hören.»

Er berichtete. Sie schwiegen. Dann sagte Paps: «Mir ist es gleichgültig, was die Leute sagen. Gaylord ist kein Dieb.»

Mummi sagte: «Jocelyn, wir müssen den Tatsachen ins Auge sehen. Nach dem, was geschehen ist, ist er ein Dieb. Auch wenn er unser Sohn ist.»

«Na gut. Aber irgendwie hat man ihn dazu getrieben.»

«Da pflichte ich dir allerdings bei.»

Opa erhob sich. «Längst Schlafenszeit für mich. Gute Nacht, ihr beiden.»

May stand auf und küßte ihn, was ihn offensichtlich entzückte. «Gute Nacht, Schwiegervater. Es tut mir leid, daß du in diese Sache mit hineingezogen wirst.»

«Gute Nacht, meine Liebe. Gute Nacht, Jocelyn.» Er zögerte. «Wenn ihr die Meinung eines alten Mannes hören wollt – an der euch wahrscheinlich gar nichts liegt –: Ich halte Gaylord nicht für kriminell.»

«Danke, Vater», sagte Jocelyn. Er öffnete dem alten Herrn die Tür, schloß sie wieder hinter ihm, kam zurück und ergriff die Hände seiner Frau. «Armer alter Gaylord», sagte er.

«Ja. Armes Kerlchen.» Doch ihr praktischer Verstand war dem ihres Mannes bereits weit voraus. «Heute abend können wir ja doch nichts mehr tun. Aber ich glaube, es ist besser, wenn er morgen zu Hause bleibt und wir versuchen, der Sache auf den Grund zu gehen.»

«Ja», sagte er. «Ein Briefbeschwerer. Er wünschte sich zu Weihnachten einen. Wir haben ihm einen gekauft. Er zeigte überhaupt kein Interesse dafür. Und jetzt hat er einen gestohlen.»

«Willie», sagte sie. «Was könnte Willie mit einem Briefbeschwerer zu tun haben . . . was kann da nur für eine Verbindung sein?»

«Ich kann mir nicht vorstellen, daß es da eine gibt», sagte er. «Aber sollte wirklich eine Verbindung bestehen, dann kann nur Gaylord uns etwas darüber sagen.»

Sie gingen zu Bett und beschlossen, alles dem Morgen zu überlassen. Aber die ganze Nacht über beschäftigte sie diese Geschichte, unabhängig voneinander. Gaylord, ein Dieb. Gaylord, ihr Sohn, der bei einem der niederträchtigsten Vergehen ertappt worden war. Lange vor Morgengrauen besuchte Mummi ihn im Gefängnis in Brixton, wo er bereits seine fünfte Strafe zu verbüßen hatte. Aber Paps, mit der ungebundeneren Phantasie eines Schriftstellers, sah ihn bereits in der Todeszelle; und das Innenministerium hatte gerade ein Gnadengesuch abgelehnt, als der Wecker klingelte.

14

Als einziger von allen Betroffenen hatte Gaylord wie ein Murmeltier geschlafen. Er wachte erfrischt und guten Mutes auf. Er würde schon klarkommen.

Mummi würde natürlich keine Ruhe geben. Aber dagegen stand die Gewißheit, daß sein Bericht bemerkenswertes Interesse auslösen würde, und die sehr verlockende Aussicht, in Zukunft den Schulweg in einem Polizeiauto mit Blaulicht zurückzulegen. Er hörte den Wecker bei seinen Eltern rasseln und konnte es kaum erwarten, seine Geschichte loszuwerden.

Er brauchte nicht lange zu warten. Schon kamen sie gemeinsam im grauen Morgenlicht, nervös lächelnd, herein und setzten sich zu beiden Seiten auf die Bettkante. Mummi sah Paps an. Paps ergriff das Wort, räusperte sich und sagte: «Nun also, alter Junge, was haben wir da alles über dich zu hören bekommen?»

Gaylord antwortete: «Es gehört Willie, und irgendwer hat es geklaut, und Willie dachte, ich wär's, aber ich war's nicht, und Bert hat gesagt, er macht mich fertig, wenn ich's nicht zurückgebe, und dann hat Sammy Breen es an David Snow verkauft, und ich wollte mir's borgen, damit Bert mich nicht fertigmacht.»

Er machte eine Pause, in der Paps erst einmal versuchte, dieses Knäuel zu entwirren, und Mummi, wie es zu erwarten war, sagte: «Ich dachte, ich hätte dir strikt verboten, mit Willie zu reden? Das kommt davon, wenn man Heimlichkeiten hat, Gaylord.»

«Ich hab mit ihm . . . kaum geredet.»

«Soso. Aber doch offenbar genug, um dich in eine Lage zu bringen, in der du gezwungen warst, etwas zu stehlen.»

«Wer ist eigentlich Bert?» fragte Paps.

«Ach, Jocelyn! Stell doch nicht so törichte Fragen. Das weißt du doch genau. Das ist dieser grobschlächtige Bruder von Willie.» Angst und Erleichterung ließen Mummi an diesem grauen Morgen richtig giftig werden.

«Ach, du meine Güte, der», sagte Paps. «Womit hat er dir denn gedroht, Gaylord?»

«Mit einem Messer. Er hat mir die Spitze hier rangehalten.»

Er zeigte auf seinen zarten Hals. «Und dann hat er gesagt: ‹Wenn du Willie sein Ding nicht zurückgibst, flutscht das Messer da rein!›» Höchst befriedigt legte er sich auf sein Kissen zurück. Es bestand kein Zweifel darüber, daß er immerhin die Hälfte seiner Zuhörerschaft gefesselt hatte.

Aber nicht Mummi. «Gaylord», sagte sie, «bist du auch ganz sicher, daß du das nicht alles erfunden hast?»

Gaylord schoß in die Höhe. «Mummi. Er hat's getan. Er hat mir das Messer hier hingehalten.» Man hätte einem so kleinen Kerl ein solches Maß an Entrüstung gar nicht zugetraut.

Paps sagte: «Deine Mutter hat ganz recht, Gaylord. Das ist nicht zum Spaßen. Wir müssen absolut sicher sein können, daß du uns auch wirklich die Wahrheit sagst.»

«Natürlich sag ich die Wahrheit.»

«Da gibt's kein ‹natürlich›», fuhr ihn Mummi an. «Man hat dich beim Stehlen erwischt, und du könntest dir das Ganze ebensogut nur als Ausrede ausgedacht haben, aber das kann ich nicht glauben», sagte sie gefaßt.

«Hab ich auch nicht», sagte er immer noch voller Entrüstung. Im übrigen fand er, daß Mummi doch gar nicht so übel war.

Paps stand auf und vergrub die Hände in den Taschen seines Morgenrocks. «Also gut, alter Knabe, wir glauben dir. Du bleibst jedenfalls heute besser zu Hause, und ich schreibe deiner Lehrerin ein paar Zeilen.»

Gaylord legte sich noch einmal in die Kissen. «Fahre ich jetzt mit einem Polizeiauto in die Schule?» fragte er.

Mummi warf ihm einen mißtrauischen Blick zu. Aber Paps sagte: «Weißt du, die haben sehr viel zu tun. Ich glaube, die können keine weiteren Fälle übernehmen.»

Sie gingen in ihr Schlafzimmer zurück. Mummi schloß gewissenhaft die Tür. Dann klammerte sie sich an ihren Mann und weinte, wie sie seit vielen, vielen Jahren nicht mehr geweint hatte.

Als sie schließlich wieder sprechen konnte: «Es ist ungeheuerlich, ungeheuerlich. Ein solcher Riesenkerl macht einem kleinen Jungen Angst. Mit einem Messer noch dazu.» Sie umfaßte ihn noch fester. «O Jocelyn. Er hätte . . . er hätte ihn töten können. Wenn ich daran denke, was das arme Kerlchen alles hat durchmachen müssen, und wir haben nicht das geringste unternommen.»

Paps drückte ihren Kopf an seine Schulter. Ehrlich gesagt, brauchte er Zeit, um nachzudenken. Um sieben Uhr morgens war, wie allgemein bekannt, sein Verstand nicht gerade der klarste, und es war ihm auch noch nicht ganz wach, was sich überhaupt abgespielt hatte. Noch weniger wußte er, was er nun zu unternehmen hatte. Also wartete er geduldig, voller Hoffnung, daß Mummi es ihm sagen würde.

Da brauchte er nicht lange zu warten. Mummi hob ihr verweintes Gesicht und sagte: «Du mußt unbedingt zu Mrs. Foggerty gehen.»

Paps traute sich nicht zu fragen: Wer ist Mrs. Foggerty? Er wollte nicht riskieren, daß ihm der Kopf wieder abgerissen wurde. Er tat so, als dächte er ernsthaft nach, und sagte dann: «Wie wär's denn mit der Polizei?»

Sie schüttelte den Kopf. «Ich glaube, im Augenblick hat das noch keinen Sinn. Sicher hat Gaylord die Wahrheit gesagt, aber . . . nun ja, er hat vielleicht übertrieben. Ich glaube, du solltest erst einmal mit Willies Mutter sprechen.»

Jetzt hatte sich wenigstens herausgestellt, wer Mrs. Foggerty war. Der Gedanke, diese Dame aufsuchen zu müssen, war für Paps nicht besonders erquickend, zumal es so aussah, als ob Mummi nicht mitkommen würde. Aber er wollte sich auch nicht vor seinen Pflichten drücken. Zwei Stunden später war er auf dem Wege zu den Foggertys.

Irgend jemand war auf die Idee gekommen, eine Reihe armseliger, städtisch aussehender Häuser mitten auf eine Wiese zu stellen; dort wohnten die Foggertys. Mit einer Beherztheit, die in diesem Augenblick keineswegs echt war, klopfte Paps an die Haustür. Mrs. Foggerty selbst öffnete und betrachtete ihn mit äußerstem Mißtrauen. Als sie sich vergewissert hatte, daß er weder wegen der Miete noch wegen der Versicherungs- oder der Fernseherrate gekommen war, preßten ihre Lippen die Zigarette noch fester zusammen: «Kommen Sie herein.»

«Vielen Dank», sagte Paps, nahm seinen Hut ab und trat ein.

Mrs. Foggerty verfolgte seinen Auftritt mit einer Überraschung und einer Anerkennung, die sie nicht zu verbergen suchte. Es kam selten vor, daß sie Besucher empfing, die ihren Hut abnahmen und «Danke» sagten. «Sie sind doch Mr. Pentecost, nicht wahr?» sagte sie. «Ich hab schon Sachen von Ihnen im Radio gehört.»

«Tatsächlich?» Paps sah dankbar aus.

Mrs. Foggertys Bemühung, ihre Zigarette nicht zu verlieren, verlieh ihrer Aussprache etwas Verwischtes, etwa wie bei einem drittklassigen Bauchredner. «Man muß wohl ganz schön schlau sein, um so was schreiben zu können.»

Paps sah, wenn möglich, noch dankbarer aus. Ein Jammer, daß einige Mitglieder seiner Familie diese Meinung nicht teilten. «Wie Sie sich solche Sachen ausdenken können, ist mir ein Rätsel», sagte Mrs. Foggerty.

«So? Nun . . .» sagte Paps. Aber er war ja nicht hierhergekommen, um die Quellen der schöpferischen Impulse zu diskutieren, obwohl er das viel lieber getan hätte. «Sie haben doch einen Sohn, Bert», sagte er.

«Ja, da sitzt er», sagte Mrs. Foggerty, und zum erstenmal nahm Jocelyn seine Umgebung wahr, ein wirres Durcheinander, in dem es hauptsächlich nach nasser Wäsche, Eintopf und Heizöl roch, und das einzige menschliche Wesen war ein Junge, der in Hemdsärmeln und Hosenträgern am Küchentisch saß. Bert hatte eine alte Nummer des ‹Mirror› vor sich und durchsuchte sie, offensichtlich mit wenig Erfolg, nach Neuigkeiten.

«Mein kleiner Sohn sagt, daß Bert ihn mit einem Messer bedroht hat», sagte Jocelyn.

«He! Bert!» Mrs. Foggerty versuchte, die Aufmerksamkeit ihres Sohnes zu erregen, indem sie ihm kräftig vors Schienbein trat. «Hast du Mr. Pentecosts kleinen Sohn mit dem Messer bedroht?»

Bert sah auf. «Nein», sagte er und las weiter.

Mrs. Foggerty wandte sich ihrem Besucher wieder zu. «Na also», sagte sie. «Haben Sie gehört?» Sie hatte ihre Schuldigkeit getan. Die Sache war für sie erledigt.

Das Ganze war sehr schwierig. Noch nie in seinem Leben hatte Jocelyn jemanden einen Lügner genannt. Sehr sorgfältig seine Worte setzend, sagte er: «Aber mein Sohn sagt, daß er es getan hat. Und natürlich glaube ich meinem eigenen Sohn.»

«Und ich meinem, guter Mann», sagte Mrs. Foggerty und steckte sich an dem alten Zigarettenstummel eine neue Zigarette an.

Jocelyn überhörte das. Er sagte: «Ihr Sohn hat Gaylord beschuldigt, Willies Briefbeschwerer gestohlen zu haben. Dann hat er ein Messer an seinen Hals gehalten und gesagt, er würde zustoßen, wenn er ihn nicht zurückgäbe.»

«Na schön und gut. Schließlich aber steht die Behauptung Ihres Sohnes gegen die Worte von Bert, oder etwa nicht?» Der Zigarettenrauch schwebte ihr um Nase und Augen. «Ich meine, daß Ihr Sohn ja auch lügen kann, stimmt's?»

«Das könnte er. Aber er tut es nicht.»

«Also», sagte sie, die Achsel zuckend, «wenn Sie mir so kommen.» Sie schien eher bekümmert als ärgerlich. «Mein Sohn war in der Besserungsanstalt, und Ihrer geht nach Eton, also hat Ihr Sohn recht. Sie spielen sich hier ganz schön auf, Mr. Pentecost.»

«Hören Sie doch. Wo ist Willie? Fragen Sie ihn doch, ob er einen Briefbeschwerer besessen hat.»

«Hat keinen Zweck, ihn zu fragen. Er kann sich doch an nichts erinnern.» Sie sah Jocelyn traurig an. «Mr. Pentecost, haben Sie nichts Besseres zu tun, als eine arme Witwe zu belästigen, die sich abrackert, um die Familie durchzubringen und einen Schwachkopf zu pflegen?»

Noch niemals in seinem Leben war Paps sich so schuftig vorgekommen. Er hatte nur noch das Bedürfnis, sich zu entschuldigen, der armen Seele fünf Shilling in die Hand zu drücken, damit sie ihre Familie durchbringen konnte, und Fersengeld zu geben.

Aber plötzlich fiel ihm Gaylord ein, der bis zum heutigen Morgen ganz allein seine Angst hatte mit sich herumtragen müssen. Er erinnerte sich an die Tränen seiner Frau. In einem blendenden Blitz der Erkenntnis wurde ihm plötzlich klar, daß es diese Gewalttätigkeit war, diese bittere, finstere Gewalttätigkeit, mit der die Menschen zu seinen Lebzeiten die süße Welt in eine einzige riesige Hölle für Millionen verwandelt hatten. Und diese Geschichte hier, das war dasselbe im kleinen. Wenn er sich damit zufriedengab, verdiente er selbst nichts anderes, als in der Hölle zu landen. Er ging zurück ins Zimmer und hieb beide Fäuste auf den Tisch. «Also, nun hören Sie mal, Sie», sagte er.

Er blickte in Augen, deren unheimlicher Ausdruck ihn vor Entsetzen schaudern ließ. Hier klaffte ein Abgrund, den niemand – kein Priester, Arzt oder Henker – überbrücken konnte. Weder Liebe noch Freundschaft, weder Haß noch Strafe würden diesen Augen jemals irgendeine Reaktion entlocken. Jocelyn sagte: «Sie haben meinem Jungen gedroht. Und jetzt warne ich Sie. Wenn Sie ihm noch einmal zu nahe treten, hetze ich Ihnen die Polizei auf den Hals – und dann geht's Ihnen an den Kragen.»

Seine Stimme bebte. Er atmete erregt. Tränen der Wut stiegen ihm in die Augen. Und dabei haßte er nichts mehr, als die Selbstbeherrschung zu verlieren. Aber immer noch stand er, beide Hände auf den Tisch gepreßt, vorgebeugt da. Und immer noch starrten ihn diese ausdruckslosen Augen an. Dann verzerrten sich die bleichen, ungesunden Lippen höhnisch. «Ach, Sie können mich mal», sagte Bert Foggerty und wandte sich wieder der Lektüre der wochenalten Zeitung zu.

Jocelyn richtete sich auf. «Ich habe Sie gewarnt», sagte er, «und ich mache Ernst . . .» Er blieb noch einen Augenblick stehen, um seine Fassung wiederzugewinnen. Dann ging er auf die Tür zu. Mrs. Foggerty öffnete sie ihm. Die Sache war offenbar damit für sie erledigt. «Haben Sie schon mal was im Fernsehen gehabt, Mr. Pentecost?» fragte sie im Plauderton.

«Nein.»

«Na, vielleicht schaffen Sie's, wenn Sie sich ordentlich anstrengen», sagte sie aufmunternd. «Im Radio kommt ja doch 'ne Menge von Ihnen, nicht wahr?»

Er kam nach Hause. Mummi sagte: «Während du fort warst, habe ich noch etwas Neues erfahren. Erinnerst du dich an Weihnachten, als Gaylord so elend aussah? Einer von diesen Foggerty-Lümmels hatte ihm damals den Arm verrenkt.»

Paps starrte sie an. «O mein Gott», sagte er. Er gehörte zu denen, die sich eine spezielle Hölle für alle wünschten, die kleinen Jungens den Arm verrenkten.

Sie sah ihn besorgt an. «Liebling, so wütend habe ich dich ja noch nie gesehen.»

«Ich bin auch noch niemals so wütend gewesen. So ein Untermensch wagt es, Gaylord anzufassen.» Er flog noch am ganzen Körper vor Erregung.

«Hör mal», sagte sie. «Du kannst jetzt nur eins tun. Mach einen langen Spaziergang, und lauf dir den Ärger vom Hals. Dann setzen wir uns in Ruhe zusammen und du erzählst mir alles von Mrs. Foggerty.»

«Ja», sagte er. «Ja. May, du bist ein Engel.» Er stürmte davon und hieb mit seinem Stock auf das nasse, graue Gras ein. Liebste May! – Wie hatte er sie in jenem besinnlichen Augenblick am Weihnachtsmorgen genannt? Weib, Mutter, Freund, Geliebte: Heute war sie die Mutter, die ihr wütendes Kind fortschickte, damit es allein mit sich ins reine kam und Frieden fand. Aber woher wußte sie nur immer so untrüglich, in welcher Rolle er sie gerade brauchte? Wie konnte sie nur so klar in sein Inneres blicken?

Er war noch wie besessen von dem Gedanken an Schmerz und Gewalttätigkeit und Grausamkeit. Ein Sadist, der einem Jungen den Arm verrenkt. Auschwitz, Sharpeville, es war immer dasselbe, nur Gradunterschiede. Er eilte mit großen Schritten dahin und versuchte die Antwort auf eine Frage zu finden, für die es keine Antwort gab. Aber langsam beruhigte ihn der Rhythmus seiner Schritte, die freundliche, holperige Straße unter seinen Füßen und der graue, stille, tote Wintertag, so daß er, als er wieder nach Hause kam, zwar keine Antworten gefunden hatte, aber mit sich selbst im reinen war. Und mehr konnte er jetzt nicht erhoffen.

Außerdem hatte er beschlossen, daß Gaylord sich vorerst nicht ohne Begleitung außerhalb des Grundstücks bewegen sollte. Er selbst, Jocelyn, würde ihn jeden Tag zur Schule bringen und wieder abholen. Sobald das Wetter besser war, würden er und May mit dem Jungen Ausflüge unternehmen. Jedenfalls durfte Gaylord nicht allein herumstreifen. Das alles war lästig und unangenehm, aber diese friedliche, ländliche Gegend war von Gefahr überschattet, Gewalttätigkeit lauerte auf Wegen und Wiesen. Und obwohl es, vernünftig betrachtet, nicht sehr wahrscheinlich war, daß ein Halbwüchsiger wie Bert seine Vendetta gegen einen kleinen Jungen fortsetzte, war das doch keine Angelegenheit, bei der man ein Risiko eingehen durfte.

15

Frostig kam der Frühling, ließ die Lämmer und die Narzissen im Ostwind erbeben; der Fluß war grau und kalt wie der Styx, und die Krähen torkelten protestierend in den Lüften herum. Plötzlich war alles ganz anders. Die Luft war milde, und eine wohltuende Ruhe lag über dem Land. Die Baumstämme waren wie mit Sonnenlicht lackiert. Der Fluß glitzerte. Der Himmel war von farbigen Wolken belebt.

Doch das war erst der Anfang. Die Silberbirken legten ein zartgrünes Gewand an, der Weißdorn schüttelte seine weißen Flocken auf das Gras, und über dem Land türmte sich dramatisch der Aprilhimmel. May und Jocelyn wanderten staunend umher und riefen wie jedes Jahr: «Noch niemals ist der Frühling so herrlich gewesen.»

Für Rose traf das jedenfalls zu. Rose erlebte zum erstenmal in ihrem Leben das Glück erwiderter Liebe. Bob war, nach einem langsamen Anlauf, sehr aufmerksam geworden. Rose hatte ihn zwar nicht oft für sich allein; aber mit Becky und Peter zusammen gaben sie ein ganz passables Quartett ab. Sie spielten Tennis, fuhren lange durch die stillen Abende und speisten in gemütlichen, kerzenerleuchteten ländlichen Gasthöfen. Und gelegentlich auf diesen Ausflügen hielt Bobs ihre Hand oder küßte sie sogar mit sichtlichem Vergnügen. Oh, es war wundervoll, und Rose blühte auf, genau wie das Land ringsum, sie lebte nur für den Augenblick und wußte tief in ihrem Herzen, daß das alles nicht lange andauern konnte, weil es ihr, wie sie meinte, vorbestimmt war, eine alte Jungfer zu werden. Und ihr weiblicher Instinkt sagte ihr noch mehr. Er sagte ihr, daß Bobs sie nicht wirklich liebte, daß er ohnehin kein Mann war, der von der Ehe etwas hielt. Sie wußte, daß das alles nicht so bleiben konnte, und wahrscheinlich wollte sie es auch gar nicht anders haben. Aber hier war ihre letzte Chance. Bevor der Frost kam, wollte sie die wenigen letzten Rosen pflücken.

Auch Gaylord freute sich über den Frühling. Manchmal stapfte er mit Opa über das Gelände, seine kleine Hand fest in dessen schwielige Faust gelegt. Manchmal machte er mit Mummi und

Paps Spaziergänge, bei denen er knietief in einem Meer von Glockenblumen watete oder in kindlicher Versonnenheit einen murmelnden Bach betrachtete.

Wenn er es auch nie zugegeben hätte, fühlte er sich doch sehr erleichtert, daß er dabei niemals allein war. Obwohl seine Eltern sich große Mühe gaben, das als ganz natürlich erscheinen zu lassen, gab ihm dieser ständige Begleitschutz ein Gefühl von Wichtigkeit, vor allem aber hatte er wirklich Angst vor den jungen Foggertys. Sie waren eine Bande gefährlicher, bösartiger Bengels, hatten auf alles und jedes einen Groll, aber aus Gaylords Sicht waren sie zwei Meter große gewissenlose Mörder. Er wußte genau, daß sie in der Überzahl waren, schneller als er und stärker, und die Schmerzen, die er bereits von Willies Pranke zu spüren bekommen hatte, würden sich vertausendfachen. Schon der Gedanke daran war unerträglich.

Er hatte nur einen Kummer: Seine Zuneigung zu dem sonst immer sanften und harmlosen Willie war sehr stark, und es betrübte ihn, daß er seinen Freund nicht mehr zu sehen bekam. Er vergaß die Schmerzen des verdrehten Armes und erinnerte sich nur an Willies fast tierische Verzweiflung, als er sein Spielzeug verloren hatte. Er dachte Tag und Nacht an Willie. Auf irgendeine Weise wollte er Willie dafür entschädigen, daß er nicht alle Tassen im Schrank hatte, in einem so schäbigen Haus lebte und abgelegte Kleider trug. Und er wußte kein anderes Mittel, als sich in dem alten Steinbruch neben Willie zu setzen und auf sein Schweigen zu lauschen. Viel war das nicht. Aber immerhin mehr, als die andern zu tun bereit waren.

In dem alten Steinbruch streckten die Brombeeren ihre langen Ranken aus, und das Farnkraut, das sich zuerst nur wie winzige, zarte grüne Hirtenstäbchen gekrümmt hatte, wuchs jetzt bereits kniehoch. Alles knospte, trieb und drängte im sommerlichen Rausch der Sonne entgegen. Sommer! Und er schien in diesem Jahr nicht so trostlos zu werden wie sonst. Im Obstgarten standen die Liegestühle. Paps saß dort und schrieb und ließ sich die Sonne auf die Backen scheinen. Gaylord lag auf dem Rasen und malte. Mummi saß im Schatten, behaglich zufrieden, und spürte in sich das keimende Leben und fühlte sich eins mit der lebenstrotzenden, fruchtbaren Erde. Auch sie würde ihre Ernte einbringen. Um ihre geschlossenen Augen vertieften sich die kleinen Lachfältchen. Paps, der sie beobachtete, sagte: «Ich würde sonst was drum geben, wenn ich wüßte, woran du in diesem Augenblick denkst, May.»

Sie öffnete die Augen, lächelte ihn zärtlich und träge an: «Ich dachte daran, daß Gaylord der Zweite gerade zum Erntedankfest erscheinen wird.»

«Oh.» Er machte ein enttäuschtes Gesicht. «Und ich dachte, du denkst an etwas wirklich Komisches.»

«Der Pfarrer würde sich darüber sicherlich sehr freuen. Denn schließlich gehört er ja auch zu der Gemeindeernte.» Sie lachte glücklich. Paps blickte verständnislos. «Ist ja egal», sagte sie. «Gaylord der Zweite hat es sich jedenfalls so vorgenommen, er findet das komisch.» Sie schloß die Augen und schaukelte wieder zwischen Wachen und Träumen hin und her wie ein Stück Treibholz in der Brandung. Auch Jocelyn konnte besser mit geschlossenen Augen nachdenken. Lautlos, wie ein Indianer, schlängelte sich Gaylord auf dem Bauch davon.

Nachdem ihm die Flucht gelungen war, hielt er inne. Er wollte gern seinen Freund wiedersehen, aber keinesfalls dessen Brüder. Sehr vorsichtig blickte er sich nach allen Seiten um. Und als er an den alten Steinbruch kam, blieb er, mit laut klopfendem Herzen, erst einmal lauschend stehen.

Nur die Grillen, die schilpenden Spatzen, die fleißigen Bienen. Ganz leise schlich er weiter und wurde belohnt, denn da stand Willie. Allein. Erleichtert atmete Gaylord tief auf.

Wie schön war es, in das Gestrüpp des alten Steinbruchs zu kommen und Willie lächeln zu sehen. Willies Lächeln war so warm und so wohltuend wie der Sonnenschein. «Hallo, Gaylord», sagte er. «Dachte schon, dich gäb's gar nicht mehr.»

«Hatte bloß keine Zeit», sagte Gaylord und bohrte träge ein Loch in den Sand.

Die Sonne brannte heiß. Der Steinbruch roch nach warmem Sand, nach Felsen und Fingerhut und Farn. Gaylord blinzelte durch das Sonnenlicht zu Willie hinüber und lächelte. Er war selig, daß Willie wieder der alte war und alles andere vergessen schien. Langsam schlich der Nachmittag weiter. Sie redeten wenig, aber sie waren zufrieden, wieder beieinander zu sein, und genossen das lange Schweigen. Endlich sagte Willie: «Du kennst doch unsern Bert?»

Gaylord fuhr zusammen. Er nickte.

«Er will dich fertigmachen», sagte Willie.

Gaylord bohrte weiter im Sand. «Warum?» fragte er.

«Du warst unverschämt. Und dein Vater war unverschämt.» Willies Stimme klang vorwurfsvoll.

Gaylord wünschte mehr denn je, er hätte ihnen nicht die lange Nase gedreht. Er bohrte weiter.

«Du kennst doch unsern Dave?» fragte Willie.

«Ja», sagte Gaylord unglücklich.

«Er will dich auch fertigmachen. Du warst unverschämt. Und dein Vater auch.»

Die Schatten im Steinbruch wurden jetzt länger. «Du kennst doch unsern Mike?» fragte Willie.

Es hatte keinen Zweck. Die Herrlichkeit war zerstört. Gaylord stand auf. «Willie, ich muß jetzt nach Hause», sagte er und wünschte um alles in der Welt, er wäre niemals hierhergekommen.

Willie machte ein enttäuschtes Gesicht. «Gaylord, du kommst jetzt gar nicht mehr. Und wenn du mal kommst, dann bleibst du nicht.»

Gaylord klopfte sich den Sand von seiner kurzen Hose. «Mein Vater ist nie unverschämt», sagte er.

«Sagt aber unser Arthur», sagte Willie. «Er will dich auch fertigmachen deswegen.»

Becky, die auf dem Rasen lag, war rundherum nußbraun, wenn man von den paar Zentimetern absah, die ihr Badeanzug bedeckte. Rose, die von der Sonne lediglich müde wurde und Sommersprossen bekam, saß im Schatten und unterhielt sich mit Bobs. Bobs hörte Rose zu und sah dabei zu Becky hinüber. Peter sah ebenfalls zu Becky hinüber. Großtante Marigold und Opa sahen zu Becky hinüber. Und Großtante Marigold dachte, solche kurzen Dinger hat man zu meinen Zeiten nicht zu sehen bekommen, und Opa dachte dasselbe, fügte aber im stillen hinzu, das war doch ein Jammer, verdammt. So saßen sie alle oder lagen und rekelten sich zufrieden, während die Sonne mit löblicher Trägheit über den wolkenlosen Himmel schlich. Nur die Bienen, die armen Schlucker, waren bei der Arbeit, und ihr emsiges Summen war gerade das richtige, um faule Menschen schläfrig zu machen und einzulullen.

Ein selten befriedigender Nachmittag. Einer dieser Tage, an denen die Wärme der Sonne bis ins Herz hineinsickert. Bobs sagte friedlich zu Rose: «Wie wär's mit einer Autofahrt am nächsten Sonntag? Wir könnten ein Picknick machen, wenn du willst. Fahren wir doch zum Leuchtturm.»

Sie traute kaum ihren Ohren. «Du meinst – nur wir beide allein?»

«Ja. Na, was hältst du davon?»

«Bobs, das wäre herrlich. Wann willst du mich abholen?»

«Um halb drei?»

«Gut, dann bin ich fertig.»

Mache ich jede Wette, dachte er und wünschte, sie würde die Sache ein bißchen spannender machen. Arme alte Rose. Sie überschlug sich fast, um ihm zu gefallen. Da machte das alles keinen rechten Spaß mehr.

Aber jetzt endlich versank die Sonne im Westen. Eine kleine Brise flüsterte im Blattwerk der Obstbäume. Hoch oben am Himmel flogen zwei Vögel heimwärts. Ein schöner Tag, summten die Bienen und flogen zu ihrem Bienenstock zurück. Die Menschen erhoben sich, gähnten fröstelnd. Vom Sonnenlicht betäubt und ermüdet, gingen sie ins Haus und nahmen ihre Liegestühle mit. Nur Paps blieb noch draußen. Nichts war vom langen Frieden des Sommernachmittags zurückgeblieben, nichts außer ein paar Abdrücken im Gras, einem aufgeschlagenen Buch unter den Bäumen und dem Abendstern, der von Minute zu Minute goldener wurde, um allen heimzuleuchten, die der helle Tag verstreut hatte . . .

Allen? Allen? Wo um Himmels willen steckte Gaylord, dachte Paps, als er ins Haus trat. Er hatte die unklare Vorstellung, als sei er den ganzen Nachmittag über bei ihnen gewesen. Aber als sie aufbrachen, hatte er ihn nicht entdecken können. Er eilte in den Obstgarten zurück.

Gaylord war so in sein Malen versunken, daß er Paps erst bemerkte, als der ihn ansprach. Paps sagte: «Du bist doch nicht die ganze Zeit über hier gewesen, oder?»

Gaylords erstaunter Blick ließ Paps sich fast schwachsinnig vorkommen. «Ich habe gemalt», sagte Gaylord.

«Oh», sagte Paps und sah hilflos aus. «Na, dann komm mal lieber rein, es wird zu kühl.» Nachdenklich folgte er Gaylord ins Haus. Wirklich, er mußte versuchen, nicht immer so geistesabwesend zu sein. Hatte er doch nicht mal bemerkt, daß sein eigener Sohn . . .

16

Rose glaubte, es würde niemals Sonntag werden. Aber es wurde Sonntag, und zur Frühstückszeit schien die Sonne bereits warm, die Vögel sangen, die Bienen summten, die Hennen gackerten zufrieden, und der Rauch stieg bläulich und senkrecht aus den Kaminen. Was für ein vollkommener, herrlicher Morgen! Selbst die kleinen, eilfertigen Spinnen und die dicken, metallblauen Brummer schienen sich zu freuen, die Fischchen, die kühl und still im Strom des Wassers standen, die bunten, sonnengefleckten Kühe, die über die Wiesen zum Melken trotteten; Lebensfreude war in den Würmern, die sich an die Erdoberfläche emporarbeiteten, und in der auf alles niederstrahlenden Sonne; Freude auf Erden und gewiß auch im Himmel über eine so gelungene Schöpfung, und vor allem wohl Freude in Roses Herz, die den Nachmittag allein mit ihrem Liebsten verbringen sollte.

Vielleicht hatte sie sich in ihm getäuscht! Vielleicht machte er ihr einen Heiratsantrag! Denn das wünschte sie sich mehr als alles auf der Welt. Aber selbst wenn es dazu nicht käme, so würden sie wenigstens allein auf dem hohen, einsamen Leuchtturm sein, zwischen Himmel und Erde, nur die Lerchen und den Himmel über sich und die Welt der Menschen ameisengleich weit, weit unter ihnen. Sie würden allein sein. Ein so glückverheißender Gedanke, daß er kaum zu ertragen war.

Statt wie sonst, unauffällig wie eine Maus, an ihren Frühstücksplatz zu schlüpfen, inszenierte Rose geradezu einen Auftritt. «Was für ein himmlischer, himmlischer Morgen», rief sie.

«Gewitter in der Luft», sagte Opa und sah nicht einmal von seinem ‹Observer› auf.

Rose sank das Herz. Aber das von Gaylord hüpfte: «Opa, glaubst du wirklich, daß es ein Gewitter gibt?»

«Da müßte ich mich schon schwer täuschen.»

Gaylords Augen leuchteten. Von allen Dingen, die sich in seinem jungen Leben ereignet hatten, waren Gewitter das allerschönste. Da gab es soviel Krach, wie man sich nur wünschen konnte. Und kein Mensch, nicht einmal Mummi, konnte ihn dafür verantwortlich machen; außerdem kosteten Gewitter nichts, und die Entscheidung zwischen einem Gewitter und einem Viertelpfund Bonbons blieb einem erspart. Und sie erschreckten die Frauen. Sogar Mummi verlor etwas von ihrer Resolutheit, wenn es donnerte.

Opas Worte hatten Rose unvorstellbar deprimiert. Sie wußte aus eigener Erfahrung, daß Bobs mit den Elementen nicht viel im Sinn hatte. Bei Gewitter brachten ihn keine zehn Pferde auf den Leuchtturm hinauf. Sie hatte das unbestimmte Gefühl, daß der heutige Tag ein Wendepunkt war. Gingen sie allein zum Picknick – wer weiß, was alles geschehen mochte. Kam etwas dazwischen – dann würde es das Ende ihrer Affäre bedeuten. Die Sache würde im Sande verlaufen; Ereignislosigkeit und Mangel an passenden Gelegenheiten würden sie abtöten. Warum sie das glaubte, vermochte sie nicht zu erklären. Sicher reine Einbildung. Vermutlich war sie überarbeitet. Ferienreif, hätte man annehmen können, aber bis zu den Ferien waren es noch zwei Monate.

Sofort nach dem Frühstück rannte sie auf ihr Zimmer und sah aus dem Fenster. Immer noch derselbe, wunderschöne Morgen. Vater mußte sich einfach irren. Er wollte nur den Wetterpropheten spielen.

Aber sie mußte zugeben, daß Vater viel zu natürlich war, um Theater zu spielen (abgesehen von seiner berühmten Rolle: ‹Ich bin ja nur ein alter Mann, dem keiner was sagt›, auf die aber niemand mehr hereinfiel). Und am östlichen Horizont hing tatsächlich eine weiße Wolkenbank. Sie ging zum Barometer und klopfte daran. Es sank, und sie wäre vor Enttäuschung und Selbstmitleid fast in Tränen ausgebrochen. Wenn es heute, nach einer so wunderschönen Woche, regnete, empfand sie das als persönliche Kränkung.

Sie wollte einfach nicht an den Regen denken. Sie wollte alle ihre Energie und ihre Gedanken auf die Vorbereitungen des Picknicks konzentrieren.

In der Küche brachte sie Mummi, die das Sonntagsessen kochte, fast zur Raserei. Rose stand Mummi überall im Weg, sie schnitt Gurken in Scheiben, bestrich Sandwiches mit Leberpastete und verwandelte Tomaten in eine breiige, rote Substanz. Und da stand auch Großtante Marigold, die gar nichts weiter tat, sich aber aufs Nichtstun weniger gut verstand als die Leute im Parlament. Und dann erschien Becky, die nach einem Blick auf Roses hauchdünne Sandwiches sagte: «Schätzchen, diese Dinger da sind doch nicht etwa für einen Mann bestimmt?»

«Doch», sagte Rose, errötete zornig und säbelte weiter.

«Aber Schätzchen, er stopft sich davon gleich drei auf einmal in den Mund, ohne zu merken, daß er überhaupt was gegessen hat. Wie ein großer, fetter Wal, der Plankton in sich hineinschlingt.»

«Kümmere dich doch um deinen eigenen Kram», schrie Rose.

«Ei der Potz», sagte Großtante Marigold.

«Meine Liebe, ich will dir doch bloß helfen. Ein Mann versteht unter einem Sandwich zwei dicke Türschwellen mit einem Viertelpfund Butter und Schinken dazwischen.»

Es ist ein Naturgesetz, daß selbst die größte Küche zu klein ist für zwei Frauen, ganz zu schweigen von vier. Und, ganz abgesehen von dem Wetter draußen, herrschte in der Küche bereits jetzt ausgesprochene Gewitterstimmung. Mummi, der Gaylord der Zweite heute morgen etwas zu schaffen machte, sagte: «Jetzt hört doch endlich einmal auf, euch zu zanken.»

«Wir zanken uns ja gar nicht», sagte Rose. «Becky mischt sich nur wieder einmal in alles ein und kann einen rasend machen.»

«Du liebes Schwesterchen», lächelte Becky nachsichtig.

Gaylord kam hereinspaziert. «Tante Rosie, kann ich ein Sandwich haben?»

«Nein», sagte Rose.

«Aber ich sterbe vor Hunger.»

Rose sagte gar nichts. «Sehr groß sehen die ja nicht aus», sagte Gaylord. «Was ist denn das graue Zeugs?»

«Leberpastete», sagte Becky.

«Es riecht scheußlich», sagte Gaylord.

«Kein Mensch hat dich um deine Meinung gefragt», sagte Rose.

Mummi wurde energisch. «Gaylord, hör auf, uns auf die Nerven zu fallen. Los, raus mit dir. An so einem schönen Tag will ich dich nicht hier drin haben.»

«Es ist gar kein schöner Tag. Überall sind dicke, scheußliche Wolken.»

Rose ließ alles aus der Hand fallen und eilte ans Fenster. Gaylord hatte recht. Die Sonne, die bis jetzt so freundlich herabgelächelt hatte, war verhangen und hatte sich verdunkelt. Sie sah aus wie ein sterbender Goldfisch.

Mummi sah Gaylord an. «Raus», sagte sie mit jener unnachgiebigen Beharrlichkeit, die in seinen Augen zu ihren unangenehmsten Eigenschaften gehörte. Er ging. Seine mageren, hängenden Schultern waren ein einziger Vorwurf der Unterernährung und der Vernachlässigung. «Wir hätten daran denken sollen, ihm ein Sandwich mitzugeben», sagte Großtante Marigold ahnungslos. «Sein Vater war in diesem Alter auch immer auf ein Sandwich aus.»

«Heute auch noch», sagte Mummi und fügte in Gedanken schmunzelnd hinzu, ich wette, Gaylord der Zweite könnte auch eins vertragen, so wie er sich im Augenblick aufführt.

Das Mittagessen war vorüber, der Tisch abgeräumt. Rose betrachtete die immer düsterer werdende Landschaft. Wenn sich das Wetter wenigstens bis halb drei hielte, ehe sich die Schleusen des Himmels öffneten.

Denn das stand offensichtlich unmittelbar bevor. Seit einiger Zeit grummelte und grollte der Donner schon in der Ferne und erfüllte das Zimmer mit einer Spannung, wie das nur ein Gewitter vermag. Gaylords Magen flatterte wie ein gefangener Vogel. Seine braunen Knie zitterten. Er reagierte genauso wie die geduckte, wartende Erde. Aber gerade das liebte er. Er schlenderte zum Großvater hinüber, der am Fenster stand, die Hände tief in den Hosentaschen. Endlich mal eine Situation, in der die Männer das Kommando führten, eine Gelegenheit, aus der man das meiste herausholen mußte. «Ich verstehe nicht, wie irgend jemand Angst vorm Donner haben kann», bemerkte er gesprächig.

«So?» sagte Opa.

«*Ich* hätte nicht mal Angst, wenn der Blitz ins Haus einschlägt», sagte Gaylord. Er warf Großtante Marigold, deren alte Hände ein Aspirinfläschchen umklammert hielten, einen Blick zu. Er sah zu Tante Rosie hinüber, deren Blick immer wieder furchtsam zum Fenster irrte.

«Wo steckt Becky?» fragte Tante Marigold.

«Auf ihrem Zimmer. Donnert sich auf», sagte Rose bitter.

«Sie sollte jetzt nicht ausgehen . . .» begann Großtante. Aber in diesem Augenblick trat Becky ins Zimmer. Sie trug einen weiten Rock und einen Hut, groß wie ein Wagenrad. Mit strahlendem Lächeln zeigte sie ihre weißen Zähne. Gaylord betrachtete sie anerkennend. Aber Opa sagte säuerlich: «Wenn du raus willst, zieh dir lieber Gummistiefel und einen Regenmantel an.»

«Dann sehe ich kaum so nett aus.»

«Auf jeden Fall aber würdest du verdammt vernünftiger aussehen», fauchte Rose.

Die beiden Schwestern sahen einander an. «Schätzchen», gurrte Becky, «ein Mädchen, das vernünftig aussieht, ist das letzte,
was ein Mann sich wünscht.»

Opa sah seine beiden Töchter etwas irritiert an und vermochte
nicht recht zu begreifen, wie es ihm gelungen war, zwei so ge-
gensätzliche Wesen zu produzieren. Wenn sie doch nur beide
schon verheiratet wären! Bei Becky war es natürlich nur eine
Frage der Zeit. Aber Rose? Trotz ihrer Farblosigkeit war ihr
Gesicht von einer eigenen, marmornen Schönheit, dachte er.
Aber die war vergänglich. In ein oder zwei Jahren würden die
Männer ihr Gesicht hart finden. Und was dann? Er seufzte. Warum schnappte sie sich nicht diesen Burschen Roberts, ehe es zu
spät war?

Die beiden albernen Weiber sahen einander immer noch an.
Wie zwei gereizte Katzen. Opa konnte es nicht mehr aushalten.
«Warum, zum Teufel, verschwindest du nicht endlich, wenn du
sowieso fortgehen willst?» schrie er.

Becky machte vor ihm einen Knicks und verschwand lächelnd.
Sie ließ einen Duft von Parfum und frischer Wäsche zurück.

«So, wie die aussieht, trifft sie sich sicher mit einem Freund»,
sagte Großtante Marigold, entzückt über ihren Scharfsinn. Ener-
giegeladen kam Mummi aus der Küche herein. «Gaylord, geh
vom Fenster weg, es donnert.»

War das nicht mal wieder typisch? Nur weil er Gewitter so
gerne mochte, durfte er sie sich nicht ansehen. «Opa steht auch
am Fenster», stellte er fest.

«Wenn du erst mal so alt wie Opa bist, kannst du tun und
lassen, was du willst. Bis dahin . . .»

Gaylord seufzte. Mummi fand immer eine Antwort, die wenigstens sie, wenn schon sonst niemand, befriedigte. Aber sie
wandte ihre Aufmerksamkeit jetzt Rose zu. «Rose, ist dein junger Mann noch nicht aufgetaucht?»

«Sieht es denn so aus?» sagte Rose.

Mummi, die wegen Gaylord dem Zweiten und dem Donner
keine Lust hatte, sich über den Mund fahren zu lassen, sagte: «Er
scheint nicht gerade glühend verliebt zu sein, meine Liebe.»

Rose erwiderte nichts. Sie hielt ihre Augen auf die vor ihr

liegende Illustrierte gesenkt. Aber alles verschwamm. Bobs war nicht erschienen, und jetzt fing auch noch die süße, sonnige, ausgeglichene May an, bissig zu werden. Das war wirklich das Letzte. Mit gesenktem Kopf saß sie da, und eine Träne fiel auf die Zeitschrift wie der erste, schwere Tropfen des heraufziehenden Gewitters.

Aber das Zimmer war bereits viel zu düster und viel zu geladen mit Elektrizität, als daß jemand es bemerkt hätte. Gaylord war kribbelig wie ein Glas Sprudel. Na schön, wenn man ihm nicht erlaubte, vom Fenster aus zuzusehen, würde er sich wieder einmal verdrücken. Unauffällig ging er in die Küche hinüber. Ganz behutsam öffnete er die Hintertür. Und schon war er draußen, unter dem bleiernen Himmel.

Man konnte das Gewicht der Wolken fast auf den Schultern spüren. Sie wogten und quollen schwarz und schmutzig daher. Die Vögel, die sich unter den Hecken verkrochen hatten, zwitscherten gedämpft, wie Kinder in der Kirche, die unruhig und ehrfurchtsvoll auf den Beginn des Gottesdienstes warten. Das Vieh hatte aufgehört zu grasen. Obwohl es ruhig und widerkäuend umherstand, war es von Unruhe erfüllt. Der Fluß schimmerte stumpf wie geschmolzenes Blei. Die Landschaft am Horizont war ungewöhnlich klar, als sähe man sie durch ein Fernglas. Alles – die Bäume, der Kirchturm, die fernen Hügel – war ein wenig näher gerückt. Die Landschaft zog sich bedrohlich zusammen.

Gaylord erschauerte genüßlich. Und überlegte, was er anstellen sollte. Zunächst einmal konnte er das hier ohne Mummi betrachten, die ihm sonst bei jedem Blitz immer die Hand vor die Augen hielt. Jede sich bietende Deckung ausnutzend, rannte er zur Scheune. Und gelangte unbemerkt in ihr schützendes Dunkel.

In der Scheune roch es nach Kartoffeln und Heu und Brennholz, nach dem erdigen, staubigen Geruch von Jahrhunderten. Ein Ort unsäglicher Herrlichkeiten. Wenn Gaylord erwachsen war, wollte er nur noch hier leben, im süß duftenden Heu schlafen und den alten Hauklotz zu seinem Tisch machen. Er kletterte die Leiter zum Heuboden hinauf, wand sich wie eine Schlange durchs Heu und sah mit glänzenden Augen zum Scheunentor hinaus, das sich so aufregend in die Weite öffnete. Von hier aus konnte er das ganze gewitterschwangere Tal erblicken, konnte die Windungen des Flusses und das ferne, nachtschwarze Zentrum des Gewitters sehen.

Plötzlich, noch weit fort, zuckte ein Blitz durch den Wolkenbauch und fuhr in die Erde. Das Signal zum Beginn der großen Vorstellung. Und da war auch schon der Donner genau über ihm, hämmerte und dröhnte über den ganzen Himmel, erstarb, wurde wieder lauter und verebbte schließlich weit über den Hügeln. Aber jetzt blitzte es stärker, heller, näher, ganz nah. Wie Nadeln, die in die Augen stechen. Und der Donner so nahe, als krache er einem im Kopf. Trotz seiner Angeberei fing Gaylord an, sich zu fürchten. Er hätte es allerdings nicht um die Welt zugegeben, nicht einmal sich selbst gegenüber. Und als er bemerkte, daß er auch noch Gesellschaft bekommen sollte, stieß er einen lästerlichen Fluch aus. «Gott verdammt noch mal», sagte Gaylord, als er Tante Becky, Hand in Hand mit Tante Rosies Liebhaber, auf die Scheune zurennen sah.

Er hörte sie, kichernd und flüsternd, die Leiter heraufkommen. Er vergrub sich tief ins Heu und hielt den Atem an. Erwachsenen traute er nicht, keinem von ihnen. Und Tante Roses Liebhaber mochte er sowieso nicht sehr. Er fand ihn albern. Immer wenn er lachte, zeigte er sämtliche Zähne und sah dabei wie ein Pferd aus. Außerdem war Gaylord etwas erstaunt, daß er ihn mit Tante Becky zusammen sah. Aber er hatte es längst aufgegeben, von Erwachsenen zu erwarten, daß sie sich so benahmen, wie man es annehmen sollte. Sie brachten es immer wieder fertig, einen zu überraschen. Und schließlich fand er den Sturm viel zu interessant, um weiter auf die beiden zu achten. Jetzt fielen die ersten Tropfen; fett und schwer wie Kröten pladderten sie herab. Ganz nah hörte er Tante Beckys Stimme: «Jetzt geht's los», keuchte sie, «das haben wir gerade noch geschafft.»

«Es hätte mir leid getan, wenn dein hübsches Kleid naß geworden wäre», sagte Tante Roses Liebhaber. «Du siehst verdammt hübsch darin aus.»

«Wirklich, Bobs?» Und Gaylord konnte sich das Lächeln vorstellen, mit dem sie das sagte. «Rose hat, glaube ich, wieder einen ihrer bösen Migräneanfälle», fuhr sie fort.

«Arme Rose», sagte Bobs.

«Ja, arme Rose.» Tante Becky kicherte. Dann waren sie still.

Jetzt goß es mit Macht. Der Regen prasselte aufs Dach, lief in Bächen und Rinnsalen in den Hof und bildete Tausende von kleinen Kreisen auf der glatten Oberfläche des Flusses. Der Donner grollte und dröhnte, und die Blitze spiegelten sich im nassen Gras und in den tausend Pfützen wider. Mit schmeichelnder Stimme sagte Tante Becky: «Es sieht so aus, Bobs, als ob wir hier ein Weilchen bleiben müßten.»

Tante Rosies junger Mann antwortete nicht. Aber gleich darauf gab er Tante Becky einen Kuß. Und hörte gar nicht auf, sie zu küssen. Gaylord konnte es hören und war davon seltsam überrascht. Nicht, daß er es dem jungen Mann übelnahm. Obwohl Gaylord im allgemeinen nichts fürs Küssen übrig hatte, küßte er Tante Becky auch ganz gern.

Der Höhepunkt des Gewitters war nun vorbei. Es verzog gen Osten und ließ nur einen Dauerregen zurück. Plötzlich wurde es Gaylord langweilig. Er hatte alles gesehen, was er wollte. Jetzt hatte er wieder Lust auf Gesellschaft. Wie Neptun aus den Wogen tauchte er aus dem Heu auf und wanderte leutselig zu Tante Becky und Tante Rosies Liebhaber hinüber, um mit ihnen zu plaudern.

Aber selbst Gaylord merkte, daß er nicht willkommen war. Tante Beckys Gesicht war gerötet. Ihre Augen blickten erschreckt. «Gaylord! Wie lange bist du denn schon hier?» fragte sie.

«Schon ewig», sagte er. «Einmal hat mich fast der Blitz getroffen. Ich hab gemerkt, wie er mir den Arm entlanggezischt ist.»

Tante Becky sah ihn scharf an. «Wußtest du, daß Mr. Roberts und ich hier sind?»

«Natürlich. Ich hab euch doch heraufkommen hören.»

«Uns hat das Gewitter überrascht», sagte Tante Becky. «Wir mußten unterschlüpfen.» Ihr großer Hut lag neben ihr im Heu. Sie zog ihn zu sich heran und spielte mit den Bändern.

«Ja, ich weiß», sagte Gaylord kurz angebunden. Er war ja zwar noch sehr klein, aber so genau brauchte man's ihm doch nicht zu erklären. Er trat auf die Leiter zu. «Wo willst du hin?» fragte Tante Becky.

«Zurück ins Haus», sagte er. Zu Mr. Roberts gewandt, meinte er zuvorkommend: «Ich werde Tante Rosie sagen, daß Sie hier sind. Sie dachte schon, Sie kämen nicht mehr.»

«Laß das lieber», sagte Mr. Roberts hastig. «Das ist nicht notwendig, Gaylord.» Er suchte in seinen Taschen. «Hier, sicher hast du Bonbons gern.» Er gab Gaylord einen Shilling.

«Danke, Mr. Roberts», sagte Gaylord höflich. Er machte Anstalten, die Leiter hinunterzusteigen.

«Gaylord», rief seine Tante.

Er hielt inne. «Ja, Tante Becky?»

«Ach, nichts», sagte sie. Gaylord kletterte hinab. Er fing an, sich zu fragen, ob Tante Becky nicht ein bißchen verdreht sei.

Er rannte über den Hof, wobei ihm der kalte Regen auf den Kopf prasselte und das Wasser der Pfützen bis zu seinen Knien spritzte. Dann war er wieder in der dunklen Wärme des Wohnzimmers. «Gaylord, wo bist du gewesen?» rief Mummi.

«Hab das Gewitter angeguckt», sagte er. «Von einem Geheimplatz aus.»

«Wer hat dir das erlaubt?» sagte Opa tadelnd. «Deine Mutter hat sich fast zu Tode geängstigt.» Er schlug mit der Faust auf die Stuhllehne. «Ich versteh das nicht! Diese Frauen! Deine Großtante bekommt Krämpfe, nur weil es ein bißchen donnert, und Rose mault und maunzt hier herum, nur weil ihr junger Mann nicht aufgetaucht ist . . .»

Gaylord war stolz, eine frohe Botschaft verkünden zu können. «Oh, *dem* geht's gut. Er liegt mit Tante Becky im Heu», sagte er beruhigend.

Die Reaktion auf diese gute Nachricht verblüffte Gaylord außerordentlich. Ganz langsam erhob sich seine Tante aus ihrem Sessel. «Was hast du da eben gesagt?» fragte sie gedehnt. Ihr ohnehin blasses Gesicht war kalkweiß geworden. Gaylord kam es so vor, als wenn sie turmhoch über ihm emporwüchse. «Was hast du da gesagt?»

«Ich hab gesagt, daß es ihm gut geht. Hätte ja sein können, daß du denkst, der Blitz hätte ihn getroffen, oder so was.»

«Ich wünschte, das wäre geschehen», sagte Tante Rose bitter.

«*Mich* hat er beinah erwischt», sagte Gaylord. Er verzog sein Gesicht und rieb sich den Arm. «Ich hab's richtig gespürt, bis hierher. Es hat mächtig gekribbelt.»

Aber Tante Rose konnte er damit nicht beeindrucken, ja, sie schien nicht einmal zuzuhören. Jedenfalls nicht Gaylord. Sie lauschte auf Schritte – muntere, trappelnde Schritte, die die Küche durchquerten. Dann öffnete sich die Tür, und Tante Becky kam herein. Heiter, kokett, selbstsicher wie immer – aber mit Strohhalmen in ihrem strohblonden Haar.

Tante Rose trat auf sie zu. «Wo ist er?»

Becky sah sie mit einem lustigen Stirnrunzeln an. «Wer, Schätzchen?»

«Na, wer schon. Bobs natürlich.»

«Schätzchen, woher soll ich das denn wissen? Ist er denn nicht gekommen?»

«Nein, ist er nicht. Und soll ich dir auch sagen, warum? Weil du ihm aufgelauert hast.»

«Aber was für ein Unsinn. Ich hab ihn nicht einmal zu Gesicht gekriegt.»

Das war für Gaylord eine Offenbarung. Bis jetzt hatte man ihm immer weisgemacht, daß nur er log; daß Erwachsene gar nicht fähig seien, die Unwahrheit zu sagen. Und jetzt tischte Tante Becky so faustdicke Lügen mit einer Gewandtheit auf, die er nur bewundern konnte.

Aber Tante Rose hatte sich zum Tisch zurückgetastet und ließ sich, steif wie eine uralte Frau, auf einen Stuhl fallen. Sie schien am Ende ihrer Kräfte, als sie sagte: «Das ist der Gipfel der Gemeinheit, Becky. Du hast dir noch jeden Mann geangelt, der sich hier nur sehen ließ. Nur ein einziger hat sich jemals um mich gekümmert, Bobs. Der einzige. Und den hast du dir jetzt auch noch geschnappt. Wie kann man bloß so gemein sein, Becky.»

Becky schwebte zur Treppe. «Ich habe keine Ahnung, wovon du redest», sagte sie.

In diesem Augenblick trat Mr. Roberts ins Zimmer. «Tut mir leid, daß ich mich verspätet habe, Rose . . .» begann er. «Aber das Gewitter . . .»

Weiter kam er nicht. Rose starrte ihn wie hypnotisiert an. Ihn noch immer fixierend, erhob sie sich, wobei ihre Hand über den Tisch tastete. Ihre Finger umklammerten eine Schere – und plötzlich stürzte sie sich auf Bobs.

«Nein», schrie er. «Nein.» Er entwand sich ihr, doch die Spitze der Schere riß ein großes Loch in seinen Jackenärmel. Eine Sekunde lang starrte Rose ihn mit aufgerissenen Augen und weitgeöffnetem Mund an. Dann ließ sie die Schere fallen, sank in einen Stuhl und schluchzte hysterisch.

Gaylord beobachtete das alles fasziniert. Diese Sache hier eben war womöglich noch aufregender als das Gewitter.

So ähnlich wie ein Gewitter war es ja auch gewesen. Alle hatten stumm zugesehen, wie zu Eis erstarrt, und dann war auf einmal alles zugleich geschehen – die Schere blitzte durch die

Luft, Opa donnerte Rose an, sie solle den verdammten Blödsinn lassen, die Frauen kreischten, und Mr. Roberts schrie wie am Spieß. Und dann am Ende, genau wie der Regen, Roses Tränen.

Gaylord beobachtete die Schluchzende mit kühler Ungerührtheit. Ihr Gesicht war ganz fleckig, und aus ihrer Kehle drangen gräßliche Laute. Alles Leben war aus ihrem Gesicht gewichen, und sie sah aus, als wolle sie sterben und hätte nicht einmal dazu die Kraft. Gaylord beschloß, Tante Rose niemals zu heiraten. Sie sah abstoßend aus. So wie sie sich heute aufgeführt hatte, konnte man ihr ja alles zutrauen.

Und dann erwischte ihn Mummi und zog ihn mit ihrem unfehlbaren Talent, einem immer alles zu verderben, unsanft aus dem Zimmer. Aber er war eigentlich doch ganz zufrieden. Ein herrlicher Tag. Er hatte ein Gewitter mit angesehen und war beinahe vom Blitz getroffen worden. Er hatte Tante Becky beim Lügen erwischt und Tante Rose mit einer Schere verrückt spielen sehen. Die Erwachsenen, überlegte er, waren keineswegs so vollkommen, wie sie einem immer weismachen wollten. Heute hatte er immerhin ein oder zwei Dinge gelernt, die ihm nützlich sein konnten, wenn man ihm das nächste Mal etwas vorhalten würde.

Nur zwei Männer hatten sich jemals für Rose interessiert – Bobs und Stan Grebbie. Nur zwei Männer hatten ihr je Herzklopfen verursacht. Der eine von ihnen war weit fort, an einer Schule in Durham. Sie würde ihn vermutlich nie mehr wiedersehen. Und der andere hatte ihr dies angetan.

Das Gesicht in die Kissen vergraben, lag sie auf ihrem Bett und schluchzte noch immer. Da klopfte es an die Tür. «Laß mich in Frieden», schrie Rose.

Die Tür öffnete sich. May kam herein, setzte sich aufs Bett und nahm ihre Schwägerin fest in die Arme. «Wein doch nicht, Rose, wein doch nicht», bat sie.

«Laß mich in Frieden», sagte Rose und versuchte, sich zurück aufs Bett zu werfen.

May hielt sie aber fest umschlossen. «Rose, Liebes, wein doch nicht. Er ist es gar nicht wert. Kein Mann auf der Welt ist das wert.» Außer einem einzigen, fügte sie im stillen hinzu.

«Wo ist er?»

«Fort. Er hat Vater nur einmal angesehen und ist davongerannt, als wenn der Teufel hinter ihm her wäre.»

Rose hatte sich etwas beruhigt. «Ich will ihn nie mehr wiedersehen – solange ich lebe.»

May drückte den Kopf der noch immer Schluchzenden an ihre Brust. «Ich kann dich so gut verstehen. Du hast etwas Besseres verdient, mein Liebes.»

«Nein, hab ich nicht. Ich bin der häßlichste Mensch auf der ganzen Welt.»

«Rede doch keinen Unsinn», sagte May scharf. Roses Tränen flossen wieder. Du lieber Gott, dachte May. Wie kann man jemand trösten, wenn es keinen Trost gibt? Sie umfaßte Rose noch inniger. «Warum ziehst du dich nicht aus und legst dich ins Bett. Und ich bringe dir eine schöne Tasse Tee.»

«Tee! Das ist wohl euer Allheilmittel.»

Weil es ja auch kein anderes gibt, dachte May. Die Welt stürzt ein, und das einzige, was einem bleibt, ist eine Tasse Tee und sich langsam unter den Trümmern wieder hervorzuarbeiten. «Rose, Liebes», sagte sie mit großer Zärtlichkeit. «Du darfst dich nicht so gehenlassen.»

«Warum denn nicht?» sagte Rose. Sie saß jetzt auf dem Bettrand. Ihre herabhängenden Schultern machten den Eindruck, als würden sie nie wieder die Last des Lebens tragen können. Die Tür öffnete sich. Becky trat ein.

Rose starrte ihr entgegen. May sagte kühl: «Was willst du denn hier, Becky?»

Becky sagte: «Ich möchte mit Rose sprechen. Allein.»

«Hat das nicht bis später Zeit, Herrgott noch mal», sagte May.

«Ich will aber jetzt mit ihr sprechen.» Becky zeigte sich von einer neuen Seite, energisch und bestimmt. Einen Augenblick sahen sie und May sich an. Dann ging May hinaus und schloß die Tür hinter sich.

«Laß mich in Ruhe», wiederholte Rose. Sie saß da und lehnte den Kopf gegen das Bettgestell und starrte ihre Schwester voller Haß, Verachtung und unendlicher Müdigkeit an.

Becky sagte: «Ich wollte mich mit Peter treffen. Aber gerade, als es anfing zu regnen, lief ich Bobs in die Arme. Wir mußten uns einfach irgendwo unterstellen.»

Rose starrte sie weiterhin schweigend an. Becky sagte: «Das war überhaupt nicht vorgesehen. Es war reiner Zufall ... und sicher auch charakterlos von uns beiden.»

Rose starrte sie weiter an. «Bist du fertig?» fragte sie endlich.

«Ich möchte, daß du mir verzeihst. Wenn auch nicht jetzt, so vielleicht doch später.»

Langsam, ganz langsam löste sich der starre Blick von Beckys Gesicht und wandte sich zum Fenster. Nach einiger Zeit drehte Becky sich um und verließ das Zimmer. Rose schien es nicht zu bemerken.

17

«Ein bißchen im Heu herumknutschen, schön und gut. Aber hier Aufruhr und allgemeine Verwirrung stiften, ist doch etwas anderes.» Opa war auf den Barrikaden.

Becky auch. «Wir haben nicht im Heu herumgeknutscht. Drück dich bloß nicht so grob aus, Vater. Er hat mich geküßt, das hat ihm Spaß gemacht und mir auch . . .»

«Und Rose hat es wohl auch Spaß gemacht, was?» sagte May.

«Halt du dich bitte heraus», sagten beide wie aus einem Munde.

«Den Teufel werd ich tun. Ich finde, man hat sich gegen Rose ganz abscheulich benommen.»

Opa haßte es, wenn sich Dritte in einen Streit einmischten. Er konzentrierte seine Feuerkraft gern auf einen Gegner. «May, sei still», schnauzte er.

«Übrigens», sagte Becky. «Durch wen hat es Rose überhaupt erfahren? Von Gaylord.»

«Aha. Nun ist wohl auch noch Gaylord an allem schuld.»

Die Debatte ging weiter. Paps, der sich gerade mit einem kniffligen schriftstellerischen Problem herumschlug, war den ganzen Tag verbissen durch die Gegend gelaufen und hatte zudem längere Zeit in einer Scheune vor dem Unwetter Zuflucht nehmen müssen. Jetzt kam er nach Hause, ganz auf Abendessen, Hausschuhe und ein gemütliches Pfeifchen eingestellt. Aber als er das Wohnzimmer betrat, wurde ihm klar, daß ihm diese Genüsse nicht beschieden waren. Vater marschierte auf dem Oberdeck herum, bereit, die gesamte Mannschaft in Eisen legen zu lassen. Paps sank das Herz. «Ist etwas passiert?» fragte er.

Opa drehte sich zu ihm um. «Und wo bist du gewesen, gerade als man dich hier brauchte?»

«Ich bin spazierengegangen», sagte Paps. «Und habe nachgedacht», fügte er als mildernden Umstand hinzu.

Opa machte kein Hehl aus seiner Verachtung für diese Tatsache. «Also, was ist hier eigentlich los?» fragte Paps.

«Ich werde dir sagen, was los ist. Unsere Becky hier hat Roses jungen Mann im Heu verführt.»

«Ach, ist das alles?» sagte Paps enttäuscht. Wenn man jedesmal einen Familienskandal machen wollte, sobald Becky mit einem jungen Mann ins Heu ging, dachte er, na dann . . .

«Das ist nicht alles, bei weitem nicht. Danach hat sich Rose nämlich mit einer Schere auf diesen Kerl Roberts gestürzt.»

«Mit einer Schere?» fragte Paps ungläubig.

«Verdammt noch mal ja. Hätte das arme Schwein fast umgebracht.»

May sagte gedankenvoll: «Für einen Rechtsanwalt im Ruhestand ist dein Vokabular oft recht überraschend.» Opa blitzte sie wütend an. «Junge Frau, kritisiere bitte nicht mein Vokabular.»

«Bitte nicht diesen Ton May gegenüber», sagte Paps.

«Ich hab ihn nicht verführt», sagte Becky.

«Du überraschst mich», sagte Paps.

«Wie kann man nur etwas so Unmögliches zu seiner eigenen Schwester sagen», empörte sich Mummi.

Paps wurde es ganz schwindlig. Er war offenbar außerstande, herauszufinden, wer auf wessen Seite war. «Wenn ihr meine Meinung hören wollt», erklärte er, «je schneller Becky unter die Haube kommt, desto besser.»

Der alte Mann starrte ihn verblüfft an. Dann: «Wahrhaftigen Gottes, Jocelyn. Da hast du endlich mal etwas Vernünftiges gesagt. Becky, dieser junge Mann da von dir, glaubst du, er wird dich heiraten?»

«Ich hab ihn zufällig noch nicht gefragt», sagte Becky kühl.

«Na, dann wird's aber höchste Zeit. Je eher du hier aus dem Haus bist, desto besser, ehe Rose dir etwas antut oder ich einen Nervenzusammenbruch kriege. Und wenn du ihn nicht fragst, tu ich es.»

Opa und Becky sahen sich über den Tisch hinweg an. Becky hieb wütend mit der Faust darauf. «Was fällt dir ein? Willst du mich mit vorgehaltener Pistole zum Heiraten zwingen?»

«Wenn's sein muß, mit einer Kanone», sagte ihr Vater. «Jedenfalls heiratest du diesen jungen Mann, ehe es zu spät ist.»

Gaylord, auf der Suche nach Proviant, kam an der Tür vorbei, zog sich seinen Schlafanzug hoch und überlegte, wie eine Hochzeit mit vorgehaltener Pistole aussähe. Vielleicht, dachte er, war das so ähnlich wie jene Hochzeit, die er einmal miterlebt hatte, als das Brautpaar unter einem Tor von gekreuzten Schwertern hindurchschritt; nur waren es in diesem Fall eben gekreuzte Pistolen. Das mußte wundervoll sein, besonders, wenn sie alle abgefeuert wurden. Es war ihm ganz unverständlich, daß Tante Becky dafür nichts übrig zu haben schien.

18

Peter war ein guterzogener, liebenswerter junger Mann. Er verteilte seine Zuneigung zu ziemlich gleichen Teilen auf Becky und seinen Sportwagen. Und solange Becky lieb war, und das war sie stets, und solange das Auto flott dahinrollte, und das tat es stets, fand er die Welt und das Leben wundervoll.

Es gab nur eines, was ihm gelegentlich Sorgen bereitete – die Vorstellung, daß er Beckys Feuerfresser von Vater fragen mußte, falls er einmal um ihre Hand anhalten wollte. Denn Peter hatte es immer darauf angelegt, dem alten Mann möglichst weit aus dem Wege zu gehen. Und der Gedanke, ihn tatsächlich aufsuchen und seinen Antrag vorbringen zu müssen, ließ Peter das Blut gerinnen.

Als daher der alte Herr ihn bei seinem nächsten Besuch empfing und ihn wortlos in sein Arbeitszimmer dirigierte, war Peter höchst alarmiert. Opa schloß die Tür und sagte: «Setzen Sie sich, junger Mann. Ich habe etwas mit Ihnen zu bereden.»

Peter hockte sich auf eine Stuhlkante. «Zigarre gefällig?» sagte Opa mit einem Lächeln, das er für freundlich hielt, was jedoch für Peters überanstrengte Phantasie eher wie das bösartige Grinsen auf einer afrikanischen Kriegsmaske wirkte.

Opa reichte ihm Feuer. «Bin ich richtig informiert», begann er mit samtweicher Stimme, «daß Sie meine Tochter Becky heiraten wollen?»

Trotz der samtweichen Stimme, mit der das vorgebracht wurde, erschien Peter diese Frage dynamitgeladen. «Also, also . . .» begann er.

Wenn es etwas auf der Welt gab, was Opas Stimme den Samtton nehmen konnte, dann war es Unentschlossenheit. Unentschlossenheit bei Opa, und man war verloren. «Also wollen Sie oder wollen Sie nicht?» fragte er streng.

«J-ja. Ja, Herr Pentecost.»

«Na, dann zum Teufel, warum tun Sie's nicht?» fragte Opa.

Peter wurde durch diese unerwartete Frage so überrumpelt, daß es ihm die Sprache verschlug. Dann sagte er: «Sie . . . Sie meinen, ich habe Ihre Zustimmung?»

«Und meinen Segen dazu, lieber Junge», sagte Opa und schien wieder die Freundlichkeit selbst.

«Na so was. Das ist aber schrecklich nett von Ihnen, Herr Pentecost.»

Opa stand auf. Er legte Peter seine Hand auf die Schulter. «Gehen Sie zu ihr, mein Junge. Und machen Sie sie so glücklich, wie sie mich immer glücklich gemacht hat.» Seine Stimme zitterte. Er bedeckte mit der Hand seine Augen. Es war ihm gelungen, selbst in Rührung zu geraten.

Peter suchte Becky, die, elegant hingelagert, in einer Hängematte lag, und rief: «Becky! Dein alter Herr sagt, ich kann dir einen Heiratsantrag machen!»

Sie begann zu schaukeln. «Kann oder muß, Peter?»

«Na, *kann* natürlich.»

«Erzähl mir, was geschehen ist», sagte sie.

Er berichtete. «Also, dieser gerissene alte Gauner», sagte sie bewundernd.

Er setzte sich neben sie in die schaukelnde Hängematte. «Willst du mich denn heiraten, altes Mädchen?» fragte er schüchtern.

«Na, natürlich will ich», sagte die warmherzige Becky. «Und mir ist es egal, ob es Vaters Idee war oder nicht. Auf jeden Fall finde ich es eine prächtige Idee.»

Er war beleidigt. «Es war nicht seine Idee. Es war meine.»

«Aber natürlich, Liebling. Ich meine, sechs ist eine nette Zahl, findest du nicht auch?»

«Wieso?»

«Sechs Kinder, mein Schatz.»

Diesen Aspekt der Ehe hatte Peter bisher noch nicht beachtet. «Aber die bekommen wir doch nie alle in das Auto hinein, Becky.»

«Verkauf das Auto», sagte Becky. «Und kauf einen Omnibus.»

Das Auto verkaufen. Peter kam sich vor wie ein Mann, der im grellen Blitzschein plötzlich einen Abgrund vor sich sieht. Dann blickte er Becky an und entschied, daß es sich lohne, für jemand, der so hübsch und so reizend war wie sie, das Auto zu verkaufen und sogar lebenslänglich barfuß zu gehen. Was bei Peter wirklich allerhand bedeutete.

Mummi sagte zu Paps: «Stell dir vor, Gaylord soll auf Beckys Hochzeit die Schleppe tragen.»

Paps starrte sie an. «Na, ist das nicht ein bißchen riskant? Und was soll er anziehen? Ich möchte auf keinen Fall, daß er wie der kleine Lord Fauntleroy herausgeputzt wird.»

«Ich glaube, sie wollen ihn in einen Kilt stecken. Und da doch anscheinend eine deiner Urgroßmütter mütterlicherseits seinerzeit im Hochland verschiedene Blutbäder auf dem Gewissen hat, ist das also ja auch ganz in Ordnung.»

Papa war entzückt. Wie die meisten Engländer hielt er die Schotten für einen der komischsten, wenn auch vielleicht nicht feinsinnigsten Scherze des Allmächtigen. Doch wie alle Engländer mit einem Tropfen schottischen Bluts in den Adern erfüllte ihn das mit Stolz; er träumte heimlich davon, mit einem Kilt angetan, bis zu den Knöcheln durch das Heidekraut zu waten. «Im Kilt? Soso», sagte er. «Ja, ja, das finde ich sehr passend.»

Gaylord auch. Er war begeistert. Am Morgen der Hochzeit rannte er mindestens fünfzehnmal aufs Klo, so erregt war er über die ihm bevorstehende Aufgabe. Trotzdem war er auf die Minute pünktlich, das Haar sauber zurückgebürstet, und der Hals war frisch gewaschen. Mummi traute ihren Augen nicht. Sie betrachtete ihn prüfend, fand aber nichts an ihm auszusetzen. «Was hast du in deinem Sporran?» fragte sie. Sie wußte, daß sich in dieser Ledertasche alles befinden konnte, von einer toten Maus bis zu einem Viertelpfund klebriger Bonbons. Aber Gaylord fischte in der Tasche herum und hielt einen Sixpence in die Höhe. «Nur was für die Kollekte, Mummi», sagte er artig.

Paps kam herein und versuchte krampfhaft, den Eindruck zu erwecken, als fühle er sich in Frack und grauem Zylinder genauso wohl wie in Sportjackett und Flanellhosen. Gaylord sah ihn ehrfürchtig und bewundernd an. «Mummi», staunte er, «sieht Paps nicht *prima* aus?»

«Ja», sagte Mummi kurz angebunden. Sie fand sich selber auch recht passabel aussehend, aber niemand hatte daran gedacht, das zu erwähnen.

Rose kam herein, noch ganz verschlafen, in einem soliden Tweedkostüm und mit einem Hut, der soviel weiblichen Charme besaß wie der Sturzhelm eines Motorradfahrers. «Hallo, Rose, Liebes», sagte Mummi und streckte ihr lächelnd die Hände entgegen.

«Hallo, May», sagte Rose.

«Kopf hoch, altes Mädchen», sagte Paps und legte seinen Arm um ihre Schultern.

Opa platzte herein, blieb aber beim Anblick seiner ältesten Tochter wie angewurzelt stehen. «Großer Gott, Rose. Wir gehen doch zu keiner Beerdigung.»

«Also wirklich, um Himmels willen», sagte Paps.

«Mach dir nichts draus, Herzchen», sagte Großtante Marigold. «Der Richtige kommt eines schönen Tages auch zu dir.»

Paps blickte Rose ins Gesicht. Mein Gott, sie ist wirklich tapfer, dachte er. Um ihr weitere Qualen zu ersparen, sagte er: «Kommt. Wir müssen gehen.»

«Also, Gaylord, denk daran, was ich dir gesagt habe», sagte Mummi.

Sie hätte sich diese Bemerkung sparen können, denn Gaylord dachte an alles. Als er seiner reizenden Tante und seinem ehrfurchtgebietenden Großvater durch die Kirche zum Altar folgte, war seine Haltung mustergültig. Und während der Trauungszeremonie war er feierlicher als der Pfarrer, gefaßter als der Bräutigam, korrekter als der Trauzeuge. Mummi beobachtete ihren so ungewohnt würdigen Sohn mit stolzer, liebevoller Zuneigung, und die Tränen traten ihr dabei in die Augen. Der heutige Tag hatte ihr eine neue Seite seines Charakters offenbart. Gaylord besaß einen Sinn für besondere Gelegenheiten. Nach der Zeremonie sagte sie zu Paps: «War er nicht märchenhaft, Liebling?»

«Wer?»

«Na, Gaylord natürlich. Ich hätte mir nie träumen lassen, daß ein so kleiner Junge . . .»

«Noch haben wir's nicht überstanden», sagte Paps. «Vielleicht lockert der Champagner seine Zunge.»

Aber auf dem Empfang nippte Gaylord an seiner Limonade mit der Eleganz eines Sherry trinkenden Diplomaten. Und machte höflich Konversation, wenn man ihn ansprach. Später, allein in einer Ecke, verdrückte er heimlich ein paar Tränchen bei dem Gedanken daran, daß Onkel Peter zwar schon ganz schön alt war, sicher aber noch viele Jahre leben würde, ehe er starb und Gaylord seine wunderschöne Witwe heiraten konnte.

Dann wurde der Champagner serviert. Gaylord kostete ein Schlückchen und verzog die Nase. Wäre er nur bei der Limonade geblieben. Auch die Hochzeitstorte entpuppte sich als eine Enttäuschung. In Gaylords Vorstellung bestand eine Torte aus dikken, festen Scheiben. Aber von diesen winzigen Häppchen hier hatte man ja nichts. Doch er beschwerte sich nicht. Er aß die Torte mit allen Anzeichen würdevollen Genusses. Auf Mummi wirkte die Kombination von mütterlichem Stolz, Champagner und der besonderen Euphorie, die eine Hochzeit mit sich bringt, ganz demoralisierend. Sie knutschte Gaylord richtiggehend ab. Und Gaylord, der beschlossen hatte, bis zum Ende brav mitzumachen, ließ sich abknutschen.

Doch jetzt nahte das Ende. Becky war aus ihrem weißen Brautkleid in ein Reisekostüm geschlüpft, Peter trug wieder einen Straßenanzug. Der Wagen wartete. Alles marschierte hinaus in die sommerliche Sonne, um das Paar abfahren zu sehen.

Ein glücklicher, erhebender Augenblick. Alle schwatzten lachend und scherzend durcheinander. Sogar Rose, die sich mit einer Freundin in Rock und Pullover unterhielt, sah angeregt aus. Während Mummi, ihre eine Hand auf Jocelyns eleganten Arm gestützt und die andere um Gaylords heiße, kleine Pfote gepreßt, das Gefühl hatte, noch nie in ihrem Leben so stolz und glücklich gewesen zu sein. Stolz nicht nur auf ihren zylinderbedeckten Mann und ihren Sohn im Kilt, sondern auch auf diese gesamte, entzückend verrückte Familie, in die sie hineingeheiratet hatte. Stolz auf Opa, der, obwohl stark wie ein Ochse, an diesem wichtigen Tag imponierend würdig und gebieterisch wirkte. Stolz auf Großtante Marigold, die zwar nicht genau wußte, wer nun eigentlich wen geheiratet hatte, die aber zu jedermann reizend sanft und höflich war. Stolz auf Becky, mit ihrer gesunden, herzerfrischenden Schönheit, deren strahlende Lebendigkeit sich auf die weniger Glücklichen übertrug. Stolz sogar auf Rose, die so nett sein konnte, wenn man sich erst einmal durch den Dschungel von Hemmungen, hinter dem sie sich versteckte, geschlagen hatte.

Das Durcheinander war ungeheuer. Allmählich beruhigte es sich. Becky, die lachend neben dem Wagen stand, bat mit einer Handbewegung um Ruhe. Schließlich wurde es still. Alle betrachteten mit Vergnügen diese roten, lachenden Lippen, die weißen, ebenmäßigen Zähne, alle warteten, was sie jetzt sagen würde.

Ausgerechnet in diesem Augenblick mußte sich Gaylord fatalerweise an etwas erinnern. «Mummi», sagte er laut und vernehmlich und ganz ernst. «Warum hat Tante Becky gesagt, das sei eine Hochzeit mit vorgehaltener Pistole?»

Es war immer noch still. Aber es war eine andere Stille, nicht länger freundlich-neugierig, sondern sehr gespannt.

Sie wurde durch Mummis ruhige Antwort gebrochen: «Sie hat nur gescherzt, Liebling.»

«Nein, bestimmt nicht, Mummi.» Gaylord klang sehr überzeugt. «Sie hat zu Opa gesagt: ‹Was fällt dir ein, willst du mich mit vorgehaltener Pistole zum Heiraten zwingen?› Und er hat gesagt ‹Wenn's sein muß, mit einer Kanone. Jedenfalls heiratest du diesen jungen Mann, ehe es zu spät ist!›»

«Dann haben sie wohl beide gescherzt», sagte Mummi.

«Nein, bestimmt nicht. Das war an dem Tag, als Tante Rosie ihren Liebhaber erstach.»

Alle fingen an zu lachen und noch lustiger draufloszuschwatzen, in Gedanken aber beschäftigte sie dieser äußerst sensationelle Einblick in das Leben auf dem Zypressenhof. Mummi flüsterte Paps zu: «Das wird ihnen für mindestens neun Monate Gesprächsstoff geben.» Aber Paps sagte: «Neun Monate! Meine liebe May, selbst wenn Becky mit neunzig Jahren kinderlos stirbt, werden sie immer noch das schlimmste denken.»

Aber für Rose war das Ganze gar nicht komisch. Schlimm genug, daß die Familie mit angesehen hatte, wie sie die Fassung verlor. Aber daß dieses niederträchtige Kind es vor der halben Gemeinde ausposaunen mußte . . . Ohne ein Wort schlich sie hinauf auf ihr Zimmer, schleuderte ihren lächerlichen Hut auf den Fußboden und beobachtete mit bitteren Gefühlen, wie die lachenden Narren, einer nach dem anderen, in ihren blitzenden Autos davonfuhren.

19

In den Sommerferien fuhren Mummi und Paps mit Gaylord immer nach Wales in das gleiche kleine Bauernhaus zwischen den Bergen und dem Meer. Paps hatte dabei immer ein schlechtes Gewissen. Da lebte er nun in einem Zeitalter, in dem sich ihm die Welt, oder zumindest ganz Europa, wie eine geöffnete Auster darbot, und er nahm törichterweise mit etwas vorlieb, was einem schon seit hundert Jahren erreichbar war. Aber er fand es eben immer wieder herrlich.

Oft, wenn er im Abenddämmer auf einem moorigen Weg stand, dachte er: Jetzt könnte ich auf den Champs-Elysées meinen Wein schlürfen oder das Colosseum bewundern. Wenn er dem schläfrigen Murmeln des Meeres, dem Trommeln des Regens oder dem Wohllaut walisischer Stimmen lauschte, dachte er: Jetzt könnte ich den Klang der Kastagnetten hören oder mich dem Rausch großer Musik in Bayreuth, Paris oder Wien überlassen. Andererseits war er sich bewußt, daß er dann nicht das starke, innige Gefühl der Wiedersehensfreude empfinden könnte, mit dem man an einen geliebten Ort zurückkehrt: Die Freude, schon beim Öffnen der Tür vom Duft der Geranien begrüßt zu werden, vom Geruch der Petroleumlampe, der Holzscheite, der Feuchtigkeit von alten Zeitungen, gewachsten Böden und von der Atmosphäre von Jahrhunderten einfachen, erdgebundenen ländlichen Lebens. Er hätte auch nicht das Glück empfinden können, mit dem man müde von der Reise in das große breite Bett unter dem schrägen Dach stieg in der Gewißheit, daß eine herrliche Nacht voller Schlaf und ein langer Tag voller Müßigkeit vor einem lagen.

Und May liebte es auch. Die Ruhe, einmal nur zu dritt zu sein, allein für sich, weitab von der Familie. In diesem Jahr hatte das Haus noch einen weiteren Vorzug. Hier am Meer, weit weg von den Foggertys, konnte man Gaylord endlich wieder seine Freiheit genießen lassen. Mummi und Paps waren beide davon überzeugt, daß es für jeden kleinen Jungen nichts Herrlicheres gab, als auf den Wegen und Wiesen und am Strand Englands herumzustreifen. Obwohl es ihnen sehr schwergefallen war, hatten sie seine Wanderungen zu Hause ja doch beträchtlich einschränken müssen. Und beide waren entschlossen, hier in Wales alle Besorgnis fallenzulassen und ihm soviel Freiheit zu geben, wie ein Kind in seinem Alter nur erwarten durfte.

Aber in anderer Hinsicht bedrückte May noch etwas. Sie selbst war vom Leben so reich beschenkt – Jocelyn, Gaylord und die Gnade und Verheißung des sich in ihr regenden kleinen Wesens. Und die arme Rose hatte nichts. Gar nichts.

May sagte zu Jocelyn: «Ich habe darüber nachgedacht. Was hältst du davon, wenn wir Rose fragen, ob sie nicht mit uns kommen möchte. Sie ist doch schrecklich elend dran, das arme Ding.»

«Vielleicht», sagte Paps hoffnungsvoll, «hat sie schon etwas anderes vor.»

«Das bezweifle ich. Und es wäre für sie sicherlich nicht sehr lustig, allein mit Vater und Tante Marigold hierzubleiben.»

Jocelyn überlegte. «Ich möchte lieber mit euch allein fahren», sagte er.

«Ich ja auch. Es tut uns gut, mal ohne die Familie zu sein. Aber . . .»

«Ich weiß», sagte Jocelyn. «Aber . . . Sprich doch mal mit ihr, mein Liebling.»

Also sprach May mit ihr. Rose sah dankbar, ängstlich, ja fast abweisend aus. «Ich bin ganz sicher, daß ihr viel lieber allein wärt», sagte sie.

«Wenn wir dich nicht mitnehmen wollten, hätten wir dich doch nicht gefragt», sagte May.

Rose sah aus, als würde sie gleich anfangen zu weinen. «Es ist rührend von euch beiden.»

«Unsinn, wir würden uns freuen, wenn du mitkämst.»

«Ja, natürlich», sagte Rose. «Ich könnte ja abends für dich den Babysitter machen.»

May hätte ihrer Schwägerin am liebsten eins über den Schädel gegeben. Aber geduldig sagte sie: «Es gibt dort nur ein paar Bauernhäuser und eine kleine Kapelle. Nachtleben findet da nicht statt.»

«Na, dann könnte ich euch den Jungen doch am Tage mal abnehmen.»

«Also hör mal, Rose», sagte Mummi energisch. «Wenn du

mitkommst, dann als unser Gast und um dich zu erholen. Wir nehmen dich nicht mit, weil wir eine unbezahlte Kinderfrau oder eine Tageshilfe brauchen.»

«Das ist sehr nett von euch», sagte Rose und versuchte, ihren Worten einen entspannten und dankbar klingenden Ton zu verleihen, konnte aber eine gewisse Schärfe dabei nicht unterdrücken.

«Nun?» fragte Jocelyn.

«Sie kommt mit.»

«Aha. Fein.» Er freute sich wirklich – um Roses willen. Er sah seine Frau an. «Warum lächelst du?»

«Die arme, alte Rose. Sie mußte sich erst einreden, daß sie uns damit einen Gefallen tut, bevor sie zusagte.»

Und dann war es soweit. Paps öffnete die Tür zum Bauernhäuschen – und es war, als wären sie nie fortgewesen. Zufrieden und selbstgefällig blickten die Porzellanhunde von der Kaminecke herüber. Die Geranien standen noch immer in den tiefen Fensternischen. Und da hingen noch dieselben Fotos in den Samtrahmen, der Turm von Blackpool, der verstorbene Mr. Davies und ein preisgekrönter Bulle. Alles war da, war immer dagewesen, hatte das lange, bewegte Jahr hindurch gewartet. Paps schleppte die Koffer hinauf. Gaylord ging an den Strand. Rose sagte: «So, May, du ruhst dich jetzt aus, und ich mache etwas zu essen, es dauert keine zwei Minuten.»

Resigniert stellte May fest, daß Rose sich plötzlich in eine Pfadfinderin verwandelt hatte. Rose war anscheinend wild entschlossen, in den kommenden vierzehn Tagen so verdammt heiter und hilfreich zu sein, daß man es kaum aushalten würde. Wenn man ihr nur die geringste Chance gab, würde sie alles ‹organisieren› wollen, und Mummi wußte nur zu gut, wie sehr Jocelyn es haßte, organisiert zu werden. Die einzige Möglichkeit, Jocelyn zu organisieren, war ihre eigene, unauffällige Art, die er niemals bemerkte.

Gaylord kam zurück, ganz voller Sand, und Haar und Haut zeigten bereits einen Hauch von Salz und Sonne. «Nun?» fragte Paps. «Ist es noch da?»

«Was?»

«Das Meer», sagte Paps.

Gaylord verstand, daß Paps einen Scherz machen wollte. Er grinste beifällig. Er hatte es gern, wenn Paps Scherze machte, nicht, weil sie besonders amüsant waren, denn im allgemeinen waren sie recht dürftig, sondern weil sie ein Beweis dafür waren, daß sie sich verstanden. Dann sagte Tante Rosie: «Jetzt kommt alle zum Tee. Nachher wasche ich ab, und ihr könnt euch derweilen Neptuns Reich ansehen.»

«Was ist Neptuns Reich?» fragte Gaylord.

«Das Meer, mein Lieber.»

Aber Gaylord war schon bei etwas anderem. «Erinnert ihr euch noch an den Herrn, der an Weihnachten mit Tante Rosies Liebhaber bei uns war?»

«Stan Grebbie, meinst du?» rief Rose. Und dann, um ihren Eifer zu verbergen: «Hieß er nicht so?»

«Er ist am Strand», sagte Gaylord.

«Ach, Gaylord, sei doch nicht albern», sagte Mummi. Aber Rose war sichtlich beeindruckt. Sie fiel aus ihrer Pfadfinderrolle. «Gaylord, bist du sicher?» fragte sie fast bittend und errötete tief. «Klar», sagte Gaylord.

Mummi und Paps hatten die Veränderung an Rose bemerkt. Daher weht also der Wind, dachten sie beide. Und Mummi sagte freundlich: «Auf Gaylord ist nicht allzuviel Verlaß, Rose. Letzte Woche hat er Prinz Philip aus dem Tabaksladen in Shepherd's Warning kommen sehen.»

«Der war's aber doch», sagte Gaylord trotzig.

«*Der* steht im Stall», korrigierte Paps.

«Wer, Liebling?» fragte Mummi. «Prinz Philip oder Mr. Grebbie?»

«Beide», sagte Gaylord, und man hätte einen Penny auf seine schmollende Unterlippe legen können.

Rose zerpflückte ihre Papierserviette. «Das . . . das ist kein Zufall», murmelte sie und hoffte und betete, es möge ihr jemand widersprechen. Das Gebet wurde erhört. «So was gibt's», sagte Paps. «Ich schlage vor, daß Rose sich nach dem Tee mal ein wenig umschaut. Wenn er wirklich hier Ferien macht, können wir ihn gar nicht verfehlen.»

«Ja, das mache ich vielleicht», sagte Rose, «wenn keiner etwas dagegen hat.» Sie wurde sogar ein bißchen fröhlich. «Aber wäre das nicht ein toller Zufall, was?»

Gleich nach dem Tee sagte Rose: «Hör mal, May, ich wasche

eben noch ab, und dann gehe ich vielleicht wirklich mal los.»

«Ach was, geh nur gleich», sagte Mummi.

Also trat Rose in den Abend hinaus und eilte zu dem endlosen einsamen Strand. Ich wollte, er wäre wirklich hier. Sie dachte an sein scheues Lächeln und den Druck seiner Hand. Ich wollte, er wäre es.

Die Sonne stand schon tief. Das Meer war so ruhig wie eine schlafende Katze. Kleine Krebse eilten durchs Brackwasser, und Quallen schimmerten in dem durchsichtigen Wasser am Ufer. Aber keine Spur von einem Menschen. So mochte die Welt vor der Schöpfung dieser ruhelosen Kreatur ausgesehen haben, oder so mochte sie aussehen, wenn es einmal keinen Menschen mehr gab: Sand, Felsen, Meer und die kleinen gepanzerten Krebse, die die Menschheit hatten kommen sehen und ihr Verschwinden erleben würden und die so gewissermaßen mit ihren Scheren die Unendlichkeit umspannten.

Eine kühle Brise erhob sich, rauhte das Brackwasser auf und wehte eine Handvoll knirschenden Sand um Roses Beine. Sie fröstelte. Niemand konnte Rose Phantasie nachrühmen, aber wie sie jetzt so an diesem schweigenden und verlassenen Ufer stand, wurde sie von dem panischen Gefühl gepackt, daß sie mutterseelenallein sei; daß das Land hinter ihr und das Land jenseits des Meeres völlig menschenleer seien. Niemals wieder würde sie den Klang menschlicher Stimmen in einem erleuchteten Zimmer vernehmen. Niemals wieder würde sie die tröstliche Gegenwart eines anderen Menschen empfinden.

Sie wollte laut schreien. Sie mußte rasch wieder zum Haus zurück, mußte ihre innere Sicherheit wiederfinden. Sie wandte sich um und rannte wie wild davon.

Aber ihre Füße versanken im Sand, und sie kam nur mühsam voran. Eben ging die Sonne unter. Wenn es dunkel wurde, war sie verloren. Hier, an diesem finsteren Strand, würde die See sich aufbäumen und sie an ihr kaltes Herz ziehen. Entsetzliches, Unaussprechliches würde aus den Wogen auftauchen . . .

Ich werde verrückt, dachte sie. Die Anstrengung der letzten Monate, die schreckliche Hoffnungslosigkeit und Leere, das Wissen, daß sie sich wirklich wie eine Verrückte aufgespielt hatte, die Angst davor, dem verhaßten Bobs unerwartet in die Arme zu laufen, schließlich die Enttäuschung heute abend – das alles war zuviel für sie gewesen. Sie zwang sich, innezuhalten. Am ganzen

Körper fliegend, war sie, mit gesenktem Kopf, leise stöhnend, vorangetaumelt. Jetzt blieb sie stehen, hob langsam den Kopf und versuchte, sich wieder in die Gewalt zu bekommen.

Oben auf der Düne zeigte sich die Gestalt eines Mannes. Langsam kam er herab. Dann fing er an zu laufen. Auch sie rannte nun. Dann standen sie sich gegenüber. Er strahlte verlegen. «Rose», rief er. «Sie sind es also doch.»

«Mr. Grebbie», keuchte sie.

Sie hätten sich am liebsten umarmt und geküßt. Ja, das war es, was sie wollten. Aber sie waren zu schüchtern. Immerhin standen sie dicht beieinander, hielten sich Hand in Hand, atemlos nach dem schnellen Lauf. «Ich glaubte schon, Ihren kleinen Neffen gesehen zu haben», sagte er, «aber ich hielt es einfach nicht für möglich.»

Sie stieß hervor: «Er . . . hat erzählt, er hätte Sie gesehen. Aber . . . aber, ich konnte es auch nicht glauben. Es war . . . es schien mir ein unglaublicher Zufall.»

«Man sagt, die Wirklichkeit übertrifft jede Phantasie», sagte er. Keine besonders originelle Bemerkung. Aber Rose fand sie sehr zutreffend. Immer wieder lächelten sie einander an. Er wirkte weniger farblos, als sie ihn in Erinnerung hatte. Er trug ein blaues Hemd und Flanellhosen, und Wind und Meeresluft hatten seinen Wangen etwas Farbe gegeben. «Wie lange bleiben Sie?» fragte sie.

Er sah sie traurig an. «Nur bis morgen abend», sagte er.

Roses Augen füllten sich mit Tränen. Sie konnte es nicht verhindern. Sie glaubte zwar nicht an überirdische Mächte, aber wenn es schon eine Macht bewerkstelligt hatte, daß sie und Mr. Grebbie sich hier an diesem einsamen Ort begegneten, dann hätte sie es auch gleich so einrichten können, daß dieses Zusammensein länger als vierundzwanzig Stunden währte. Wenn man das Ganze für Becky arrangiert hätte, dachte Rose bitter, wäre ihr sicher ein Monat spendiert worden.

Stan Grebbie ergriff kühn ihren Arm, und sie gingen nun nebeneinanderher. «Viel Zeit haben wir ja nicht für uns», sagte er. «Wir müssen sehen, daß wir das Beste daraus machen.»

«Ja», sagte sie nur. Sie schlugen die Richtung zum Strand wieder ein. Jetzt, da die Sonne untergetaucht war, flammte die Welt plötzlich zu neuem Leben auf. Meer und Himmel brannten wie ein Freudenfeuer. Sie blickte voller Verlangen darauf. Dann wandte sie sich ihm zu und sah, wie die Abendröte sich in seinen Augen widerspiegelte. Nun, auf alle Fälle gehörte ihnen dieser Abend. Und der morgige Tag. Vierundzwanzig Stunden lang war sie jedenfalls keine alte Jungfer. Mehr durfte sie nicht erhoffen. Und es war schon mehr, als sie je erwartet hatte. «Wo wohnen Sie?» fragte sie plötzlich gelassen, und die friedliche Stimmung des Abends überkam auch sie.

«Bei einem Ehepaar Williams, gleich neben der Kirche. Aber morgen erwarte ich den Besuch eines Freundes, der mich im Wagen mit nach Irland nehmen will.»

Mußt du denn wirklich fort, dachte sie. Aber sie wußte instinktiv, daß für Stan Grebbie eine Abmachung eine Abmachung war. Wenn er mit seinem Freund nach Irland fahren wollte, würde keine noch so verführerische Sirene ihn davon abhalten können, schon gar nicht die arme Rose, die nichts Verführerisches an sich hatte.

«Setzen Sie in Holyhead über?» fragte sie gleichgültig.

«Ja, wir wollen dort die Nachtfähre erwischen. Wir nehmen den Wagen mit.» Aber auch ihm schien das jetzt ziemlich gleichgültig zu sein. «Ich wollte, ich führe nicht, Rose.»

«Wirklich?»

«Ja», sagte er und legte den Arm um ihre Taille.

Rose hatten Schüchternheit und Hemmung verlassen. Was Stan tat oder tun wollte, war richtig. Sie ließ alle Zweifel, alle Widersprüche und Vorsätze fallen. Vertrauensvoll lächelnd und voller Hingabe hob sie ihr Gesicht. Er sah sie verwundert an. Dann küßte er sie, sehr feierlich, unter dem verwaschenen, leeren Himmel.

«Hab ich dir nicht gleich gesagt, Tante Rosie, daß er es war», sagte eine selbstzufriedene Kinderstimme. Sie fuhren auseinander. «Ich wußte es doch, als ich ihn am Strand gesehen habe.»

«Hallo, kleiner Mann», rief Mr. Grebbie und versuchte, seine Stimme freudig klingen zu lassen. Aber Rose gab sich keine Mühe, ihre Enttäuschung zu verbergen. Jede Minute dieser vierundzwanzig Stunden war ein Juwel, das sie ihr Leben lang hüten wollte. Nicht eine Minute wollte sie verschwenden. «Zeit für dich, ins Bett zu gehen, Gaylord», sagte sie.

«Mummi hat aber gesagt, ich darf noch aufbleiben.» Gaylord zitierte die oberste Autorität mit großer Genugtuung. Er wandte sich an Mr. Grebbie: «Soll ich Ihnen mal eine Höhle zeigen, Mr. Grebbie?»

«Heute lieber nicht mehr, junger Mann», sagte Stan.

Gaylord hüpfte neben ihnen her. «Was wollen wir denn morgen unternehmen?»

Sie schwiegen beide. Jeder hatte so seine Pläne, aber sie schlossen Gaylord nicht ein. Rose sagte: «Mr. Grebbie und ich wissen noch nicht, was wir morgen unternehmen werden.»

«Vielleicht könnten Mr. Grebbie und ich morgen ein Picknick machen», sagte Gaylord. «Mummi macht uns sicher ein paar schöne Brote», versicherte er seinem neuen Freund.

Rose und Stan stellten resigniert fest, daß Gaylord eine Schwäche für Mr. Grebbie hatte. Und Gaylord gehörte nicht zu denen, die die Opfer ihrer Zuneigung leicht freigeben. «Wollen Sie nicht doch noch meine Höhle sehen?» fragte er freundlich.

«Nein, lieber ein andermal», sagte Stan.

Verzweifelt wühlte Rose in ihrer Handtasche. «Hier, geh und kauf dir beim Krämer ein paar Bonbons.»

«Die haben bestimmt schon zu», sagte Gaylord.

«Versuch's doch wenigstens», sagte Rose.

Er verwandelte sich in ein Düsenflugzeug und schoß los. Sie sahen ihm nach. «Bei der Geschwindigkeit ist er in spätestens zehn Minuten wieder hier», sagte sie.

«Wenn er zurückkommt.»

«Du kennst Gaylord nicht», sagte sie. «Blutegel sind nichts gegen ihn.» Und dann, zu ihrer eigenen Überraschung, lachte sie ein unbekümmertes, mädchenhaftes Lachen. «O Stan, es ist himmlisch, dich wiederzusehen.»

Aber er hatte nicht zugehört. «Wir könnten einen Fluchtversuch unternehmen», sagte er.

«Wohin denn?»

«In die Dünen», sagte er. «Komm.»

Gaylord betrat das gemütlich erleuchtete Haus. «Tante Rosie hat mich zum Krämer geschickt, ich soll mir da ein paar Bonbons kaufen. Aber der hatte schon zu.»

«So . . .?» fragte Mummi, die sogleich merkte, daß er das nicht ohne Hintergedanken gesagt hatte.

«Ich hab mir gedacht, vielleicht hast du welche.»

«Hab ich auch. Hier», sagte sie und gab ihm eine Tüte.

«Danke schön, Mummi.» Er ging auf die Tür zu. «Wo gehst du hin?» fragte Paps.

«Ich will Tante Rosie und Mr. Grebbie welche anbieten.»

«O nein, das wirst du nicht», sagte Mummi. «Wenn es wirklich Mr. Grebbie ist, dann wollen sie allein bleiben.»

Da irrt sich Mummi, dachte Gaylord. Tante Rosie und Mr. Grebbie schienen nicht so recht zu wissen, was sie mit sich anfangen sollten. Er mußte ihnen unbedingt die Sehenswürdigkeiten des Ortes zeigen – Höhlen und so. «Aber sie warten doch auf mich», sagte er beleidigt.

«Hiergeblieben, Gaylord, setz dich», sagte Mummi.

Er nahm bockig auf einer Stuhlkante Platz. Mummi sagte: «Hier in den Ferien wollen Paps und ich zwar, daß du soviel Freiheit wie möglich hast, weil du zu Hause ja nicht so herumstreunen kannst.»

Für kurze Zeit hatte Gaylord Willies Brüder fast vergessen. Jetzt fielen sie ihm wieder ein, und die alten Ängste wurden aufs neue in ihm wach.

«Aber deshalb wollen wir noch lange nicht, daß du allein im Dunkeln herumläufst», fuhr Mummi fort. «Und du darfst dich auch nicht so an Tante Rosie und Mr. Grebbie hängen. Sie haben sich eine Menge zu erzählen.»

«Haben sie gar nicht», sagte Gaylord. «Sie haben kaum ein Wort miteinander gesprochen.»

Aber hätte er sie jetzt sehen können, wäre er überrascht gewesen, wie wenig sie ihn vermißten. Lachend, Hand in Hand, liefen sie über den nassen, welligen Sand des Strandes und verschwanden hinter den Dünen, wie Kinder, die Versteck spielen; ein Mann und eine Frau, beide nicht mehr ganz jung, rührend, fast ein wenig lächerlich; beide einsam, beide menschenscheu. Zwei Menschen, die plötzlich aneinander soviel Geborgenheit und Trost fanden, wie sie es nie erhofft hatten. Sogar vor einem kleinen Jungen waren sie davongelaufen. Am liebsten hätten sie sich vor aller Welt versteckt. Ein jeder von ihnen fand in des anderen Schwäche und Schüchternheit Schutz und Trost.

Lange blieben sie in den schützenden Dünen, während der Mond wie eine chinesische Laterne über dem Waliser Land hing. Und als sie sich endlich wieder den matt erleuchteten Häusern näherten, wußten beide, daß sie vor der Welt eine Zuflucht gefunden hatten.

Rose kam ganz benommen vor Glück nach Hause. Sie betrat das Häuschen und stand blinzelnd im Lampenlicht. Jocelyn saß allein in der Kaminecke und schmauchte sein letztes Pfeifchen. Bedeutsam lächelte er ihr zu: «Na, das scheint ja tatsächlich Mr. Grebbie gewesen zu sein.»

«Ja», sagte sie, «ist es nicht phantastisch?»

Noch immer lächelnd, sah er sie an. Aber fast noch phantastischer, dachte er, ist die Wirkung auf Rose. Sie schien sich völlig verwandelt zu haben. Zum erstenmal entdeckte er bei ihr eine gewisse Ähnlichkeit mit Becky. Und das alles nur, weil ein farbloser, nicht mehr ganz junger Lehrer plötzlich am einsamen Strand aufgetaucht war. Jocelyn war ein gutmütiger, aber auch sehr ehrlicher Mensch. «Netter Kerl, dieser Grebbie», sagte er. Seine Ehrlichkeit verbot ihm, mehr zu sagen, seine Gutmütigkeit verbot ihm, weniger zu sagen.

Roses Gesicht strahlte auf. «O wie schön, daß du ihn magst, Jocelyn. Er ist . . . ich finde ihn wirklich besonders nett. Du nicht auch?»

«Um ganz offen zu sein, mir ist er sehr viel lieber als der andere Knabe», sagte Jocelyn. «Wie lange bleibt er denn?»

Roses Gesicht wurde traurig. «Bis morgen nachmittag.»

Verflixt, dachte Jocelyn. Arme alte Rose. Sie hatte wirklich mal etwas Aufheiterung nötig. «Das tut mir aber leid», sagte er.

«Mir auch.» Sie lächelte ihn kläglich an.

Er seufzte. «Dann müßt ihr morgen das Beste daraus machen.»

«Werden wir auch», sagte sie.

20

Es war einer jener frischen munteren Morgen, wie es sie nur an der See gibt. Eine übermütige Brise wehte. Die Weiden bebten, und die Unterseiten ihrer Blätter glänzten silbrig auf. Am Himmel hingen Wolken in allen Größen. Dicke Wölkchen tummelten sich über den Hängen. Wolkenschleppen hingen von den Hügeln herab, und in den oberen Regionen des Himmels strichen ein paar Federwölkchen dahin.

Rose wanderte mit ihrem Liebsten munter über das flache Marschland. Sie hatten bis heute nachmittag um fünf Uhr Zeit. Und alles um sie herum nahm im Licht dieser hellen, kühlen Morgenstunden eine fast beängstigende Klarheit an, so, als sähen sie dies alles zum erstenmal; sie sahen das Wogen des kühlen grünen Meeres, die reine, schlichte Schönheit einer weißen Möwe am blauen Himmel. Sie sahen den langen, leeren Tag wie eine weiße Straße vor sich liegen und waren glücklich. Sie sahen, wie die Sonne unaufhaltsam ihrem Untergang im Westen zuwanderte, und das erfüllte sie mit Kummer.

Mr. Grebbie trug in einem alten Gasmaskenbehälter ein paar Sandwiches und eine Thermosflasche. Sie waren auf der Suche nach einem abgelegenen Strand, wo selbst Gaylord, so hofften sie innig, sie nicht aufstöbern würde.

Rose dachte: Heute muß er doch etwas sagen. Er konnte doch nicht einfach nach Irland fahren und dann zurück in die Schule nach Durham, ohne vorher etwas zu sagen. Ich liebe ihn, und ich glaube, er liebt mich auch. Wir dürfen einfach nicht auseinandergehen, nur weil wir beide zu schüchtern sind, uns zu gestehen: Ich liebe dich. Ich will bis an mein Lebensende bei dir sein.

«Stan?» sagte sie.

«Ja?»

«Es wäre schön, wenn wir nicht so weit auseinander wohnten», sagte sie mit bebender Stimme.

«Ja, das wäre schön», sagte er. «Du . . . du wirst mir fehlen, Rose.»

«Wirklich?»

«Ja, sehr.» Aber jetzt konnten sie die kleine Bucht vor sich sehen. Und beide sahen noch etwas anderes, das sie fast erstarren ließ. Die Gestalt eines kleinen Jungen, der dort im Brackwasser fischte. «Warum hat er sich nur gerade diese Bucht ausgesucht?» fragte Rose.

«Drüben gibt es noch so eine andere», sagte er.

Sie bogen ab. Der Weg war nicht weit. Aber diese Bucht war sehr bevölkert. Kinder lärmten, und überall sah man bunte Handtücher, bunte Liegestühle und bunte Badeanzüge. Sogar ein Eiswagen war da und ein Mann, der Boote vermietete. «O je», sagte Mr. Grebbie, «hier ist ja ein ziemlicher Betrieb.»

Er breitete seinen Regenmantel aus. Sie ließen sich nieder, kamen sich aber bald so vor, als säßen sie mitten in einem Krik-ketspiel. Sie wechselten ihren Platz. Jetzt näherte sich ein Hund und beschnupperte sie kritisch. Ein dicker kleiner Junge, in der einen Hand einen Eimer, in der anderen eine Schaufel, stand da und starrte sie blöde an. Rose schlug nach ihm wie nach einer Wespe. «Geh hier weg», sagte sie ärgerlich.

Das Kind reagierte überhaupt nicht, sondern starrte weiter; sicher konnte es das tagelang aushalten. «Wir könnten ebensogut in Blackpool sein», sagte Rose zwischen Lachen und Weinen.

Er legte seine Hand auf die ihre und sah sich suchend um. Aber es gab kein Entrinnen. Rechts von dieser kleinen, bevölkerten Bucht war der anhängliche Gaylord. Links von ihnen führte ein Steindamm zu einer fernen Landspitze. Hinter ihnen war schilfi-ges Sumpfgelände. Es war schon fast Mittag. Irgendwo mußten sich doch Frieden und Einsamkeit finden lassen, ohne daß man zu dem einsamen Dünenversteck der vergangenen Nacht zurück-wandern mußte.

Da hatte er eine Idee. «Ich weiß was. Wir nehmen uns ein Boot.»

«O Stan. Das ist eine glänzende Idee.» Roses Gesicht, das bereits unbeschreiblich traurig ausgesehen hatte, hellte sich auf.

Aber nun kamen ihm Zweifel. «Leider bin ich kein sehr guter Ruderer», sagte er. «Doch das Meer sieht ja verhältnismäßig ruhig aus.»

«Ruhig wie ein Mühlenteich», sagte sie. «Komm nur.»

Sie eilten zu den Booten. Der Verleiher war bereits dabei, eines der Boote über den Sand ins Wasser zu lassen. Da sagte Rose, ohne ihre Lippen zu bewegen: «Sieh dich nicht um, denn da biegt Gaylord gerade um die Ecke.»

«O Gott», sagte Stan. Fieberhaft begann er mit Rose das Boot ins Wasser zu schieben, sehr zum Verdruß des Verleihers, der solche hastigen Unternehmungen gar nicht schätzte. «Was ist denn los? Wir lassen doch kein Rettungsboot ins Wasser», sagte er vorwurfsvoll.

Sie achteten nicht auf ihn und schwangen sich ins Boot. Die Ruder wirbelten in den Händen Stans wie verrückt gewordene Signalflaggen hin und her. Aber endlich gelang es ihm, sie in die Dollen einzulassen. Er setzte zu einem langen, kräftigen Ruderschlag an.

In diesem Augenblick hörten sie den ersten herzzerreißenden Schrei: «Tante Rosie. Wartet auf mich. Tante Rooosie.»

Rose versteinerte, drehte sich aber nicht um. Grebbie starrte mit schrecklicher Konzentration auf die rechte Ruderspitze.

«Tante Rosie! Wartet doch!» schrie er verzweifelt.

Es half alles nichts. Sie wandte sich um. Wie ein Hai, der Blut riecht, kam Gaylord durch das seichte Wasser geschossen. Sie gaben sich geschlagen und zogen ihn ins Boot. Schnaufend und selig grinsend setzte er sich hin. «War das ein Glück», sagte er, «daß ich euch noch gesehen habe.»

«Glück für wen?» fragte Rose böse.

«Für alle», sagte Gaylord. Glück für ihn, weil er auf Boote versessen war. Glück für Tante Rosie und Mr. Grebbie, weil es sicher langweilig für sie gewesen wäre, so ganz allein herumzurudern. Er sah voller Bewunderung zu Stan hinüber. «Ich hatte keine Ahnung, daß Mr. Grebbie rudern kann», sagte er.

Mr. Grebbie auch nicht. Aber obwohl er bis jetzt seine Ruderschläge für ziemlich wirkungslos gehalten hatte, waren sie bereits überraschend weit nach draußen gelangt. Die Bucht vor den violetten Hügeln war nur noch ein kleiner Flecken an der endlosen Küste.

Rose sah sich um. «Ich glaube, wir machen jetzt eine Pause und essen erst mal unsere Brote.»

«Ja», erwiderte Stan erleichtert.

Rose sah auf die Uhr. Zwei Uhr. Nur noch drei Stunden, und dieser schöne Tag wäre vorüber. Alles wäre dann vorüber. Sie konnte es nicht mehr ertragen. «Stan», sagte sie.

Er bemerkte das Beben in ihrer Stimme und sah sie an. Sie selbst betrachtete ihn mit einer so flehenden Zärtlichkeit, daß er tief gerührt war.

Gaylord hing über dem Rand des Bootes und ließ seine Hände durch das herrlich kalte Wasser gleiten. Nur die kräftigen kleinen Beine und der Hosenboden waren zu sehen. Jetzt oder nie. «Rose», flüsterte Stan drängend. «Rose, ich liebe dich. Willst du . . .?»

Er hatte sich vorgebeugt, um ihre Hand zu ergreifen. Sein rechtes Ruder, dadurch freigeworden, glitt sanft ins Wasser und trieb mit überraschender Geschwindigkeit davon.

Gaylord hatte das Klatschen gehört, drehte sich um und erfaßte die Situation mit einem entzückten Blick. «Wie ist das nur passiert, Mr. Grebbie?» fragte er. «Sie haben es einfach losgelassen, was?»

Tante Rosie sagte: «Gaylord, sei still. Mr. Grebbie muß nachdenken.»

Mr. Grebbie dachte nach. «Wir müssen es wiederhaben», jammerte er. Er hatte schon einmal gesehen, wie geschickte Männer Boote voranbrachten, indem sie vom Heck aus ein Ruder betätigten. Das versuchte auch er jetzt. Der Versuch wurde ein durchschlagender Mißerfolg. «Jetzt schwimmt es immer weiter weg», sagte Gaylord.

Er hatte natürlich recht. Das verflixte Ruder hüpfte auf den Wellen durch den Sankt Georgs-Kanal wie ein Schaf, das durch die Hecke gebrochen ist. Und eigenartigerweise schien sich auch das Ufer immer weiter von ihnen zu entfernen. Mr. Grebbie hatte bis dahin geglaubt, daß das Gerede der Seeleute über Ebbe und Flut nur Wichtigtuerei wäre. Jetzt wünschte er sich, daß er etwas darüber wüßte.

Rose ihrerseits dachte, sein Freund will ihn um fünf abholen. Wenn wir nicht bald gerettet werden, fällt die ganze Verabredung ins Wasser. Sie schob ihr Bittgebet für Schiffbrüchige noch ein bißchen auf und sagte: «Wir sollten erst einmal in aller Ruhe unsere Brote essen.»

Gaylord, in dessen Phantasie Schiffbrüche zum ganz Alltäglichen gehörten, nahm die Situation hin wie etwas längst Gewohntes. «Wir werden vielleicht noch viele Tage umhertreiben und sollten lieber sehr sparsam mit unserm Proviant umgehen», sagte er.

«Also, jetzt hör mal», sagte Rose. «Wir sind nur eine halbe Meile von der Küste entfernt und nicht mitten im Pazifik. Außerdem habe ich Hunger. Ich esse jetzt ein Brot.»

Sie aßen ihre Brote. Gaylord verputzte schnell das seine und aß auch Rose und Stan noch etwas weg, die beide plötzlich das unbehagliche Gefühl hatten, leichtsinnig mit dem kleinen Vorrat umgegangen zu sein. Als sie das letzte Krümchen verzehrt und den Kaffee ausgetrunken hatten, sagte Gaylord munter: «Schiffbrüchige essen sich manchmal gegenseitig auf.» Er dachte, es sei doch gut, daß er mitgekommen war. Er war der Meinung, daß Tante Rosie und Mr. Grebbie in dieser Situation sonst völlig hilflos gewesen wären.

Grebbie sagte: «O Rose, was hab ich nur angestellt.»

«Sei nicht albern», sagte sie, «das kann doch jedem passieren.»

Gaylord sagte: «Ich wette, daß Paps so was nicht passiert wäre. Er rudert phantastisch.»

«Das kann jedem passieren», sagte Rose entschieden. Aber Gaylord starrte aufs Wasser. «Da ist ja das Ruder», sagte er.

Sie sahen hin. Die Strömung oder der Wind hatte das Ruder wieder auf sie zugetrieben. Rose war plötzlich enttäuscht. Jetzt, wo das Ruder wieder da war, waren sie bestimmt um fünf zu Haus. Sonst hätten sie noch stundenlang ohne große Gefahr umhertreiben können. Und das hätte ihr ganz gut gefallen. Ohne Gaylord wäre es überhaupt der Himmel gewesen. Aber selbst mit Gaylord war es ein Spaß. Doch der emsige kleine Kerl hing schon halb über Bord und angelte verbissen nach dem Ruder. Instinktiv ergriff Rose seine Beine. «Halt fest, Tante Rosie», sagte er, «ich glaube, ich hab's gleich.»

Sie konnte sehen, wie seine ausgestreckten Finger das Ruder fast berührten. Die tanzenden Wellen spülten es nahe heran. Gaylords Finger berührten gerade das Holz, als Tante Rose den Griff lockerte und er fast ins Wasser gefallen wäre. Aber nur fast. Seine Finger hatten dabei dem Ruder einen Stoß versetzt. Es trieb wieder ab.

«Verdammtes Pech, alter Junge», sagte Mr. Grebbie.

Aber Gaylord war wütend. «Tante Rosie hat mich losgelassen», sagte er, «grade, als ich es beinahe hatte.» Diese Weiber!

«Ich hab nur versucht, dir ein bißchen mehr Spielraum zu geben», sagte Rose.

Grebbie meinte kläglich: «Rose, was mußt du nur von mir denken! Ich bin wirklich der Letzte, der mit so einer Situation fertig wird, der Letzte, dem man ein Boot anvertrauen sollte, wie sich herausstellt.»

«Da kann man halt nichts machen», sagte Rose. «Es wird uns schon irgendeiner auflesen, ehe die Nacht hereinbricht.»

«Das glaube ich nicht», sagte Gaylord. «Wir sind ja Meilen vom Land entfernt.»

Sie warteten. «Das Ruder ist gar nicht mehr zu sehen», sagte Gaylord.

Sie warteten. Sie schrien im Chor. Sie banden Gaylords Hemd ans Ruder und winkten damit. Nichts geschah. «Ich glaube, ich kann schon Irland sehen», sagte Gaylord.

Die Zeit verging. Vier Uhr. Erde und Meer, Wolken und Himmel verschwammen im späten Nachmittagslicht. Die Brise wurde bereits etwas kühler. «Ich kann mir nicht denken, daß wir jetzt noch gerettet werden», stellte Gaylord vergnügt fest.

Rose hätte das nicht gleichgültiger lassen können. Sie lehnte in Stans Arm und lächelte zu ihm auf, der ein besorgtes, ängstliches Gesicht machte. «Mach dir nichts draus, Stan», lachte sie. «Wir werden schon nicht sterben, weißt du.»

Sie denkt ans Sterben, dachte Gaylord befriedigt. «Ist das ein Geier?» fragte er hoffnungsvoll und zeigte auf eine Möwe.

Um Viertel nach fünf wurden sie von dem vorwurfsvollen Bootsverleiher mit einem Motorboot eingeholt. Gaylord war außerordentlich enttäuscht. Er hatte auf einen Helikopter gehofft. Und außerdem waren alle Chancen dahin, daß sie unter sich auslosten, wer wen aufessen durfte. Langsam kam ihm die Erkenntnis, daß die Welt der Wirklichkeit es selten mit der Welt der Phantasie aufnehmen kann.

Nichtsdestoweniger hatte er jetzt etwas zu erzählen. Sobald sie an Land waren, sagte er höflich: «'tschuldigung, Mr. Grebbie, ich muß sofort gehen.» Dann verwandelte er sich in einen Jaguar und flitzte auf der Autobahn nach Hause.

Sie hätten eigentlich eine halbe Stunde vorher zu Hause sein sollen. Und sie hatten noch ein gutes Stück Weg vor sich. «Ob dein Freund warten wird?» fragte Rose.

Grebbie war todunglücklich. «Das nehme ich kaum an. Geduld ist nicht gerade seine Stärke.»

«Oh, fein», sagte Rose unwillkürlich.

Er sah sie verwundert an. «Immerhin sind unsere Plätze gebucht. Und wenn er nicht kurz nach fünf hier fortfährt, verpaßt er die Fähre.»

Es war ein milder Abend. Rose fühlte sich seltsam zufrieden, fühlte sich eins mit den Hügeln, mit dem Heideboden unter ihren Füßen und mit dem scheuen, liebenswerten Mann an ihrer Seite. Sie sagte: «Wolltest du mich nicht gerade etwas Wichtiges fragen, als uns das Ruder wegschwamm, Stan?»

Er schwieg. Dann sagte er bitter: «Du willst doch sicher nicht, daß ein solcher Blödian wie ich . . . diese Frage an dich richtet.»

Sie drückte ihren Kopf zärtlich gegen seine Schulter. «Doch Stan, doch.»

Fast brutal machte er sich los. Als wäre er auf sie ebenso böse wie auf sich selbst, sagte er: «Ich kann nicht erwarten, daß mich jemand heiraten möchte. Ich kann ja nicht mal für mich selber geradestehen, geschweige denn für eine Frau.» Mit langen Schritten eilte er weiter, den Kopf gesenkt, die Hände in den Taschen geballt.

Verzweifelt rannte sie neben ihm her. «Aber ich bin bereit, das Risiko auf mich zu nehmen, bestimmt . . .» sagte sie, nervös lachend.

Er schüttelte schweigend den Kopf und sah auf seine Armbanduhr. «Ich lasse ja sogar meine Freunde im Stich.»

Sie wußte, daß mit ihm nichts anzufangen war, solange er sich dieser bitteren Selbstverachtung hingab. Hier halfen nur Geduld und Hoffnung, daß der Freund ohne ihn abgefahren war. Dann würde sie ihn schon in diesen zwei Wochen herumkriegen.

Als sie endlich in seinem Quartier ankamen, präsentierte ihnen Mrs. Williams erregt die Hiobsbotschaft. «Oh, war der wütend, Mr. Grebbie. Laut schimpfend ist er davon.»

Stan stand da und nagte an seiner Unterlippe. Dann straffte er seine hängenden Schultern. «Na, einen Vorwurf kann ich ihm da wirklich nicht machen.»

Mrs. Williams ging in ihr Häuschen zurück, hochbefriedigt darüber, wie ihre Nachricht aufgenommen worden war. Stan sagte: «Rose, es tut mir sehr leid. Ich . . . ich fürchte, ich bin keine sehr amüsante Gesellschaft gewesen.»

«Stan», sagte sie, «ich muß dir etwas gestehen. Es war meine Schuld, daß Gaylord das Ruder nicht zu fassen bekam. Ich hab ihn losgelassen.»

Das schien ihn nicht recht zu überzeugen. «Nett von dir, Rose, daß du das sagst. Aber wenn ich es nicht zuerst verloren hätte . . .»

Sie wurde ganz ernst. «Ich habe es doch mit Absicht getan;

weil ich dich hier behalten wollte. Das will ich damit sagen.»

Er warf ihr einen Blick zu, daß ihr ganz Angst wurde. «Na, ich muß schon sagen, das war ja überaus rücksichtsvoll von dir.»

«Aber du hast doch selber gesagt, du wolltest eigentlich gar nicht nach Irland.»

«Das mag schon sein. Aber ich hasse und verabscheue es, Verabredungen nicht einzuhalten.» Er stand da und starrte zu den fernen Bergen hinüber. Sein graues Haar wehte im Abendwind. Auch sie blickte auf die Hügel in der Ferne. «Bleibst du nun hier?»

«Ich glaube schon. Es bleibt mir ja nicht viel anderes übrig.»

«Dann sehen wir uns sicher noch», sagte sie. «Gute Nacht, Stan.»

«Gute Nacht», sagte er und ging ins Haus.

Sie wanderte schweren Herzens nach Hause. Was für eine Situation!

Wenn ein Mann einen nicht liebt, kann man wenigstens versuchen, ihn für sich zu gewinnen. Wenn er einen aber liebt und so wenig von sich selbst hält, daß er sich nicht getraut, einen Heiratsantrag zu machen, was kann man dann tun? Selber einen Heiratsantrag machen? Das hatte sie ja praktisch auch getan. Ohne jeden Erfolg. Ihr einziger Trost war, daß sie beide die nächsten vierzehn Tage in demselben Ort verbringen würden. So blieben ihr zwei Wochen, in denen sie Stan Grebbie in den Hafen der Ehe einschleppen oder lotsen konnte.

«Wir waren gerade dabei, das Los zu ziehen», sagte Gaylord am Ende seiner Wikinger Saga. Robinson Crusoe war nichts gegen ihn.

«Was sollte denn ausgelost werden?» fragte Mummi.

«Wer wem aufessen sollte natürlich.»

«Wen», korrigierte Paps.

Mummi warf Paps einen Blick zu. «Glaubst du auch nur ein Sterbenswörtchen?»

Gaylord sagte: «Du kannst ja Tante Rosie fragen.» Er war beleidigt. Da passierte mal wirklich etwas Aufregendes – und sie weigerten sich einfach, es zu glauben. «Ich konnte von unserem Boot aus schon Irland sehen», sagte er.

«Ein Wunder, daß du nicht die Wolkenkratzer von Manhattan gesehen hast», sagte Mummi.

«Hab ich auch», sagte Gaylord, der keine Ahnung hatte, wovon sie sprach, aber zu allem bereit war. «Ganz in der Ferne», räumte er ein.

«Also, wir warten jetzt erst einmal auf Tante Rosie, dann werden wir ja hören.»

«Da kommt sie schon», sagte Paps.

Aber es war der Telegrafenbote. Und im Telegramm stand: «Marigold heute früh gestorben, Vater.»

Jocelyn war allein im Wohnzimmer. «Wo ist May?» fragte Rose.

«Oben. Packen», sagte Jocelyn. «Tante Marigold ist gestorben.»

Rose ließ sich schwer auf einen Stuhl fallen. «Wann fahren wir?»

«Morgen früh», sagte Jocelyn. «Ich wollte eigentlich allein fahren, aber May besteht darauf, mitzukommen. Und Gaylord ist der Meinung, daß er den Tod eines Familienmitgliedes auf keinen Fall versäumen darf.» Er lächelte sie müde an.

Rose sagte mit hoher, gepreßter Stimme: «Müssen wir wirklich fahren, Jocelyn?»

Er sah sie überrascht an. «Ich glaube doch wohl. Der alte Herr mochte sie besonders gern, weißt du. Es wird ihm sehr nahegehen. Und außerdem auch sehr mitnehmen.»

«Ja», sagte sie, wobei sie ihr Taschentuch zu einem harten festen Knäuel ballte. «Ja. Vater wird sie sehr vermissen.»

«Es tut mir leid, Rose», sagte er und wunderte sich, wie niedergeschlagen sie war. «Aber ich glaube, wir müssen wirklich fahren.»

«Ja, natürlich.»

«Und schließlich ist ja Mr. Grebbie auch schon abgereist, nicht wahr?»

«Nein», sagte sie. «Er bleibt nun doch hier. Deshalb . . . es kommt alles so schrecklich unerwartet.» In ihrem Gesicht arbeitete es krampfhaft. «Ich weiß, ich dürfte jetzt gar nicht daran denken, sondern nur an Tante Marigold und Vater. Aber . . . ich war schon immer eine selbstsüchtige Person.»

Jocelyn legte seinen Arm um sie. Arme, alte Rose, dachte er wieder einmal. Zum erstenmal hatte sich ihr das Schicksal freundlich gezeigt, und schon war alles wieder aus. «Du bleibst einfach hier», sagte er, «ich werde Vater das schon erklären. Du kannst das Häuschen haben. Und kümmerst dich einfach nicht darum, wenn man dich herzlos und selbstsüchtig nennt.»

«Danke, Jocelyn», sagte sie, «aber das kann ich nicht.»

«Das kannst du schon und solltest es auch», sagte er.

Sie schüttelte den Kopf. «Ich glaube, ich will gar nicht, Jocelyn. Mir . . . mir ist nicht mehr danach zumute.»

Er sah sie erstaunt an. «Läuft nicht alles so, wie du willst?»

«Ich fürchte, nein. Vielleicht sind wir beide schon zu alt, um das Risiko einer Ehe auf uns zu nehmen. Ich . . . ich weiß es nicht.»

«Ich bin trotzdem der Meinung, daß du hierbleiben solltest», sagte er ruhig.

Sie schüttelte den Kopf. «Nein. Ich komme mit, Jocelyn. Er weiß ja, wo er mich finden kann, wenn ihm daran gelegen ist. Aber . . . ich glaube, er will es gar nicht.»

Nach dem Abendessen ging sie zu Stan hinüber, um ihm zu sagen, daß sie abreisten. Aber Mrs. Williams erklärte, er sei früh zu Bett gegangen und sie halte es für ungehörig, irgend etwas zu unternehmen. Rose hinterließ ein paar Zeilen. Aber als sie am nächsten Morgen abfuhren, war Mr. Grebbie nicht etwa erschienen, um ihr Lebewohl zu sagen.

21

In Chester unterbrachen sie die Reise. Gaylord, der seine zehn Shilling Feriengeld noch nicht ausgegeben hatte, starrte sehnsüchtig in die Schaufenster. Der Wunsch, diese zehn Shilling auszugeben, war überwältigend. Aber hier gab es keine interessanten Läden, nur Damenbekleidung und alte Möbel.

Und plötzlich, in einem dieser Geschäfte mit alten Möbeln, entdeckte er es – und traute seinen Augen nicht. Mummi, Paps und Tante Rose, die zum Wagen zurückgehen wollten, waren ungehalten, daß Gaylord mit weitaufgerissenen Augen in das Schaufenster eines Antiquitätenladens starrte. «Los, Gaylord, komm schon», rief Mummi.

Aber Gaylord hatte es, ausnahmsweise, die Sprache verschlagen. Er konnte seinen Blick nicht losreißen.

«Das tut er nur, um uns zu ärgern», sagte Paps. «In einem solchen Geschäft kann es doch nichts geben, was ihn interessieren könnte.»

Aber letzten Endes mußte der Berg zum Propheten zurückkehren. Paps sagte: «Gaylord, wir müssen noch hundert Meilen . . .»

«Schaut doch bloß mal», sagte Gaylord und stieß mit dem Finger gegen die Scheibe.

Und sie schauten. «Ach, du großer Gott», sagte Paps, «ein gläserner Briefbeschwerer.»

«Ich wußte gar nicht, daß man sie im Laden kaufen kann», sagte Gaylord. Es war, als sei hier ein Regenbogen zu verkaufen.

Aber Mummis Gehirn funktionierte wieder einmal hervorragend. Plötzlich formten sich einzelne Mosaiksteine zu einem Bild. «Wolltest du etwa so einen zu Weihnachten haben?» fragte sie.

Aber Gaylord marschierte bereits in den Laden. «Wieviel . . . wieviel kostet bitte der Briefbeschwerer?» fragte er, vor Aufregung ganz außer Atem.

«Zehn Shilling», sagte der Verkäufer. Und krönte den großen Tag, indem er hinzufügte: «Mein Herr.» So ein feiner Laden war das.

Gaylord kramte in seinen Hosentaschen herum und breitete auf dem eleganten Verkaufstisch eine Sammlung von Muscheln, Bindfadenenden, Münzen, Bonbonpapier und Steinen aus. Mit dem Verkäufer suchte er zehn Shilling zusammen. Den Rest stopfte er wieder in die Tasche. Der Mann legte den Briefbeschwerer in ein kleines Kästchen, wickelte es umständlich ein und öffnete Gaylord die Tür, der wie ein König hinaussegelte. «Er hat mich ‹Herr› genannt», berichtete er seinen erstaunten Eltern.

Im Wagen öffnete er das Kästchen und blickte verzaubert hinein. Statt des Rathauses von Leeds zeigte sich in der Glaskugel ein Fluß mit Schwänen und Weiden, aber sonst war die Kugel genauso glatt, rund und schimmernd. Gaylord besah sie sich von allen Seiten und fand sie von allen Seiten gleich wunderschön. Und dann flüsterte eine böse listige Stimme in ihm: «Der wäre was für Willie.»

Gaylord tat so, als hätte er nichts gehört, aber er fing an, sich ungemütlich zu fühlen. Da sagte Mummi: «Zeig doch mal her, Gaylord.»

Er reichte Mummi die Glaskugel. Sie hielt sie vorsichtig in ihren schlanken Händen. «Das ist aber auch wirklich hübsch», sagte sie.

«Ja», sagte Gaylord. Und wieder wisperte die böse, geheime Stimme: «Der wäre was für Willie.»

«Er bekommt ihn aber nicht», sagte Gaylord und zog einen Flunsch.

«Aber Willie hat sonst kein Spielzeug», beharrte die Stimme. «Und du hast soviel. Und der arme Willie hat nicht alle Tassen im Schrank.»

«Er bekommt ihn nicht», wiederholte Gaylord, aggressiver, aber schon weniger überzeugt.

Die Stimme schwieg. Kurz ehe sie zu Hause ankamen, sagte sie plötzlich: «Denk mal, wie nett und großzügig Willie es finden würde, wenn du sie ihm schenktest.»

Ein Erwachsener hat jahrelange Erfahrung, wie man mit einem aufdringlichen Gewissen fertig wird; er hat Hunderte von Argumenten zur Verfügung. Aber Gaylord besaß solche Erfahrung noch nicht. Er bohrte beide Hände in die Hosentaschen, lümmelte sich unglücklich auf dem Hintersitz und versprach, darüber nachzudenken.

Aber der Gedanke an Willie hatte andere Gedanken verstärkt, die nicht einmal die frische Seeluft aus seinem Gedächtnis hatte vertreiben können. Wenn er jetzt nach Hause kam, würden Willies Brüder ihm noch immer auflauern. Er hatte Angst. Er wünschte sehnlichst, sie wären doch noch an der See geblieben. Dort war man sicher. Denn eines Tages, so sehr er sich auch in acht nähme, eines Tages würde er um eine Ecke biegen, und dann würden sie schweigend, die Hände in den Taschen, dastehen und ihn anstarren. Und dann würden Todesangst und Schmerz über ihn hereinbrechen.

Sie traten aus dem warmen Sonnenschein in die dämmrig-kühle Halle. Aus der Helle des Lebens in den Schatten des Todes. Opa kam ihnen entgegen. «Hallo, May. Hallo, Jocelyn. Es tut mir sehr leid, daß ich euch zurückrufen mußte.» Seine Stimme war voll melancholischer Wärme.

«Ist schon gut, Vater.» Jocelyn legte dem alten Mann den Arm um die Schulter. «Es tut uns leid, daß es so kommen mußte.» Er sah seinen Vater an. Ja, man konnte es kaum bemerken, aber er war ein wenig in sich zusammengesunken. Er wirkte geschwächt. Niemand kann sagen, wann für ihn die Stunde schlägt . . .

Gaylord, der durch die Vorhalle lief, spürte, daß eine gewisse geschlossene Tür eine unwiderstehliche Anziehungskraft auf ihn ausübte. Langsam, ganz langsam schlich er sich näher. Legte die Hand auf den Türknauf.

Es überraschte ihn fast, daß der Knauf sich drehen und die Tür sich wie jede gewöhnliche Tür öffnen ließ. Zögernd, auf Zehenspitzen und den Atem anhaltend, näherte er sich dem Bett.

Dort lag in erhabener Majestät Großtante Marigold. Gaylord besah sie sich mit beträchtlichem Interesse. Sie war weniger und zugleich mehr als die lebendige Tante Marigold. Zerbrechlich, wächsern, gewichtig, streng. Er hatte grauenhafte Angst, daß sie sich plötzlich aufrichten und kichern könne. Dennoch streckte er seinen kleinen Finger aus und bohrte ihn vorsichtig in die kalte Wange. Als Gruß und Abschied. Die Augen unverwandt auf Tante Marigold gerichtet, ging er rückwärts zur Tür. Nicht für alle Reichtümer aus Aladins Wunderhöhle würde er dieser unheimlichen Gestalt den Rücken zukehren.

Hinter ihm flüsterte eine Stimme: «Gaylord, hier hättest du nicht hineingehen sollen. Wenigstens nicht allein.» Schützend fühlte er Mummis Hände auf seinen Schultern. Mutter und Sohn standen dort, und May betrachtete voll Trauer und Rührung diesen Menschen, der durch sein Leben so gut auf die Einsamkeit des Todes vorbereitet gewesen war. Dann sah sie auf Gaylord nieder. Er erwiderte ihren Blick mit einem Ausdruck, den sie nicht deuten konnte – Ehrfurcht, Verwunderung, Angst? Schweigend verließen sie, Hand in Hand, das Zimmer.

22

«Dir selbst wird es Freude machen, wenn du ihn Willie gibst»,
sagte die Stimme. «Er wäre bestimmt so dankbar, daß du dir wie
der liebe Gott vorkämst.»

Das war alles schön und gut. Aber die Drohung der jungen
Foggertys lag wie Mehltau über dem ganzen herrlichen Land.
Gaylord traute sich nicht allein aus dem Haus. Er fing an, die
friedlichen Wege zu hassen und die lauernde Stille der Felder zu
fürchten.

Andererseits war das Haus voller Menschen, und keiner schien
von ihm viel Notiz zu nehmen. Es gab ungezählte Gelegenheiten,
sich unbemerkt davonzustehlen. Und sein Gewissen hatte dafür
gesorgt, daß der Briefbeschwerer ihm nur noch Freude bereitete,
wenn er ihn jetzt seinem Freund schenkte.

Also ging er los und fand Willie, wie immer, in dem alten
Steinbruch. «Warst du an der See?» fragte Willie.

«Ja», sagte Gaylord. «Ich hab dir was mitgebracht.» Er gab
Willie das Kästchen und wartete, wobei er neugierig das blasse
Mondgesicht beobachtete.

Es sah fast so aus, als sei die Aufregung über das Geschenk für
Willie zuviel. Er wurde krebsrot im Gesicht. Sein Atem ging
schwer. Seine Finger zitterten, als sie das Papier zerrissen. Endlich hatte er es geschafft – und starrte mit grenzenloser Enttäuschung darauf. «Wofür ist das?» fragte er.

Gaylords Herz sank. «Das ist ein Briefbeschwerer», sagte er.
«Wie der, den du verloren hast.»

Willies Augen wurden eng. «Den du mir geklaut hast, meinst
du.»

«Das hab ich doch nicht getan, Willie. Aber ich hab dir einen
anderen mitgebracht, um . . . na ja, damit alles wieder gut ist.»

Willie betrachtete das Glas widerwillig. «Mit dem ist gar nichts
los. Den Fluß kann ich immer sehen. In dem andern war eine
Stadt und Straßen und so.»

Das kommt davon, wenn man auf sein Gewissen hört. Gaylord
fühlte sich überhaupt nicht wie der liebe Gott. Und Willie hatte
es auch nichts geholfen. Gaylord sagte: «Also gut, dann gib's

wieder her, wenn du's nicht magst.»

Willie machte ein verschlagenes Gesicht. Schützend schloß er seine Hände um die Kugel. Gaylord wollte sie ihm entreißen; dann sah er etwas, das seine Knie weich werden ließ. Schweigend kamen Willies Brüder hintereinander in den Steinbruch. Und sie sahen ganz so aus, als ob sie ernst machen wollten.

Die Familie hatte sich versammelt. Das Haus war voller Menschen. Im Tod hatte Großtante Marigold eine Bedeutung erlangt, die ihr in ihrem anspruchslosen Leben nie beschieden gewesen war. Ben und Bea waren gekommen und waren seltsam gedämpft. Becky, hübscher denn je, und Peter. Dazu Verwandte, die selbst schon seit Jahren darauf warteten, die gleiche Reise anzutreten wie Marigold.

Es klopfte an die Tür. Rose öffnete. Stan stand vor ihr.

Er lächelte nicht, schaute sie bekümmert an. «Komm herein», sagte sie. «Ich dachte, du wärst noch in Wales.»

«Es hatte ja keinen Sinn, noch länger dort zu bleiben. Jetzt bin ich auf dem Weg nach Hause.»

«Wie nett von dir, hier hereinzuschauen», sagte sie, keineswegs steif, sondern als fände sie es wunderbar von ihm. Er stand immer noch auf der Schwelle, einen weißen Sturzhelm auf dem Kopf. In einer Hand hielt er ein Paar Motorradhandschuhe und schlug mit ihnen verlegen in die andere Hand. «Ich wollte dir nur sagen, wie leid mir das mit deiner Tante tut.»

«Komm doch herein», sagte sie und zitterte bei dem Gedanken, er könne sich gleich wieder auf seinen Motorroller schwingen und ab nach Durham brausen.

Er schüttelte den Kopf. «Ihr habt doch sicherlich das Haus voller Menschen», sagte er. «Bestimmt habt ihr das.»

Er hatte recht. Sie würden keine ruhige Minute zu einem Gespräch für sich haben – vorausgesetzt, daß er sich das überhaupt wünschte. Da hatte sie einen Einfall: «Weißt du», sagte sie, «ich wollte gerade ins Dorf gehen. Willst du mich nicht begleiten?»

Er schien unschlüssig. «Ich darf mich nicht lange aufhalten. Ich kenne nämlich den Weg von hier aus nicht.»

«Komm doch mit», sagte sie und lächelte ihn an, um damit die unsagbare Angst in ihrem Innern zu verbergen.

Die Stille in dem alten Steinbruch war lähmend. Willies Brüder umzingelten schweigend Gaylord.

Der stand da, in der stechenden Sonne, und wartete auf das, was kommen sollte. Sein Blick verfolgte jede Bewegung von ihnen. Und ihre Augen starrten ihn unverwandt an.

Klein, hilflos, aber trotzig stand er da, mit gespreizten Beinen, verzweifelt aufrecht, mit vorgestrecktem Kinn.

Sie waren ihm ganz dicht auf den Leib gerückt. Der trockene, muffige Geruch alter Kleider, der scharfe Geruch dieser schwitzenden Körper schien den ganzen Steinbruch anzufüllen. Flucht war unmöglich. Er konnte sich keinen Fußbreit rühren.

Berts Gesicht hing über Gaylord. Seine Lippen verzerrten sich, ehe er sprach. «Dein Vater ist ein Schwein», sagte er dann.

Gaylord stand unbeweglich wie ein Denkmal. Der Schweiß lief ihm in die Augen, aber er traute sich nicht zu zwinkern, weil sie dann gedacht hätten, er heule.

Bert sagte: «Sprich mir nach: ‹Mein Vater ist ein verdammtes Schwein.› Los, sag's.» Gaylord schwieg.

Langsam hob Bert den Fuß. Dann trat er Gaylord mit aller Wucht vors Schienbein. «‹Mein Vater ist ein verdammtes Schwein›», wiederholte er.

Gaylord wurde schwarz vor Augen. Der Steinbruch begann sich ganz langsam wie ein Karussell zu drehen. Der Schmerz durchzuckte seinen ganzen Körper. Aber er schwieg.

Bert verlor die Beherrschung. «Sag's», schrie er. «Los, sag's. Sag, ‹Mein Vater . . .›» Er schlug Gaylord mitten zwischen die Augen.

Gaylord brach zusammen, und Bert trat ihn, wild, viehisch, böse, bis seine Brüder selber Angst bekamen und ihn fortzerrten. Und Gaylord blieb in der glühenden Sonne blutüberströmt liegen, und dicke Fliegen krabbelten gierig auf ihm herum.

23

Stan legte Sturzhelm und Handschuhe in der Halle ab und trat mit Rose in die Nachmittagssonne hinaus. Er war schweigsam. Sie schob ihren Arm unter den seinen. «Du machst dir doch keine Gedanken mehr über die dumme Geschichte mit dem Boot?» fragte sie neckisch.

«Es war mehr als eine dumme Geschichte», sagte er, «es war typisch für mein ganzes Leben . . .»

Sie blieb wie angewurzelt stehen. «Ach, sei doch bloß nicht ein solcher Narr», sagte sie wütend. «Jeder von uns stellt sich mal dumm an, aber deshalb muß man doch nicht wochenlang darüber nachbrüten.»

«Entschuldige», sagte er steif. Und sie dachte kläglich: O Gott, was hab ich jetzt wieder angerichtet.

Aber in diesem Augenblick sagte er: «Sieh mal dort, was ist das?»

Sie folgte seinem Blick. «Das ist ein alter Steinbruch», sagte sie. «Es ist . . .»

«Nein», sagte er. «Ich meine dort», und wies dabei auf das Gebüsch am Eingang des Steinbruchs.

Sie sah hin und sah ein nacktes Bein, das aus den Brennesseln hervorschaute. Ein Anblick, der sie mit Grauen erfüllte. Aber Stan war schon hingeeilt und riß die Brennesseln auseinander: «Rose, bleib dort», rief er. «Es ist dein Neffe.»

Aber da war sie schon bei ihm und sah schreckerfüllt auf den blutigen, zusammengekrümmten Gaylord. «Er . . . er ist . . . ist doch nicht tot?» fragte sie entsetzt.

Aber Stan war bereits fieberhaft dabei, sein Hemd in Streifen zu reißen und Gaylords Oberarm damit abzubinden. Und während er das tat, sagte er lediglich ganz knapp und bestimmt: «Nein, er ist nicht tot, aber übel zugerichtet. Lauf nach Haus und versuch, so schnell wie möglich einen Krankenwagen herbeizuholen. Dann komm gleich wieder.»

«Ja», sagte sie. «Ja, Stan», und flog davon. Als sie das Blut sah, wäre sie fast ohnmächtig geworden, aber sie bezwang sich und lief den Weg hinunter und die Auffahrt hinauf ins Haus. Jocelyn war der einzige, den sie antraf. Sie begegnete einem Blick fassungslosen Erstaunens. «Gaylord», keuchte sie. «Er ist verletzt. Im alten Steinbruch.»

Alle Farbe schwand aus seinem Gesicht. «Aber . . .» sagte er. «Aber . . .»

Sie hing bereits am Telefon. Einen Augenblick lang betrachtete Jocelyn sie hilflos. Dann rannte er aus dem Haus und hörte nicht auf zu laufen, bis er den Steinbruch erreicht hatte.

Stan hielt Wache neben dem bewußtlosen Gaylord. Er hatte einen Bach ausfindig gemacht und mit einem Hemdfetzen das Blut abgewaschen. Jocelyn sah seinen Sohn. Noch nie in seinem Leben hatte er solch ein Opfer brutaler Gewalt gesehen. Der Anblick des kleinen zerschlagenen Gesichts erfüllte ihn mit Mitleid und mit einer Wut, wie er sie noch nie empfunden hatte. «Wird er durchkommen?» hörte er sich fragen.

«Soweit ich es beurteilen kann, ja», sagte Stan. «Aber ich bin kein Arzt.»

Jocelyn hockte sich nieder und nahm behutsam die Hand seines Sohnes. «Vielen Dank jedenfalls», sagte er, «für das, was Sie getan haben.»

Stan sagte, fast zu sich selbst: «Die Welt ist doch ein übler Ort. Wer kann nur einem Kind so etwas Schreckliches antun?»

«Sie haben recht.» Die Bitterkeit seiner eigenen Stimme überraschte Jocelyn. Ein Klang, den er bis jetzt bei sich nicht gekannt hatte. «Die Welt ist ein übler Ort.»

Schwer hing der Duft des Geißblatts in der warmen Luft, und gegen den Sommerhimmel schimmerten die Blätter grün und friedlich.

Eilige Schritte kamen den Weg herunter. Jocelyn sah auf. Es war May, zusammen mit Rose. Sie sah Jocelyn an, als wäre er ein Fremder. Dann kniete sie neben ihrem Sohn nieder und bettete seinen Kopf in ihren Schoß. «Dafür werde ich jemand umbringen», sagte sie ruhig.

Und dann war es Abend, und Gaylord lag im Krankenhaus, schwebte zwischen Leben und Tod. Das Haus wimmelte von Polizei und Familie. Jocelyn glaubte sich in einem Alptraum zu befinden. Das konnte doch kein Mensch Gaylord angetan haben. Das war doch undenkbar. Dann bemerkte er, daß jemand mit ihm sprach. Er versuchte, sich zu konzentrieren. Es war May. Seine

Frau. Gaylords Mutter. «Was hast du gesagt?» fragte er und sah sie entgeistert an.

Sie legte eine Hand auf seinen Arm. «Es ist soweit, Liebling». Er mußte krampfhaft nachdenken. Dann, plötzlich: «Großer Gott, du meinst . . .»

Sie nickte nur.

Er brachte sie ins Entbindungsheim und fuhr nach Hause. Keine May. Kein Gaylord. Aber vielleicht gelang es ihm jetzt, wo er allein war, nachzudenken, was ihm nicht gelungen war, seit sich das alles ereignet hatte. Diese Sache mußte er vor dem Hintergrund seines Lebens und seiner Überzeugungen sehen. Mußte alle Fäden zusammenziehen. Eine alte Frau gestorben, eine junge Frau in den Wehen. Ein Gott im Himmel, die Schönheit des Sommers, ein Kind fast zu Tode geprügelt. Sonnenschein, Sternenschimmer, Lachen, die Liebe gütiger Herzen; Klauen, Schnabel und Fänge, ein trauriges kleines Federbündel an einem lieblichen Maimorgen.

Wo lag die Antwort? Er wußte es nicht. Irgendwo, vielleicht in seinem Unterbewußtsein, lag sie bereit. Eines Tages würde es ihm gelingen, zu ihr vorzustoßen. Aber nicht jetzt. Nicht jetzt.

Stan sagte zu Rose: «Wenn es dir recht ist, übernachte ich heute im Dorf. Ich möchte doch noch wissen, wie es Gaylord geht, ehe ich heimfahre.»

«Ja, tu das», sagte sie. «Du mußt verstehen, daß wir dich leider nicht bei uns unterbringen können, aber komm wenigstens zum Frühstück herüber.»

Er strahlte. «Gut, wenn du meinst . . .»

Er erschien also zum Frühstück. Und als sie dabei saßen, kam Jocelyn herein, mit einem Gesicht, als hätte er die ganze Nacht keinen Schlaf gefunden, und sagte: «Es ist ein Mädchen. Und Gaylord ist bei Bewußtsein und hat schon wieder Hunger. Ich habe sie gesehen, alle drei. Meine beiden Küken und ihre Glukke.» Er lachte unsicher, setzte sich hin und begann still zu weinen.

Später nahm er Rose und Stan beiseite und sagte: «Grebbie, Sie wissen, daß Sie Gaylord das Leben gerettet haben. Ich weiß nicht, wie ich Ihnen danken soll.»

Zuerst machte Stan ein Gesicht, als wolle er losheulen, weil er so gerührt war. Dann hellte sich sein Gesicht immer mehr auf, und es schien, als würde er vor Stolz bersten. Aber bescheiden sagte er: «Zufall, daß Erste Hilfe mein Hobby ist.»

«Wirklich, du hast ihm das Leben gerettet, Stan», rief Rose und blickte ihn an, als wäre er der wunderbarste Mensch, den es je gegeben hatte.

Jocelyn sagte: «Wenn ich ein Königreich besäße, würde ich es Ihnen schenken. Oder die Hand meiner Tochter, wenn sie nicht noch so klein wäre.»

Da wurde Stan bis unter die Haarwurzeln rot und schluckte und lächelte und wurde wieder ernst und stammelte: «Sie können mir die Hand Ihrer Schwester anbieten, Mr. Pentecost.»

Ehe Jocelyn diesen Satz so recht begriffen hatte, warf sich Rose mit dem entzückten Aufschrei: «Stan!» Mr. Grebbie in die Arme. Und während sie sich lachend an ihn klammerte, mußte sie daran denken, daß ausgerechnet Gaylord, dem sie nie so sehr zugetan gewesen war, Stan Grebbie genügend Mut gemacht hatte, um ihre Hand anzuhalten.

24

Es war einer jener vollkommenen Spätsommertage, der Tag des Begräbnisses. Der Himmel war dunstig und wolkenlos, die Bäume regten sich nicht, die Luft hielt den Atem an. Man sah das Land durch einen feinen Schleier. Die Konturen waren sanft, alle Wolken waren fortgeschmolzen. Kein Tag, an dem man jemandem die Sonne für immer nehmen sollte. Aber es mußte sein.

Der liebliche Tag ging in einen lieblichen Abend über. Irgendwo hinter den Hügeln bellte ein Hund. In der Ferne hörte man das Klappern der Milchkannen. Auf der anderen Seite des Tals stieß ein Zug weiße Dampfwölkchen aus. Auf dem Weg sang ein Kind vor sich hin. Die Kinderstimme klang süß und klar, unschuldig und glücklich. Paps, der sie hörte, überkam eine große Traurigkeit, aber er wußte nicht warum. Vielleicht, weil der sorglose Gesang des Kindes so bald enden mußte. Oder weil er in dem Lied das Echo seiner eigenen, verlorenen Unschuld hörte? Oder weil in diesem Haus ein alter Mann lebte, der nie mehr singen würde?

Er fand seinen Vater im Arbeitszimmer. Er sagte: «Ein herrlicher Abend draußen. Ich dachte, du würdest vielleicht noch ein bißchen mit mir spazierengehen, Vater.»

Der alte Mann sah zu ihm auf. «Ja», sagte er und rappelte sich hoch. «Ja. Nett von dir, Jocelyn.»

Sie gingen los, den Höhenrücken entlang, der das Flußtal säumte. Schweigend wie der stille Abend schritten sie dahin. Aber Jocelyn merkte, wie sein Vater alles in sich aufnahm; er schnupperte die milde Luft wie ein Tier, trat auf die süße Erde mit festen, lebensvollen Schritten, während seine Augen hin und wieder zur Sonne schweiften, die langsam den weißen Nebelfeldern auf den Marschwiesen zustrebte. Schließlich blieb er stehen, stützte sich auf seinen Stock und sah zu, wie der rote Sonnenball hinter der Erde versank. Er beobachtete, wie das warme Rosa und Blau, das kühle Grün langsam aus dem Himmel wich. Er sah hinauf zu dem funkelneuen Abendstern, der da oben im klaren Blau des Himmels blitzte. Jocelyn stand neben ihm. Endlich wandte sich der alte Mann ab. «Ein schönes Schauspiel, Jocelyn», sagte er.

«Ja.»

John Pentecost kehrte um. Sein Sohn mit ihm. Und diesmal schien der alte Herr nach Worten zu suchen. «Ein schönes Schauspiel», wiederholte er. «Findest du ... würdest du sagen, daß hinter all dem ein Sinn liegt? Ist es ... nur etwas, das man uns als schön beigebracht hat, oder ist es ... mehr ein Ausdruck, oder etwas ... eine Form der Liebe ... oder ein göttliches Walten?»

Jocelyn ging weiter. «Ich weiß nicht», sagte er endlich. «Ich glaube, uns ist nur ein kurzer Blick auf den Saum seines Gewandes vergönnt. Aber ... genau weiß ich es auch nicht. Ich weiß es wirklich nicht.»

«Es könnte doch sein, daß sich da oben wer über uns lustig macht», sagte der alte Mann.

«Sich lustig macht?»

«Ja, die Pracht dieses Sonnenunterganges. Und daneben die einzige Wirklichkeit: nur Würmer und nasser Lehm.»

Sie wanderten weiter. Zu ihren Füßen wand sich der Fluß wie eine Silberschlange durchs Tal. Hoch über ihnen leuchtete ein Stern nach dem anderen auf. Als sie zu Hause ankamen, war es fast dunkel, und die Milchstraße breitete sich über den Himmel wie ein Ordensband. Der alte Mann blickte hinauf. Dann trat er als erster ins Haus, wandte sich zu seinem Sohn um. «Danke, Jocelyn. Das war lieb von dir.» Er machte sich damit zu schaffen, den Stock in den Schirmständer zu stellen. «Ich werde deine Tante vermissen, weißt du. Zuerst deine Mutter. Jetzt sie.» Er schenkte ihm eines seiner seltenen Lächeln. «Der nächste bin ich.»

Jocelyn fragte: «Hast du Angst?»

Sein Vater blickte ihn rasch an. «Nein. Nein. Ich habe keine Angst. Aber weißt du, Jocelyn, ich werde alles vermissen. Die Erde unter meinen Füßen und den Wein in meiner Kehle und die Sonne auf meiner Stirn.»

Er schickte sich an, die Treppe hochzugehen. Jocelyn sagte: «Gute Nacht, Vater. Hoffentlich schläfst du gut.» Es war lange her, daß er und sein Vater sich so nahe gewesen waren. Aber der alte Mann hatte seinen Panzer abgelegt. Der alte Baum begann zu wanken.

Er knipste über seinem Schreibtisch das Licht an. Holte sich ein weißes Blatt Papier und saß lange Zeit da und dachte an vieles. An Rose und ihre Liebe, und an Becky und ihre Liebe. An den alten Mann, der wehmütig einen seiner letzten Sonnenuntergänge bewundert hatte. An May, wie er sie am Weihnachtsmorgen gesehen hatte, mit dem Lächeln der Verheißung auf den Lippen. An das Singen des Kindes auf dem Weg, an die Finsternis, die sich jenseits dieser kleinen Lampe bis zu den weitesten Sternen erstreckte. An Tante Marigold, die arme kleine Frau, die ihre dunkle Reise jetzt ganz allein antreten mußte. An Gaylord. Am meisten an Gaylord, der schon so zeitig die erbarmungslose Grausamkeit unserer Tage hatte kennenlernen müssen.

Erst um Mitternacht löschte er das Licht. Und hatte nur vier Zeilen geschrieben.

Und die waren nicht zur Veröffentlichung bestimmt.

Als May, Wochen später, den Schreibtisch ihres Mannes aufräumte, fand sie ein Blatt Papier, auf dem vier Zeilen – wie ein Gedicht – angeordnet waren:

Jenseits des Lampenlichts – die Sterne.

Jenseits der sinkenden Sonne – die Schwingen der Engel.

Hinter der Fratze der Gewalt – das Gesicht der Liebe.

Hinter dem Gesicht der Geliebten – das Antlitz Gottes.

Sie machte sich auf den Weg zu Jocelyn. Sie fand ihn in der Scheune beim Holzhacken. «Hast du das hier geschrieben?» fragte sie.

Er sah auf. «Ja.»

Sie setzte sich auf den Hauklotz. «Glaubst du daran, trotz allem, was Gaylord passiert ist, und allem andern?»

«Ja», sagte er. «Darum habe ich es auch aufgeschrieben.» Er blickte sie an und lächelte. «Glaubst *du* daran?» fragte er.

«Wenn du es tust», antwortete sie. «Ja. Denn ich glaube an dich, Jocelyn.»

«Danke», sagte er. Er ließ seine Finger an der Schneide der Axt entlanggleiten. «Ich kann mich natürlich irren. Aber . . . ich habe darüber nachgedacht.»

«Ich habe auch darüber nachgedacht», sagte sie. «Als ich Tante Marigold sah und . . . Gaylord. Aber ich brauchte dich, damit es mir bewußt wurde.»

Es war ein prächtiger Herbst. Er wartete mit allem auf: mit Morgen, deren weißer Dunst sich wie ein Brautschleier durchs ganze Tal zogen; mit ruhigen, heißen, honiggoldenen Mittagsstunden; mit Nachmittagen, deren Stille nur vom Fall der Kastanien unterbrochen wurde; und mit Abenden, an denen der Mond wie eine Melone auf die Liebenden herablächelte, auf die wachsame, helläugige Maus und den sicheren Flug der Eule. Mit Tagen, an denen das Vieh zufrieden und schwanzwedelnd im knietiefen Wasser des Flusses stand. Der dumpf-faulige Geruch des Flusses, der sich mit dem bitteren Duft der Nesseln vermischte, würde Gaylord sein Leben lang unvergeßlich bleiben. Gaylord war nämlich wieder nach Hause zurückgekehrt. Ein bißchen bleicher, ein bißchen ruhiger, ein bißchen matter. Aber seine körperliche Schwäche wurde durch ein neues Gefühl des Stolzes aufgewogen. Paps war wenig mitteilsam gewesen, trotzdem hatte Gaylord einen großen Teil der Geschichte Steinchen für Steinchen zusammengetragen; und den Rest hatte seine Phantasie ergänzt. Er war höchst befriedigt, daß die Polizisten das Haus und den Steinbruch wie die Fliegen umschwirrt hatten. Mit den Foggertys hatte sich das Gericht beschäftigt, und nach Gaylords Meinung mußten sie viele Jahre hinter Gittern zubringen. Und schließlich war es doch eine tolle Sache gewesen, daß ein Foggerty-Stiefel seinen Arm so zugerichtet hatte und er fast daran verblutet wäre. Und nur den Bemühungen des gesamten Krankenhauspersonals, so malte es sich Gaylords Phantasie aus, war es zu verdanken, daß er am Leben geblieben war.

Er hatte noch einen weiteren Grund, stolz zu sein. Jetzt hatte er eine kleine Schwester, jemanden, der jünger war als er. Er galt nicht mehr als das kleinste Lebewesen in der Familie.

«Kann ich das Baby mal sehen?» fragte er, sobald sie nach Hause gekommen waren.

Doch er begutachtete den Neuankömmling ohne Begeisterung. Unter Schwester stellte er sich etwas mit Pferdeschwanz und Springseil vor, aber nicht so ein runzeliges, altersloses Etwas. «Hat aber nicht viel Haare», sagte er. «Bist du auch ganz sicher, daß es ein Mädchen ist?»

«Ganz sicher», sagte Mummi.

Das war wieder typisch für sie. Nie irgendwelche Zweifel. Aber Gaylord beschloß, mit seinem Urteil noch zurückzuhalten. Es sollte ihn nicht überraschen, wenn sich das Baby doch noch als ein Junge entpuppte, auch wenn Mummi ihrer Sache so sicher war.

Aber Mummi sagte sehr ernst: «Auch du bist jetzt für sie mitverantwortlich, Gaylord. Du mußt sie behüten und vor jeder Gefahr beschützen.»

Das war ja alles ganz schön, dachte Gaylord, aber kein Mensch hatte ihn schließlich gefragt, ob er eine Schwester haben wollte. Überhaupt nicht. Und jetzt sollte er natürlich die Verantwortung für sie übernehmen.

«Ich glaube, ich gehe raus», sagte er.

«Kann ich mitkommen?» fragte Paps.

«Aber ja. Natürlich», sagte Gaylord großmütig.

Sie gingen beide in den Sonnenschein hinaus. Paps sagte: «Laß uns auf die obere Wiese gehen, dort setzen wir uns in die Sonne.» Sie machten sich auf den Weg. Gaylord kam sich sehr sicher, sehr erwachsen vor. Es war zur Abwechslung doch etwas Schönes, daß es zu Hause noch jemand Jüngeren gab als ihn. Vielleicht würde Mummi ihn jetzt mit etwas mehr Respekt behandeln.

Sie stiegen den Hang zur Wiese hinauf. Gaylord legte sich hin, die Beine weit ausgestreckt, während Paps sich im Schneidersitz im Gras niederließ und sich in die heilige Handlung vertiefte, seine Pfeife zu stopfen und in Brand zu setzen. Dann steckte er die Streichhölzer wieder in die Tasche, hob einen Fallapfel auf und warf ihn seinem Sohn hinüber.

Jocelyn paffte an seiner Pfeife und genoß die warme Sonne auf seinem Gesicht und den bloßen Unterarmen. Das Summen der Bienen war so süß wie ihr Honig. Gaylord mampfte genießerisch seinen Apfel und genoß einen langen heißen Nachmittag der Kindheit. Jocelyn verspürte eine seltsame innere Leichtigkeit, fast, als stünde er neben sich und betrachtete diesen Jocelyn Pentecost. Er schaute seinen Sohn an, wie er – mit der ganzen Hingabe seiner Jugend – hingestreckt in der Sonne lag und mit seinen kräftigen Zähnen in das Fleisch des Apfels biß.

Der wird sich schon machen, dachte Jocelyn. Die Wunden des

Körpers sind verheilt, und seelisch hatte er Gott sei Dank keinen Schaden davongetragen; wenn er jetzt vielleicht auch ein bißchen weniger frech ist. Und wenn er über diese Sache hinweggekommen ist, wird er jede Hürde zu nehmen wissen, die das Leben bereithält. Und was, dachte Jocelyn, wird er aus seinem Leben machen? Zumindest ist er ein Individualist. Er würde schon mit beiden Beinen fest auf der Erde stehen, würde die Freuden und die Leiden des Lebens hinnehmen, würde verhältnismäßig aufrichtig sein und vielleicht etwas ehrlicher als die meisten Menschen. Ja, dachte er voller Stolz, er wird ein standhafter, anständiger Mann werden, ein bißchen eigenwillig und mit einem eigenen Kopf; und das alles hat ihm seine Mutter vererbt, und nicht ich armer Narr.

Er stand auf und legte seine Hand auf Gaylords sonnenheißes Knie. «Bis nachher», sagte er. «Ich muß wieder zurück zu deiner Mutter.»

«Bis nachher», sagte Gaylord. Er blickte auf, und seine dunklen Augen waren erfüllt von der Verantwortung des älteren Bruders. Dann grinste er; und wieder war er das zufriedenste Wesen auf dieser Welt – ein kleiner Junge, der unter einem englischen Himmel in der Sonne einen Apfel verspeiste.

Eric Malpass

C 759/22

Eric Malpass

Und doch singt die Amsel
Roman
Deutsch von Susanne Lepsius.
288 Seiten. Gebunden und als
rororo 5684

Schöne Zeit der jungen Liebe
Roman
Deutsch von Anne Uhde.
224 Seiten. Gebunden und als
rororo 5037

Lampenschein und Sternenlicht
Roman
Deutsch von Anne Uhde.
352 Seiten. Gebunden

Als Mutter streikte
Roman
Deutsch von Anne Uhde.
176 Seiten. Gebunden und als
rororo 4034

Liebe blüht zu allen Zeiten
Roman
Deutsch von Anne Uhde.
304 Seiten. Gebunden und als
rororo 5451

Und der Wind bringt den Regen
Roman
Deutsch von Anne Uhde.
352 Seiten. Gebunden und als
rororo 5286

C 759/22 a

Eric Malpass

Lieber Frühling, komm doch bald
Roman
Deutsch von Anne Uhde.
256 Seiten. Gebunden und als
rororo 4745

Wenn süß das Mondlicht auf den Hügeln schläft
Roman. rororo 1794

Beefy ist an allem Schuld
Roman. rororo 1984

Hör ich am Glockenschlag der Stunden Gang
Ein Roman um William Shakespeares
letzte Lebensjahre.
Deutsch von Susanne Lepsius.
230 Seiten. Gebunden und als
rororo 5194

Thomas Cranmer oder Die Kraft der Schwäche
Ein historischer Roman.
Deutsch von Susanne Lepsius.
352 Seiten. Gebunden

C 759/22 b

Lesefutter

John Barth
Der Tabakhändler (5621)

Barbara von Bellingen
Die Tochter des Feuers (5478)

Eberhard Cyran
Der König (5638)

Fanny Deschamps
Deutsch von Uli Aumüller und
Grete Osterwald.
Jeanne in den Gärten
528 Seiten. Gebunden und als
rororo 5700
Jeanne über den Meeren
560 Seiten. Gebunden und als
rororo 5876

Robert S. Elegant
Deutsch von Margaret Carroux.
Die Dynastie
790 Seiten. Gebunden und als
rororo 5000
Mandschu
607 Seiten. Gebunden und als
rororo 5484
Mandarin
720 Seiten. Gebunden und als
rororo 5760

Pauline Gedge
Die Herrin vom Nil
rororo 5360
Pharao
Deutsch von Margaret Carroux und
Ulla H. de Herrera.
576 Seiten. Gebunden (Wunderlich Verlag)
und als rororo 12335

C 2271/3

Lesefutter

Charlotte Link
Die schöne Helena (5490)
Wenn die Liebe nicht endet
512 Seiten. Gebunden
(Wunderlich Verlag)

Graham Masterton
Jungfernfahrt
Deutsch von Mechthild Sandberg.
576 Seiten. Gebunden
(Wunderlich Verlag)

Margaret Mitchell
Vom Winde verweht (1027)

Josef Nyáry
Ich, Aras habe erlebt . . . (5420)

Diane Pearson
Deutsch von Margaret Carroux.
Csárdás
rororo 5601
Der Sommer der Barschinskys
512 Seiten. Gebunden
(Wunderlich Verlag)

Mario Puzo
Der Pate (1442)
Mamma Lucia (1528)

Irving Stone
Vincent van Gogh (1099)

Nancy Zaroulis
Und sie nannten das Dunkel licht
rororo 5467

C 2271/3 a

Literatur für Kopf Hörer

«Es ist eines, ein Buch zu lesen. Es ist ein neues und recht andersartiges Erlebnis, es von einem verständigen Interpreten mit angenehmer Stimme vorgelesen zu bekommen.»
Rudolf Walter Leonhardt, DIE ZEIT

Erika Pluhar liest Simone de Beauvoir
Eine gebrochene Frau
2 Tonbandcassetten im Schuber
(66012)

Bruno Ganz liest Albert Camus
Der Fall
Deutsch von Guido Meister.
3 Tonbandcassetten im Schuber
(66000)

Elisabeth Trissenaar liest
Louise Erdrich
Liebeszauber
2 Tonbandcassetten im Schuber
(66013)

Erika Pluhar liest Elfriede Jelinek
Oh Wildnis, oh Schutz vor ihr
Keine Geschichte zum Erzählen
1 Tonbandcassette im Schuber
(66002)

Hans Michael Rehberg liest
Henry Miller
Lachen, Liebe, Nächte
Astrologisches Frikassee
2 Tonbandcassetten im Schuber
(66010)

Produziert von Bernd Liebner
Eine Auswahl
Rowohlt Cassetten

C 2321/3

Literatur für Kopf Hörer

Produziert von Bernd Liebner

Eine Auswahl

Rowohlt
Cassetten

C 2321/3 a

Armin Müller-Stahl liest
Vladimir Nabokov
Der Zauberer
Deutsch von Dieter E. Zimmer
2 Tonbandcassetten im Schuber
(66005)

Walter Schmidinger liest
Italo Svevo
Zeno Cosini
Das Raucherkapitel
1 Tonbandcassette im Schuber
(66007)

Uwe Friedrichsen liest
Kurt Tucholsky
Schloß Gripsholm
3 Tonbandcassetten im Schuber
(66006)

Christian Brückner liest
John Updike
Der verwaiste Swimmingpool
Der verwaiste Swimmingpool,
Wie man Amerika gleichzeitig liebt
und verläßt
Deutsch von Uwe Friesel und Monika
Michieli.
1 Tonbandcassette im Schuber
(66004)

Christian Brückner liest
Jean-Paul Sartre
Die Kindheit eines Chefs
Deutsch von Uli Aumüller
3 Tonbandcassetten im Schuber
(66014)